UNE VIE

GUY DE MAUPASSANT

Une vie

(L'humble vérité)

PRÉFACE DE HENRI MITTERAND

COMMENTAIRES ET NOTES
D'ALAIN BUISINE

ALBIN MICHEL

Alain Buisine, maître-assistant à l'Université de Lille III, travaille essen-
tiellement sur les littératures des XIX⁰ et XX⁰ siècles, de Maupassant à
Sartre. Auteur de nombreux articles parus dans *Littérature, Romantisme,*
la *Revue des Sciences humaines, Yale French Studies,* il vient de faire
paraître un *Proust et ses lettres* aux Presses Universitaires de Lille.

PRÉFACE

DE tous les romanciers de la génération dite « naturaliste », si l'on met à part Émile Zola, un seul a su conserver un réel public : c'est Guy de Maupassant. Huysmans ignore le métier de la narration, et ne tient pas la distance sur le long terme romanesque. Edmond de Goncourt et Henry Céard se perdent dans la dentelle de l'écriture artiste. Paul Alexis et Léon Hennique sont impuissants et plats. Mais *Bel-Ami*, *Pierre et Jean* et *Une Vie* ne font pas mauvaise figure à côté de *Madame Bovary* ou de *La Curée*.

C'est que Guy de Maupassant a du métier, un regard, et un style. Le regard est lucide et féroce, ou lucide, donc féroce ; le style est ajusté au ras de l'effet, avec une coupe d'excellent prêt-à-porter romanesque. La technique narrative a retenu de la triple leçon de Balzac, de Flaubert et de Zola les recettes qui assurent un amalgame harmonieux de l'intrigue, des portraits, de la description et du discours. Le tout donne une facture reconnaissable entre toutes, et qui n'est, d'aucun point de vue, négligeable — sauf à récuser le genre du roman, en tant que tel.

Une Vie, c'est d'abord une image de la campagne normande. Je n'ai pas le loisir d'examiner si elle est historiquement fondée. Mais elle s'impose. On la touche, cette campagne, et on la sent. Si le goût d'une madeleine trempée dans le thé, par une curieuse alchimie physiologique et cérébrale, peut faire renaître des souvenirs enfouis dans une lointaine enfance, quoi d'étonnant que la lecture d'un livre, activité toute mentale s'il en est, puisse déclencher, sinon des sensations réelles, au moins des images qui sont aux frontières de la sensation : images-toucher, images-odorat, images-désir ? C'est un peu ce qui se passe avec les pages normandes d'*Une Vie*. Il y pleut, il y neige, il y fait froid entre les lignes, et nul ne sait, comme Maupassant, faire surgir chez le lecteur des visions de chemins détrempés, gorgés d'eau et de boue, d'hiver dégoulinant, de ciel « crevé, se vidant sur la terre, la délayant en bouillie, la fondant comme du sucre ».

Comment vivre gai dans un pareil paysage ? Il pleut sans cesse sur le destin de Jeanne, comme sur l'automne et l'hiver normands. *Une Vie*, c'est une vie à l'eau, dès les premières lignes de ce roman. Et pourtant, les éclaircies sont belles sur la mer, lorsque celle-ci, « lisse comme une glace », miroite « dans la lumière ». Il faudra attendre la fin du roman, auquel Maupassant, en bon feuilletonniste mondain, refuse la fin malheureuse, pour qu'après les éblouissements illusoires des fiançailles, puis les déceptions et les tragédies de la vie conjugale, une lumière d'espoir éclaire la vieillesse commençante de Jeanne.

Ainsi, d'un bout à l'autre de son histoire, l'existence de cette femme, qui ressemble à tant d'autres — et dont nous avons failli ne connaître que le prénom —, est marquée, déterminée par les couleurs et l'atmosphère de sa terre d'origine. Elle échappe moins que d'autres héroïnes, ses contemporaines, à cette sorte d'envahissement, d'absorption de l'être par son milieu naturel.

Elle n'échappe pas davantage aux contraintes qui règlent les manières de vivre de son milieu social. Guy de Maupassant a situé le début du roman en 1819. L'essentiel de l'action se passe donc sous la Restauration. Les mœurs avaient-elles beaucoup changé en 1880 ? On peut en douter. Mais le recul dans le temps permet à l'auteur un tableau absolument sans indulgence de la petite noblesse provinciale. Et il faut bien dire qu'il n'y va pas de main morte. Élevée au couvent jusqu'à l'âge des fiançailles, livrée à un hobereau brutal, cupide et coureur, humiliée par son mari, ses parents, sa servante — qui n'en peut mais —, par les prêtres, par son fils même, Jeanne est la victime d'un code familial et social dont les règles ne laissent aucune place, aucune marge à la liberté individuelle — surtout pas à la liberté d'une femme. Tout est programmé par un jeu de conventions et de droits qui perpétuent la prééminence du titre, du rang, de la propriété, de l'argent, et de la domination masculine. La jeune femme épouse l'homme que lui ont choisi son père et son curé. Comment revendiquerait-elle quelque droit au choix personnel ? Au surplus, elle n'a jamais approché d'autre homme : celui qu'on lui destine fait aisément figure de prince charmant. Le viol légal est dérisoirement transformé en séduction. Et cette duperie initiale engage toutes les avanies ultérieures de cette vie saccagée. Rosalie, plus brutalement asservie au droit de cuissage d'un mâle titré et nanti, se tire mieux d'affaire, finalement : elle doit sa chance relative aux libéralités du père de Jeanne, mais aussi et surtout à une extraction populaire qui la préserve des ligotages de caste.

Une vie de femme, dans ce monde de préjugés et de pouvoirs archaïques, c'est donc en fait la mort à petit feu, par étouffement, par asphyxie progressive de la sensibilité, de la confiance, par mutilations successives de l'envie de créer, du désir de donner et de recevoir le plaisir, d'être heureux. Le titre est à prendre comme une antiphrase.

Ce réquisitoire contre le mariage arrangé pour les besoins de la respectabilité, aristocratique ou bourgeoise, n'est pas absolument original en soi. Mais Maupassant l'a instruit selon une trame qui lui est propre. Que l'on songe en effet aux autres femmes mal mariées du répertoire contemporain. Emma Bovary, Thérèse Raquin, Renée Saccard, Gervaise Macquart sont à leur manière des *héroïnes*, au sens dynamique du terme. Elles agissent, elles mènent combat pour une idée qu'elles se font du bonheur. Emma croit follement en la sincérité de Rodolphe, puis de Léon, à qui elle s'est donnée ; Thérèse se rend complice d'un meurtre pour garder son amant ; Renée mène à sa guise sa vie de mondaine. Même Gervaise tentera longtemps d'éloigner le mauvais sort, à la façon des simples gens, par le travail, l'économie, l'amitié. *Une Vie* est d'une certaine manière conçu sur le même modèle que les romans de Flaubert et de Zola : la biographie d'une femme — *La Simple Vie de Gervaise Macquart,* tel était le premier titre de *L'Assommoir*. Cependant, alors que ses deux maîtres et amis ont privilégié pour leurs personnages, de façon somme toute assez classique, un parcours héroïque — en dépit du destin contraire qu'ils leur ont réservé sans faire d'exception —, Maupassant fait de Jeanne une sorte d'anti-héros, ou d'anti-héroïne, avant la lettre. Sa destinée suit une courbe en creux, au contraire de celle des femmes que je viens d'évoquer. Thérèse Raquin et Renée Saccard ont été bridées, brimées ou brisées avant même que ne s'ouvre l'action, chacune pour des raisons différentes ; mais une conduite active et délibérée infléchit leur existence selon un mouvement ascendant au cours de la première partie du roman, et c'est la dernière phase de celui-ci qui les fait dégringoler, sans espoir de revirement, jusqu'à la déchéance et à la mort. A l'inverse, le début d'*Une Vie* s'ouvre sur les douceurs de la vie de château, des promenades en mer et des fiançailles ; puis l'existence de Jeanne ne cesse plus de déraper le long d'une pente où s'accumulent les humiliations et les drames, et au terme de laquelle on n'aperçoit plus, selon toute vraisemblance, que la solitude, le dénuement et la mort ; et c'est au moment où l'on s'y attend le moins que cette courbe se relève, pour laisser survivre Jeanne dans une vieillesse qui apparemment s'annonce sereine, et pour justifier la dernière réflexion de Rosalie : « La vie, voyez-vous, ça n'est jamais si bon ni si mauvais qu'on croit. »

Cela fait qu'*Une Vie*, malgré la présence constante du malheur et de la mort, et malgré une exceptionnelle dureté du reportage psychologique et social, n'est pas un roman tragique, à la différence de *Madame Bovary*, de *La Curée* ou de *L'Assommoir*. Car son principal personnage ne s'y défend pas contre l'adversité ; il subit dans la passivité, sans autres réactions que celles, purement réflexes, de son corps, toutes les méchancetés du destin, et aussi bien leur envers, les compensations qui rééquilibrent la logique du mal. Il est totalement patient, totalement joué. Pas de pathétique.

On le mesure mieux encore si l'on songe au rôle que jouent, pour le salut de Jeanne, le personnage stéréotypé de la servante au grand cœur (antithèse des domestiques de *La Curée*), qui vient tout droit des feuilletons bien-pensants, et celui qui intervient dans les toutes dernières lignes : le bébé, la petite fille, dont l'arrivée, dans les bras de la servante, annonce, avec le retour du fils prodigue, la reconquête d'une sorte de bonheur — et fait couler chez les lectrices des larmes de soulagement et de purification : d'où, entre autres raisons, le succès de Maupassant dans le public féminin... Témoignant, avec cruauté souvent, sur la triste condition des filles de bonne famille mal mariées, Maupassant n'a pu s'empêcher pour autant de terminer son roman sur un mode un peu « jean-jean », pour employer le mot qu'utilisait Zola à propos d'*Une Page d'amour*.

De ce fait, *Une Vie* pourrait sembler une œuvre de second rang, si l'on ne pensait qu'après tout, son refus de l'issue tragique, son souci de tirer d'affaire la malheureuse Jeanne, après lui avoir fait endurer bien des misères, peut aussi s'interpréter comme le refus du modèle « naturaliste » dominant, au moins chez le prédécesseur immédiat, Émile Zola, qui n'a jamais fait un tel cadeau à aucun de ses principaux personnages. Une convention chasse l'autre.

Une Vie se distingue de ses modèles, ou de ses contre-modèles, par un autre trait, qui a contribué peut-être à son succès, et qui en tout cas lui rend la force qu'aurait pu lui faire perdre la linéarité de sa trame narrative : la franchise dans l'évocation du plaisir érotique. Là-dessus, Maupassant en sait et en dit plus que le Flaubert des « baisades » d'Emma, et que le Zola des « ruts » de *La Curée* ou de *Nana*. Son évocation du désir est moins poétique et moins sensuelle que celle de Flaubert, moins flamboyante ou moins provocante que celle de Zola, mais plus exacte, et plus crue. Pour lui aussi, le sexe et l'argent conduisent le carnaval social. Julien Delamare, comme son compatriote Rodolphe Boulanger, est un séducteur solide et efficace, qui, après une nuit de noces, il faut le dire, sans nuances, ne décevra au lit ni sa femme, ni ses maîtresses. Et c'est d'être, à cet égard précisément, délaissée par Julien, que Jeanne souffrira d'abord le plus. Auparavant, elle aura connu entre ses bras — lors du voyage en Corse — toutes les « sensations » qu'une femme peut souhaiter de l'intimité masculine. La plupart des romanciers de l'époque, parvenus à ce point précis de l'action, s'en tirent prudemment, comme plus tard les cinéastes pudiques, par un panoramique sur les arbres de la forêt, ou par une sortie de champ... Maupassant, lui, voyeur impénitent, reste dans le champ, ou plutôt y laisse ses personnages : « Il s'abattit sur elle, l'étreignant avec emportement. Elle haletait dans une attente énervée ; et tout à coup elle poussa un cri, frappée, comme de la foudre, par la sensation qu'elle appelait. »

Cette aptitude naturelle de Jeanne à jouir de ses sens, une fois ceux-ci, comme dit le texte, « éveillés », se trouve mutilée, anéantie par la goujaterie du mari. Il y a là une amorce de réflexion — que Maupassant laisse dans l'implicite — sur la castration des filles et des femmes dans cette société provinciale de hobereaux, d'ecclésiastiques et de paysans lourdauds. Ailleurs, dans un autre monde, selon un autre code, ou du moins selon les usages tacites d'un autre code, Jeanne aurait fini par rendre à Julien la monnaie de sa pièce. Ici, son abandon et sa frustration sont sans rémission.

Elle ne mourra pas de n'être plus désirée, de n'être plus comblée. En revanche, Julien mourra de sa gourmandise du corps des autres femmes — assassiné par un mari que la jalousie a rendu fou. L'adultère tue : la morale est sauve. Et l'on constate l'ambiguïté d'une œuvre qui, d'un côté, évoque avec complaisance et complicité les pulsions et les jouissances du sexe, et de l'autre condamne la femme et le mari adultères à une mort aussi atroce que ridicule, dans des conditions narratives telles qu'à aucun moment le lecteur n'est conduit à plaindre les deux victimes. Au contraire : bien fait pour cette brute de Julien ! Et l'on revient bien vite aux malheurs de Jeanne.

Au fond, c'est le curé Tolbiac qui a raison, lorsqu'il tonne contre les « liaisons indignes » et appelle à « porter le fer rouge dans les plaies ». Maupassant, qui s'y connaît en amours adultères, mais qui n'échappe pas aux interrogations victoriennes de son temps sur les taraudages du désir, et qui est peut-être aussi mal à l'aise que les autres pour les vivre et les conter, fait de Julien une sorte de victime expiatoire pour toutes les fredaines de son propre monde. L'infidèle est cruellement puni. Tout compte fait, on n'est pas tellement loin de la comtesse de Ségur...

Ainsi, ce roman, par sa composition narrative et par le choix de ses motifs clefs, exploite à plein les conventions d'un genre et d'une morale, en même temps qu'il met à distance, par ses références, les habitudes d'un groupe social : celles qui y règlent le commerce des femmes, l'échange des propriétés, l'éducation des enfants, le rôle des prêtres, etc. Il participe, pour une part, des codes idéologiques qu'il dénonce ou qu'il raille. De cette hypocrisie habile, il tire la certitude de ses effets. La casuistique désabusée de l'abbé Picot et le sectarisme dément de l'abbé Tolbiac affermissent les convictions du lecteur anticlérical ; les brèves voluptés de Jeanne et les fredaines des paysans normands — « à tout moment, on apprenait une grossesse nouvelle » — satisfont, si j'ose dire, l'amateur de paillardises ; mais les esprits bien-pensants se rassurent devant le châtiment du méchant et le triomphe ultime de la vertu, du sacrifice et de la maternité. Chacun trouve ici son compte, y compris le psycho-critique, qui, si l'on en croit Armand Lanoux, repère dans cette histoire tous les affects de Maupassant : le mépris du père, le pessimisme fondamental, l'amour du pays natal, l'attrait de l'eau, la hantise de la mort, la bâtardise, la découverte de l'impureté de la femme dans la mère... Mais ne boudons pas notre plaisir, qui résulte sans doute de toutes ces attentes comblées à la fois, et aussi des qualités littéraires d'un récit rapide, dense, à l'écriture taillée court, et dont les péripéties les plus dramatiques comme les plus heureuses échappent à la stéréotypie par l'humour, et par une extraordinaire richesse de l'observation ethnographique.

HENRI MITTERAND.

A Madame Brainne

Hommage d'un ami dévoué,
et en souvenir d'un ami mort,

GUY DE MAUPASSANT.

I

JEANNE, ayant fini ses malles, s'approcha de la fenêtre, mais la pluie ne cessait pas.

L'averse, toute la nuit, avait sonné contre les carreaux et les toits. Le ciel bas et chargé d'eau semblait crevé, se vidant sur la terre, la délayant en bouillie, la fondant comme du sucre. Des rafales passaient pleines d'une chaleur lourde. Le ronflement des ruisseaux débordés emplissait les rues désertes où les maisons, comme des éponges, buvaient l'humidité qui pénétrait au-dedans et faisait suer les murs de la cave au grenier.

Jeanne, sortie la veille du couvent, libre enfin pour toujours, prête à saisir tous les bonheurs de la vie dont elle rêvait depuis si longtemps, craignit que son père hésitât à partir si le temps ne s'éclaircissait pas, et pour la centième fois depuis le matin elle interrogeait l'horizon.

Puis elle s'aperçut qu'elle avait oublié de mettre son calendrier dans son sac de voyage. Elle cueillit sur le mur le petit carton divisé par mois, et

3

portant au milieu d'un dessin la date de l'année courante 1819 en chiffres d'or. Puis elle biffa à coups de crayon les quatre premières colonnes, rayant chaque nom de saint jusqu'au 2 mai, jour de sa sortie du couvent.

Une voix, derrière la porte, appela : « Jeannette ! »

Jeanne répondit : « Entre, papa. » Et son père parut.

Le baron Simon-Jacques Le Perthuis des Vauds était un gentilhomme de l'autre siècle, maniaque et bon. Disciple enthousiaste de J.-J. Rousseau, il avait des tendresses d'amant pour la nature, les champs, les bois, les bêtes.

Aristocrate de naissance, il haïssait par instinct quatre-vingt-treize ; mais philosophe par tempérament et libéral par éducation, il exécrait la tyrannie d'une haine inoffensive et déclamatoire.

Sa grande force et sa grande faiblesse, c'était la bonté, une bonté qui n'avait pas assez de bras pour caresser, pour donner, pour étreindre, une bonté de créateur, éparse, sans résistance, comme l'engourdissement[1] d'un nerf de la volonté, une lacune dans l'énergie, presque un vice.

Homme de théorie, il méditait tout un plan d'éducation pour sa fille, voulant la faire heureuse, bonne, droite et tendre.

Elle était demeurée jusqu'à douze ans dans la maison, puis, malgré les pleurs de la mère, elle fut mise au Sacré-Cœur.

Il l'avait tenue là sévèrement enfermée, cloîtrée, ignorée et ignorante des choses humaines. Il voulait qu'on la lui rendît chaste à dix-sept ans pour la tremper lui-même dans une sorte de bain de poésie

4

raisonnable ; et, par les champs, au milieu de la terre fécondée, ouvrir son âme, dégourdir son ignorance à l'aspect de l'amour naïf, des tendresses simples des animaux, des lois sereines de la vie.

Elle sortait maintenant du couvent, radieuse, pleine de sèves et d'appétits de bonheur, prête à toutes les joies, à tous les hasards charmants que dans le désœuvrement des jours, la longueur des nuits, la solitude des espérances, son esprit avait déjà parcourus.

Elle semblait un portrait de Véronèse avec ses cheveux d'un blond luisant qu'on aurait dit avoir déteint sur sa chair, une chair d'aristocrate à peine nuancée de rose, ombrée d'un léger duvet, d'une sorte de velours pâle qu'on apercevait un peu quand le soleil la caressait. Ses yeux étaient bleus, de ce bleu opaque qu'ont ceux des bonshommes en faïence de Hollande.

Elle avait, sur l'aile gauche de la narine, un petit grain de beauté, un autre à droite, sur le menton, où frisaient quelques poils si semblables à sa peau qu'on les distinguait à peine. Elle était grande, mûre de poitrine, ondoyante de la taille. Sa voix nette semblait parfois trop aiguë ; mais son rire franc jetait de la joie autour d'elle. Souvent, d'un geste familier, elle portait ses deux mains à ses tempes comme pour lisser sa chevelure.

Elle courut à son père et l'embrassa, en l'étreignant : « Eh bien, partons-nous ? » dit-elle.

Il sourit, secoua ses cheveux déjà blancs, et qu'il portait assez longs, et, tendant la main vers la fenêtre :

« Comment veux-tu voyager par un temps pareil ? »

Mais elle le priait, câline et tendre : « Oh ! papa, partons, je t'en supplie. Il fera beau dans l'après-midi.

— Mais ta mère n'y consentira jamais.

— Si, je te le promets, je m'en charge.

— Si tu parviens à décider ta mère, je veux bien, moi. »

Et elle se précipita vers la chambre de la baronne. Car elle avait attendu ce jour du départ avec une impatience grandissante.

Depuis son entrée au Sacré-Cœur elle n'avait pas quitté Rouen, son père ne permettant aucune distraction avant l'âge qu'il avait fixé. Deux fois seulement on l'avait emmenée quinze jours à Paris, mais c'était une ville encore, et elle ne rêvait que la campagne.

Elle allait maintenant passer l'été dans leur propriété des Peuples, vieux château de famille planté sur la falaise auprès d'Yport[1] ; et elle se promettait une joie infinie de cette vie libre au bord des flots. Puis il était entendu qu'on lui faisait don de ce manoir, qu'elle habiterait toujours lorsqu'elle serait mariée.

Et la pluie, tombant sans répit depuis la veille au soir, était le premier gros chagrin de son existence.

Mais, au bout de trois minutes, elle sortit, en courant, de la chambre de sa mère, criant par toute la maison : « Papa, papa ! maman veut bien ; fais atteler. »

Le déluge ne s'apaisait point ; on eût dit même qu'il redoublait quand la calèche s'avança devant la porte.

Jeanne était prête à monter en voiture lorsque la

6

baronne descendit l'escalier, soutenue d'un côté par son mari, et, de l'autre, par une grande fille de chambre forte et bien découplée comme un gars. C'était une Normande du pays de Caux, qui paraissait au moins vingt ans, bien qu'elle en eût au plus dix-huit. On la traitait dans la famille un peu comme une seconde fille, car elle avait été la sœur de lait de Jeanne. Elle s'appelait Rosalie.

Sa principale fonction consistait d'ailleurs à guider les pas de sa maîtresse devenue énorme depuis quelques années par suite d'une hypertrophie du cœur[1] dont elle se plaignait sans cesse.

La baronne atteignit, en soufflant beaucoup, le perron du vieil hôtel, regarda la cour où l'eau ruisselait et murmura : « Ce n'est vraiment pas raisonnable. »

Son mari, toujours souriant, répondit : « C'est vous qui l'avez voulu, madame Adélaïde. »

Comme elle portait ce nom pompeux d'Adélaïde, il le faisait toujours précéder de « madame » avec un certain air de respect un peu moqueur.

Puis elle se remit en marche et monta péniblement dans la voiture dont tous les ressorts plièrent. Le baron s'assit à son côté, Jeanne et Rosalie prirent place sur la banquette à reculons.

La cuisinière Ludivine apporta des masses de manteaux qu'on disposa sur les genoux, plus deux paniers qu'on dissimula sous les jambes ; puis elle grimpa sur le siège à côté du père Simon ; et s'enveloppa d'une grande couverture qui la coiffait entièrement. Le concierge et sa femme vinrent saluer en fermant la portière ; ils reçurent les dernières recommandations pour les malles qui devaient suivre dans une charrette ; et on partit.

Le père Simon, le cocher, la tête baissée, le dos arrondi sous la pluie, disparaissait dans son carrick à triple collet. La bourrasque gémissante battait les vitres, inondait la chaussée.

La berline, au grand trot des deux chevaux, dévala rondement sur le quai, longea la ligne des grands navires dont les mâts, les vergues, les cordages se dressaient tristement dans le ciel ruisselant, comme des arbres dépouillés ; puis elle s'engagea sur le long boulevard du mont Riboudet.

Bientôt on traversa les prairies ; et de temps en temps un saule noyé, les branches tombantes avec un abandonnement de cadavre, se dessinait gravement à travers un brouillard d'eau. Les fers des chevaux clapotaient et les quatre roues faisaient des soleils de boue.

On se taisait ; les esprits eux-mêmes semblaient mouillés comme la terre. Petite mère se renversant appuya sa tête et ferma les paupières. Le baron considérait d'un œil morne les campagnes monotones et trempées. Rosalie, un paquet sur les genoux, songeait de cette songerie animale des gens du peuple. Mais Jeanne, sous ce ruissellement tiède, se sentait revivre ainsi qu'une plante enfermée qu'on vient de remettre à l'air ; et l'épaisseur de sa joie, comme un feuillage, abritait son cœur de la tristesse. Bien qu'elle ne parlât pas, elle avait envie de chanter, de tendre au-dehors sa main pour l'emplir d'eau qu'elle boirait, et elle jouissait d'être emportée au grand trot des chevaux, de voir la désolation des paysages, et de se sentir à l'abri au milieu de cette inondation.

Et sous la pluie acharnée les croupes luisantes

8

des deux bêtes exhalaient une buée d'eau bouillante.

La baronne, peu à peu, s'endormait. Sa figure qu'encadraient six boudins réguliers de cheveux pendillants s'affaissa peu à peu, mollement soutenue par les trois grandes vagues de son cou dont les dernières ondulations se perdaient dans la pleine mer de sa poitrine. Sa tête, soulevée à chaque aspiration, retombait ensuite; les joues s'enflaient, tandis que, entre ses lèvres entrouvertes, passait un ronflement sonore. Son mari se pencha vers elle, et posa doucement, dans ses mains croisées sur l'ampleur de son ventre, un petit portefeuille en cuir.

Ce toucher la réveilla; et elle considéra l'objet d'un regard noyé, avec cet hébétement des sommeils interrompus. Le portefeuille tomba, s'ouvrit. De l'or et des billets de banque s'éparpillèrent dans la calèche. Elle s'éveilla tout à fait; et la gaieté de sa fille partit en une fusée de rires.

Le baron ramassa l'argent, et, le lui posant sur les genoux : « Voici, ma chère amie, tout ce qui reste de ma ferme d'Életot. Je l'ai vendue pour faire réparer les Peuples où nous habiterons souvent désormais. »

Elle compta six mille et quatre cents francs et les mit tranquillement dans sa poche.

C'était la neuvième ferme vendue ainsi sur trente et une que leurs parents avaient laissées. Ils possédaient cependant encore environ vingt mille livres de rentes en terres qui, bien administrées, auraient facilement rendu trente mille francs par an.

Comme ils vivaient simplement, ce revenu aurait suffi s'il n'y avait eu dans la maison un trou sans fond toujours ouvert, la bonté. Elle tarissait l'argent dans leurs mains comme le soleil tarit l'eau des marécages. Cela coulait, fuyait, disparaissait. Comment ? Personne n'en savait rien. A tout moment l'un d'eux disait : « Je ne sais comment cela s'est fait, j'ai dépensé cent francs aujourd'hui sans rien acheter de gros. »

Cette facilité de donner était du reste un des grands bonheurs de leur vie ; et ils s'entendaient sur ce point d'une façon superbe et touchante.

Jeanne demanda : « Est-ce beau, maintenant, mon château ? »

Le baron répondit gaiement : « Tu verras, fillette. »

Mais peu à peu la violence de l'averse diminuait ; puis ce ne fut plus qu'une sorte de brume, une très fine poussière de pluie voltigeant. La voûte des nuées semblait s'élever, blanchir ; et soudain, par un trou qu'on ne voyait point, un long rayon de soleil oblique descendit sur les prairies.

Et, les nuages s'étant fendus, le fond bleu du firmament parut ; puis la déchirure s'agrandit comme un voile qui se déchire ; et un beau ciel pur d'un azur net et profond se développa sur le monde.

Un souffle frais et doux passa, comme un soupir heureux de la terre ; et, quand on longeait des jardins ou des bois, on entendait parfois le chant alerte d'un oiseau qui séchait ses plumes.

Le soir venait. Tout le monde dormait maintenant dans la voiture, excepté Jeanne. Deux fois on s'arrêta dans des auberges pour laisser souffler les chevaux et leur donner un peu d'avoine avec de l'eau.

Le soleil s'était couché ; des cloches sonnaient au loin. Dans un petit village on alluma les lanternes ; et le ciel aussi s'illumina d'un fourmillement d'étoiles. Des maisons éclairées apparaissaient de place en place, traversant les ténèbres d'un point de feu ; et tout d'un coup, derrière une côte, à travers des branches de sapins, la lune, rouge, énorme, et comme engourdie de sommeil, surgit.

Il faisait si doux que les vitres demeuraient baissées. Jeanne, épuisée de rêve, rassasiée de visions heureuses, se reposait maintenant. Parfois l'engourdissement d'une position prolongée lui faisait rouvrir les yeux ; alors elle regardait au-dehors, voyait dans la nuit lumineuse passer les arbres d'une ferme, ou bien quelques vaches çà et là couchées en un champ, et qui relevaient la tête. Puis elle cherchait une posture nouvelle, essayait de ressaisir un songe ébauché ; mais le roulement continu de la voiture emplissait ses oreilles, fatiguait sa pensée et elle refermait les yeux, se sentant l'esprit courbaturé comme le corps.

Cependant on s'arrêta. Des hommes et des femmes se tenaient debout devant les portières avec des lanternes à la main. On arrivait. Jeanne subitement réveillée sauta bien vite. Père et Rosalie, éclairés par un fermier, portèrent presque la baronne tout à fait exténuée, geignant de détresse, et répétant sans cesse d'une petite voix expirante : « Ah ! mon Dieu ! mes pauvres enfants ! » Elle ne voulut rien boire, rien manger, se coucha et tout aussitôt dormit.

Jeanne et le baron soupèrent en tête-à-tête.

Ils souriaient en se regardant, se prenaient les mains à travers la table ; et, saisis tous deux d'une joie enfantine, ils se mirent à visiter le manoir réparé.

C'était une de ces hautes et vastes demeures normandes tenant de la ferme et du château, bâties en pierres blanches devenues grises, et spacieuses à loger une race.

Un immense vestibule séparait en deux la maison et la traversait de part en part, ouvrant ses grandes portes sur les deux faces. Un double escalier semblait enjamber cette entrée, laissant vide le centre, et joignant au premier ses deux montées à la façon d'un pont.

Au rez-de-chaussée, à droite, on entrait dans le salon démesuré, tendu de tapisserie à feuillages où se promenaient des oiseaux. Tout le meuble, en tapisserie au petit point, n'était que l'illustration des *Fables* de La Fontaine ; et Jeanne eut un tressaillement de plaisir en retrouvant une chaise qu'elle avait aimée, étant tout enfant, et qui représentait l'histoire du Renard et de la Cigogne.

A côté du salon s'ouvraient la bibliothèque pleine de livres anciens, et deux autres pièces inutilisées ; à gauche, la salle à manger en boiseries neuves, la lingerie, l'office, la cuisine et un petit appartement contenant une baignoire.

Un corridor coupait en long tout le premier étage. Les dix portes des dix chambres s'alignaient sur cette allée. Tout au fond, à droite, était l'appartement de Jeanne. Ils y entrèrent. Le baron venait de le faire remettre à neuf, ayant employé simplement des tentures et des meubles restés sans usage dans les greniers.

Des tapisseries d'origine flamande, et très vieilles, peuplaient ce lieu de personnages singuliers.

Mais, en apercevant son lit, la jeune fille poussa des cris de joie. Aux quatre coins, quatre grands oiseaux de chêne, tout noirs et luisants de cire, portaient la couche et paraissaient en être les gardiens. Les côtés représentaient deux larges guirlandes de fleurs et de fruits sculptés ; et quatre colonnes finement cannelées, que terminaient des chapiteaux corinthiens, soulevaient une corniche de roses et d'amours enroulés.

Il se dressait monumental, et tout gracieux cependant, malgré la sévérité du bois bruni par le temps.

Le couvre-pied et la tenture du ciel de lit scintillaient comme deux firmaments. Ils étaient faits d'une soie antique d'un bleu foncé qu'étoilaient par places de grandes fleurs de lis brodées d'or.

Quand elle l'eut bien admiré, Jeanne, élevant sa lumière, examina les tapisseries pour en comprendre le sujet.

Un jeune seigneur et une jeune dame habillés en vert, en rouge et en jaune, de la façon la plus étrange, causaient sous un arbre bleu où mûrissaient des fruits blancs. Un gros lapin de même couleur broutait un peu d'herbe grise.

Juste au-dessus des personnages, dans un lointain de convention, on apercevait cinq petites maisons rondes, aux toits aigus ; et là-haut, presque dans le ciel, un moulin à vent tout rouge.

De grands ramages, figurant des fleurs, circulaient dans tout cela.

Les deux autres panneaux ressemblaient beaucoup au premier, sauf qu'on voyait sortir des maisons quatre petits bonshommes vêtus à la façon des Flamands et qui levaient les bras au ciel en signe d'étonnement et de colère extrêmes.

Mais la dernière tenture représentait un drame. Près du lapin qui broutait toujours, le jeune homme étendu semblait mort. La jeune dame, le regardant, se perçait le sein d'une épée, et les fruits de l'arbre étaient devenus noirs.

Jeanne renonçait à comprendre quand elle découvrit dans un coin une bestiole microscopique, que le lapin, s'il eût vécu, aurait pu manger comme un brin d'herbe. Et cependant c'était un lion.

Alors elle reconnut les malheurs de Pyrame et de Thysbé ; et, quoiqu'elle sourît de la simplicité des dessins, elle se sentit heureuse d'être enfermée dans cette aventure d'amour qui parlerait sans cesse à sa pensée des espoirs chéris, et ferait planer, chaque nuit, sur son sommeil, cette tendresse antique et légendaire.

Tout le reste du mobilier unissait les styles les plus divers. C'étaient ces meubles que chaque génération laisse dans la famille et qui font des anciennes maisons des sortes de musées où tout se mêle. Une commode Louis XIV superbe, cuirassée de cuivres éclatants, était flanquée de deux fauteuils Louis XV encore vêtus de leur soie à bouquets. Un secrétaire en bois de rose faisait face à la cheminée qui présentait, sous un globe rond, une pendule de l'Empire.

C'était une ruche de bronze, suspendue par quatre colonnes de marbre au-dessus d'un jardin de fleurs dorées. Un mince balancier sortant de la ruche par une fente allongée promenait éternellement sur ce parterre une petite abeille aux ailes d'émail.

14

Le cadran était en faïence peinte et encadré dans le flanc de la ruche.

Elle se mit à sonner onze heures. Le baron embrassa sa fille, et se retira chez lui.

Alors, Jeanne, avec regret, se coucha.

D'un dernier regard elle parcourut sa chambre, et puis éteignit sa bougie. Mais le lit, dont la tête seule s'appuyait à la muraille, avait une fenêtre sur sa gauche, par où entrait un flot de lune qui répandait à terre une flaque de clarté.

Des reflets rejaillissaient aux murs, des reflets pâles caressant faiblement les amours immobiles de Pyrame et de Thysbé.

Par l'autre fenêtre, en face de ses pieds, Jeanne apercevait un grand arbre tout baigné de lumière douce. Elle se tourna sur le côté, ferma les yeux, puis, au bout de quelque temps, les rouvrit.

Elle croyait se sentir encore secouée par les cahots de la voiture dont le roulement continuait dans sa tête. Elle resta d'abord immobile, espérant que ce repos la ferait enfin s'endormir ; mais l'impatience de son esprit envahit bientôt tout son corps.

Elle avait des crispations dans les jambes, une fièvre qui grandissait. Alors elle se leva, et, nu-pieds, nu-bras, avec sa longue chemise qui lui donnait l'aspect d'un fantôme, elle traversa la mare de lumière répandue sur son plancher, ouvrit sa fenêtre et regarda.

La nuit était si claire qu'on y voyait comme en plein jour ; et la jeune fille reconnaissait tout ce pays aimé jadis dans sa première enfance.

C'était d'abord, en face d'elle, un large gazon jaune comme du beurre sous la lumière nocturne.

Deux arbres géants se dressaient aux pointes devant le château, un platane au nord, un tilleul au sud.

Tout au bout de la grande étendue d'herbe, un petit bois en bosquet terminait ce domaine garanti des ouragans du large par cinq rangs d'ormes antiques, tordus, rasés, rongés, taillés en pente comme un toit par le vent de mer toujours déchaîné.

Cette espèce de parc était borné à droite et à gauche par deux longues avenues de peupliers démesurés, appelés *peuples* en Normandie, qui séparaient la résidence des maîtres des deux fermes y attenantes, occupées, l'une par la famille Couillard, l'autre par la famille Martin.

Ces *peuples* avaient donné leur nom au château. Au-delà de cet enclos, s'étendait une vaste plaine inculte, semée d'ajoncs, où la brise sifflait et galopait jour et nuit. Puis soudain la côte s'abattait en une falaise de cent mètres, droite et blanche, baignant son pied dans les vagues.

Jeanne regardait au loin la longue surface moirée des flots qui semblaient dormir sous les étoiles.

Dans cet apaisement du soleil absent, toutes les senteurs de la terre se répandaient. Un jasmin grimpé autour des fenêtres d'en bas exhalait continuellement son haleine pénétrante qui se mêlait à l'odeur plus légère des feuilles naissantes. De lentes rafales passaient, apportant les saveurs fortes de l'air salin et de la sueur visqueuse des varechs.

La jeune fille s'abandonna au bonheur de respirer : et le repos de la campagne la calma comme un bain frais.

Toutes les bêtes qui s'éveillent quand vient le soir et cachent leur existence obscure dans la tranquillité des nuits, emplissaient les demi-ténèbres d'une agitation silencieuse. De grands oiseaux qui ne criaient point fuyaient dans l'air comme des taches, comme des ombres ; des bourdonnements d'insectes invisibles effleuraient l'oreille ; des courses muettes traversaient l'herbe pleine de rosée ou de sable des chemins déserts.

Seuls quelques crapauds mélancoliques poussaient vers la lune leur note courte et monotone.

Il semblait à Jeanne que son cœur s'élargissait, plein de murmures comme cette soirée claire, fourmillant soudain de mille désirs rôdeurs, pareils à ces bêtes nocturnes dont le frémissement l'entourait. Une affinité l'unissait à cette poésie vivante ; et dans la molle blancheur de la nuit, elle sentait courir des frissons surhumains, palpiter des espoirs insaisissables, quelque chose comme un souffle de bonheur.

Et elle se mit à rêver d'amour.

L'amour ! Il l'emplissait depuis deux années de l'anxiété croissante de son approche. Maintenant elle était libre d'aimer ; elle n'avait plus qu'à le rencontrer, lui !

Comment serait-il ? Elle ne le savait pas au juste et ne se le demandait même pas. *Il* serait *lui*, voilà tout.

Elle savait seulement qu'elle l'adorerait de toute son âme et qu'il la chérirait de toute sa force. Ils se promèneraient par les soirs pareils à celui-ci, sous la cendre lumineuse qui tombait des étoiles. Ils iraient, les mains dans les mains, serrés l'un contre l'autre, entendant battre leurs cœurs, sentant la chaleur de leurs épaules, mêlant leur amour à la simplicité suave des nuits d'été, tellement unis qu'ils pénétreraient aisément, par la seule puissance de leur tendresse, jusqu'à leurs plus secrètes pensées.

Et cela continuerait indéfiniment, dans la sérénité d'une affection indescriptible.

Et il lui sembla soudain qu'elle le sentait là, contre elle ; et brusquement un vague frisson de sensualité lui courut des pieds à la tête. Elle serra ses bras contre sa poitrine, d'un mouvement inconscient, comme pour étreindre son rêve ; et sur sa lèvre tendue vers l'inconnu quelque chose passa qui la fit presque défaillir, comme si l'haleine du printemps lui eût donné un baiser d'amour.

Tout à coup, là-bas, derrière le château, sur la route elle entendit marcher dans la nuit. Et dans un élan de son âme affolée, dans un transport de foi à l'impossible, aux hasards providentiels, aux pressentiments divins, aux romanesques combinaisons du sort, elle pensa : « Si c'était lui ? » Elle écoutait anxieusement le pas rythmé du marcheur, sûre qu'il allait s'arrêter à la grille pour demander l'hospitalité.

Lorsqu'il fut passé, elle se sentit triste comme après une déception. Mais elle comprit l'exaltation de son espoir et sourit à sa démence.

Alors, un peu calmée, elle laissa flotter son esprit au courant d'une rêverie plus raisonnable, cherchant à pénétrer l'avenir, échafaudant son existence.

Avec lui elle vivrait ici, dans ce calme château qui dominait la mer. Elle aurait sans doute deux enfants, un fils pour lui, une fille pour elle. Et elle les voyait courant sur l'herbe entre le platane et le tilleul, tandis que le père et la mère les suivaient d'un œil ravi, en échangeant par-dessus leurs têtes des regards pleins de passion.

Et elle resta longtemps, longtemps, à rêvasser ainsi, tandis que la lune, achevant son voyage à travers le ciel, allait disparaître dans la mer.

L'air devenait plus frais. Vers l'orient, l'horizon pâlissait. Un coq chanta dans la ferme de droite ; d'autres répondirent dans la ferme de gauche. Leurs voix enrouées semblaient venir de très loin à travers la cloison des poulaillers ; et dans l'immense voûte du ciel, blanchie insensiblement, les étoiles disparaissaient.

Un petit cri d'oiseau s'éveilla quelque part. Des gazouillements, timides d'abord, sortirent des feuilles ; puis ils s'enhardirent, devinrent vibrants, joyeux, gagnant de branche en branche, d'arbre en arbre.

Jeanne soudain se sentit dans une clarté ; et, levant la tête qu'elle avait cachée en ses mains, elle ferma les yeux, éblouie par le resplendissement de l'aurore.

Une montagne de nuages empourprés, cachés en partie derrière une grande allée de peuples, jetait des lueurs de sang sur la terre réveillée.

Et lentement, crevant les nuées éclatantes, criblant de feu les arbres, les plaines, l'océan, tout l'horizon, l'immense globe flamboyant parut.

Et Jeanne se sentait devenir folle de bonheur. Une joie délirante, un attendrissement infini devant la splendeur des choses noya son cœur qui défaillait. C'était son soleil ; son aurore ; le commencement de sa vie ! le lever de ses espérances ! Elle tendit les bras vers l'espace rayonnant, avec une envie d'embrasser le soleil ; elle voulait parler, crier quelque chose de divin comme cette éclosion du jour ; mais elle demeurait paralysée dans un enthousiasme impuissant. Alors, posant son front dans ses mains, elle sentit ses yeux pleins de larmes ; et elle pleura délicieusement.

Lorsqu'elle releva la tête, le décor superbe du jour naissant avait déjà disparu. Elle se sentit elle-même apaisée, un peu lasse, comme refroidie. Sans fermer sa fenêtre, elle alla s'étendre sur son lit, rêva encore quelques minutes et s'endormit si profondément qu'à huit heures elle n'entendit point les appels de son père et se réveilla seulement lorsqu'il entra dans sa chambre.

Il voulait lui montrer l'embellissement du château, de *son* château.

La façade qui donnait sur l'intérieur des terres était séparée du chemin par une vaste cour plantée de pommiers. Ce chemin, dit vicinal, courant entre les enclos des paysans, joignait, une demi-lieue plus loin, la grande route du Havre à Fécamp.

Une allée droite venait de la barrière de bois jusqu'au perron. Les communs, petits bâtiments en caillou de mer, coiffés de chaume, s'alignaient des deux côtés de la cour, le long des fossés des deux fermes.

Les couvertures étaient refaites à neuf ; toute la menuiserie avait été restaurée, les murs réparés, les chambres retapissées, tout l'intérieur repeint. Et le vieux manoir terni portait, comme des taches, ses contrevents frais, d'un blanc d'argent, et ses replâtrages récents sur sa grande façade grisâtre.

L'autre façade, celle où s'ouvrait une des fenêtres

de Jeanne, regardait au loin la mer par-dessus le bosquet et la muraille d'ormes rongés du vent.

Jeanne et le baron, bras dessus, bras dessous, visitèrent tout, sans omettre un coin ; puis ils se promenèrent lentement dans les longues avenues de peupliers, qui enfermaient ce qu'on appelait le parc. L'herbe avait poussé sous les arbres, étalant son tapis vert. Le bosquet, tout au bout, était charmant, mêlait ses petits chemins tortueux, séparés par des cloisons de feuilles. Un lièvre partit brusquement, qui fit peur à la jeune fille, puis il sauta le talus et détala dans les joncs marins vers la falaise.

Après le déjeuner, comme Mme Adélaïde, encore exténuée, déclarait qu'elle allait se reposer, le baron proposa de descendre jusqu'à Yport.

Ils partirent, traversant d'abord le hameau d'Étouvent, où se trouvaient les Peuples. Trois paysans les saluèrent comme s'ils les eussent connus de tout temps.

Ils entrèrent dans les bois en pente qui s'abaissent jusqu'à la mer en suivant une vallée tournante.

Bientôt apparut le village d'Yport. Des femmes qui raccommodaient des hardes, assises sur le seuil de leurs demeures, les regardaient passer. La rue inclinée, avec un ruisseau dans le milieu et des tas de débris traînant devant les portes, exhalait une odeur forte de saumure. Les filets bruns, où restaient de place en place des écailles luisantes pareilles à des piécettes d'argent, séchaient contre les portes des taudis d'où sortaient les senteurs des familles nombreuses grouillant dans une seule pièce.

Quelques pigeons se promenaient au bord du ruisseau, cherchant leur vie.

Jeanne regardait tout cela qui lui semblait curieux et nouveau comme un décor de théâtre.

Mais, brusquement, en tournant un mur, elle aperçut la mer, d'un bleu opaque et lisse, s'étendant à perte de vue.

Ils s'arrêtèrent, en face de la plage, à regarder. Des voiles, blanches comme des ailes d'oiseaux, passaient au large. A droite comme à gauche, la falaise énorme se dressait. Une sorte de cap arrêtait le regard d'un côté, tandis que de l'autre la ligne des côtes se prolongeait indéfiniment jusqu'à n'être plus qu'un trait insaisissable.

Un port et des maisons apparaissaient dans une de ces déchirures prochaines ; et de tout petits flots qui faisaient à la mer une frange d'écume roulaient sur le galet avec un bruit léger.

Les barques du pays, halées sur la pente de cailloux ronds, reposaient sur le flanc, tendant au soleil leurs joues rondes vernies de goudron. Quelques pêcheurs les préparaient pour la marée du soir.

Un matelot s'approcha pour offrir du poisson, et Jeanne acheta une barbue qu'elle voulait rapporter elle-même aux Peuples.

Alors l'homme proposa ses services pour des promenades en mer, répétant son nom coup sur coup afin de le faire bien entrer dans les mémoires : « Lastique, Joséphin Lastique. »

Le baron promit de ne pas l'oublier.

Ils reprirent le chemin du château.

Comme le gros poisson fatiguait Jeanne, elle lui passa dans les ouïes la canne de son père, dont chacun d'eux prit un bout ; et ils allaient gaiement en remontant la côte, bavardant comme deux enfants, le front au vent et les yeux brillants, tandis que la barbue, qui lassait peu à peu leurs bras, balayait l'herbe de sa queue grasse.

II

UNE vie charmante et libre commença pour Jeanne. Elle lisait, rêvait et vagabondait, toute seule, aux environs. Elle errait à pas lents le long des routes, l'esprit parti dans les rêves ; ou bien, elle descendait, en gambadant, les petites vallées tortueuses, dont les deux croupes portaient, comme une chape d'or, une toison de fleurs d'ajoncs. Leur odeur forte et douce, exaspérée par la chaleur, la grisait à la façon d'un vin parfumé ; et, au bruit lointain des vagues roulant sur une plage, une houle berçait son esprit.

Une mollesse parfois la faisait s'étendre sur l'herbe drue d'une pente ; et parfois, lorsqu'elle apercevait tout à coup au détour du val, dans un entonnoir de gazon, un triangle de mer bleue étincelante au soleil avec une voile à l'horizon, il lui venait des joies désordonnées comme à l'approche mystérieuse de bonheurs planant sur elle.

Un amour de la solitude l'envahissait dans la douceur de ce frais pays, et dans le calme des horizons arrondis, et elle restait si longtemps assise sur le sommet des collines que des petits lapins sauvages passaient en bondissant à ses pieds.

Elle se mettait souvent à courir sur la falaise, fouettée par l'air léger des côtes, toute vibrante d'une jouissance exquise à se mouvoir sans fatigue comme les poissons dans l'eau ou les hirondelles dans l'air.

Elle semait partout des souvenirs comme on jette des graines en terre, de ces souvenirs dont les racines tiennent jusqu'à la mort[1]. Il lui semblait qu'elle jetait un peu de son cœur à tous les plis de ces vallons.

Elle se mit à prendre des bains avec passion. Elle nageait à perte de vue, étant forte et hardie et sans conscience du danger. Elle se sentait bien dans cette eau froide, limpide et bleue qui la portait en la balançant. Lorsqu'elle était loin du rivage, elle se mettait sur le dos, les bras croisés sur sa poitrine, les yeux perdus dans l'azur profond du ciel que traversait vite un vol d'hirondelle, ou la silhouette blanche d'un oiseau de mer. On n'entendait plus aucun bruit que le murmure éloigné du flot contre le galet et une vague rumeur de la terre glissant encore sur les ondulations des vagues, mais confuse, presque insaisissable. Et puis Jeanne se redressait et, dans un affolement de joie, poussait des cris aigus en battant l'eau de ses deux mains.

Quelquefois, quand elle s'aventurait trop loin, une barque venait la chercher.

Elle rentrait au château, pâle de faim, mais légère, alerte, du sourire à la lèvre et du bonheur plein les yeux.

Le baron de son côté méditait de grandes entreprises agricoles ; il voulait faire des essais, organiser le progrès, expérimenter des instruments nouveaux, acclimater des races étrangères ; et il passait une partie de ses journées en conversation avec les paysans qui hochaient la tête, incrédules à ses tentatives.

Souvent aussi il allait en mer avec les matelots d'Yport. Quand il eut visité les grottes, les fontaines et les aiguilles des environs, il voulut pêcher comme un simple marin.

Dans les jours de brise, lorsque la voile pleine de vent fait courir sur le dos des vagues la coque joufflue des barques, et que, par chaque bord, traîne jusqu'au fond de la mer la grande ligne fuyante que poursuivent les hordes de maquereaux, il tenait dans sa main tremblante d'anxiété la petite corde qu'on sent vibrer sitôt qu'un poisson pris se débat.

Il partait au clair de lune pour lever les filets posés la veille. Il aimait à entendre craquer le mât, à respirer les rafales sifflantes et fraîches de la nuit ; et, après avoir longtemps louvoyé pour retrouver les bouées en se guidant sur une crête de roche, le toit d'un clocher et le phare de Fécamp, il jouissait à demeurer immobile sous les premiers feux du soleil levant qui faisait reluire sur le pont du bateau le dos gluant des larges raies en éventail et le ventre gras des turbots.

A chaque repas, il racontait avec enthousiasme ses promenades ; et petite mère à son tour lui disait combien de fois elle avait parcouru la grande allée de peuples, celle de droite, contre la ferme des Couillard, l'autre n'ayant pas assez de soleil.

Comme on lui avait recommandé de « prendre

26

du mouvement », elle s'acharnait à marcher. Dès que la fraîcheur de la nuit s'était dissipée, elle descendait appuyée sur le bras de Rosalie, enveloppée d'une mante et de deux châles, et la tête étouffée d'une capeline noire que recouvrait encore un tricot rouge.

Alors, traînant son pied gauche, un peu plus lourd et qui avait déjà tracé, dans toute la longueur du chemin, l'un à l'aller, l'autre au retour, deux sillons poudreux où l'herbe était morte, elle recommençait sans fin un interminable voyage en ligne droite depuis l'encoignure du château jusqu'aux premiers arbustes du bosquet. Elle avait fait placer un banc à chaque extrémité de cette piste ; et toutes les cinq minutes elle s'arrêtait, disant à la pauvre bonne patiente qui la soutenait : « Asseyons-nous, ma fille, je suis un peu lasse. »

Et à chaque arrêt elle laissait sur un des bancs tantôt le tricot qui lui couvrait la tête, tantôt un châle, et puis l'autre, puis la capeline, puis la mante ; et tout cela faisait, aux deux bouts de l'allée, deux gros paquets de vêtements que Rosalie rapportait sur son bras libre quand on rentrait pour déjeuner.

Et dans l'après-midi, la baronne recommençait d'une allure plus molle, avec des repos plus allongés, sommeillant même une heure de temps en temps sur une chaise longue qu'on lui roulait dehors.

Elle appelait cela faire « son exercice », comme elle disait « mon hypertrophie ».

Un médecin consulté dix ans auparavant, parce qu'elle éprouvait des étouffements, avait parlé d'hypertrophie. Depuis lors ce mot, dont elle ne comprenait guère la signification, s'était établi dans sa tête. Elle faisait tâter obstinément au baron, à Jeanne et à Rosalie son cœur que personne ne sentait plus, tant il était enseveli sous la bouffissure de sa poitrine ; mais elle refusait avec énergie de se laisser examiner par aucun nouveau médecin, de peur qu'on lui découvrît d'autres maladies ; et elle parlait de « son » hypertrophie à tout propos et si souvent qu'il semblait que cette affection lui fût spéciale, lui appartînt comme une chose unique sur laquelle les autres n'avaient aucun droit.

Le baron disait « l'hypertrophie de ma femme », et Jeanne « l'hypertrophie de maman », comme ils auraient dit « la robe, le chapeau, ou le parapluie ».

Elle avait été fort jolie dans sa jeunesse et plus mince qu'un roseau. Après avoir valsé dans les bras de tous les uniformes de l'Empire, elle avait lu *Corinne* qui l'avait fait pleurer ; et elle était demeurée depuis comme marquée de ce roman.

A mesure que sa taille s'était épaissie, son âme avait pris des élans plus poétiques ; et quand l'obésité l'eut clouée sur un fauteuil, sa pensée vagabonda à travers des aventures tendres dont elle se croyait l'héroïne. Elle en avait des préférées qu'elle faisait toujours revenir dans ses rêves, comme une boîte à musique dont on remonte la manivelle répète interminablement le même air. Toutes les romances langoureuses où l'on parle de captives et d'hirondelles lui mouillaient infailliblement les paupières ; et elle aimait même certaines chansons grivoises de Béranger à cause des regrets qu'elles expriment.

Elle demeurait souvent pendant des heures

immobile, éloignée dans ses songeries ; et son habitation des Peuples lui plaisait infiniment parce qu'elle prêtait un décor aux romans de son âme, lui rappelant et par les bois d'alentour, et par la lande déserte, et par le voisinage de la mer, les livres de Walter Scott qu'elle lisait depuis quelques mois.

Dans les jours de pluie, elle restait enfermée en sa chambre à visiter ce qu'elle appelait ses « reliques ». C'étaient toutes ses anciennes lettres, les lettres de son père et de sa mère, les lettres du baron quand elle était sa fiancée, et d'autres encore.

Elle les avait enfermées dans un secrétaire d'acajou portant à ses angles des sphinx de cuivre ; et elle disait d'une voix particulière : « Rosalie, ma fille, apporte-moi le tiroir aux *souvenirs*. »

La petite bonne ouvrait le meuble, prenait le tiroir, le posait sur une chaise à côté de sa maîtresse qui se mettait à lire lentement, une à une, ces lettres, en laissant tomber une larme dessus de temps en temps.

Jeanne parfois remplaçait Rosalie et promenait petite mère qui lui racontait des souvenirs d'enfance. La jeune fille se retrouvait dans ces histoires d'autrefois, s'étonnant de la similitude de leurs pensées, de la parenté de leurs désirs ; car chaque cœur s'imagine ainsi avoir tressailli avant tout autre sous une foule de sensations qui ont fait battre ceux des premières créatures et feront palpiter encore ceux des derniers hommes et des dernières femmes.

Leur marche lente suivait la lenteur du récit que des oppressions parfois interrompaient quelques secondes ; et la pensée de Jeanne alors, bondissant par-dessus les aventures commencées, s'élançait vers l'avenir peuplé de joies, se roulait dans les espérances.

L'après-midi, comme elles se reposaient sur le banc du fond, elles aperçurent tout à coup, au bout de l'allée, un gros prêtre qui s'en venait vers elles.

Il salua de loin, prit un air souriant, salua de nouveau quand il fut à trois pas et s'écria : « Eh bien, madame la baronne, comment allons-nous ? » C'était le curé du pays.

Petite mère, née dans le siècle des philosophes, élevée par un père peu croyant, aux jours de la Révolution, ne fréquentait guère l'église, bien qu'elle aimât les prêtres par une sorte d'instinct religieux de femme.

Elle avait totalement oublié l'abbé Picot, son curé, et rougit en le voyant. Elle s'excusa de n'avoir point prévenu sa démarche. Mais le bonhomme n'en semblait point froissé ; il regarda Jeanne, la complimenta sur sa bonne mine, s'assit, mit son tricorne sur ses genoux et s'épongea le front. Il était fort gros, fort rouge, et suait à flots. Il tirait de sa poche à tout instant un énorme mouchoir à carreaux imbibé de transpiration, et se le passait sur le visage et le cou ; mais à peine le linge humide était-il rentré dans les profondeurs de sa robe que de nouvelles gouttes poussaient sur sa peau, et, tombant sur la soutane rebondie au ventre, fixaient en petites taches rondes la poussière volante des chemins.

Il était gai, vrai prêtre campagnard, tolérant, bavard et brave homme. Il raconta des histoires, parla des gens du pays, ne sembla pas s'être aperçu que ses deux paroissiennes n'étaient pas encore venues aux offices, la baronne accordant son indolence avec sa foi confuse et Jeanne trop heureuse d'être délivrée du couvent où elle avait été repue de cérémonies pieuses.

Le baron parut. Sa religion panthéiste le laissait indifférent aux dogmes. Il fut aimable pour l'abbé qu'il connaissait de loin, et le retint à dîner.

Le prêtre sut plaire grâce à cette astuce inconsciente que le maniement des âmes donne aux hommes les plus médiocres appelés par le hasard des événements à exercer un pouvoir sur leurs semblables.

La baronne le choya, attirée peut-être par une de ces affinités qui rapprochent les natures semblables, la figure sanguine et l'haleine courte du gros homme plaisant à son obésité soufflante.

Vers le dessert il eut une verve de curé en goguette, ce laisser-aller familier des fins de repas joyeuses.

Et tout à coup il s'écria comme si une idée heureuse lui eût traversé l'esprit : « Mais j'ai un nouveau paroissien qu'il faut que je vous présente, M. le vicomte de Lamare ! »

La baronne qui connaissait sur le bout du doigt tout l'armorial[1] de la province, demanda : « Est-il de la famille de Lamare de l'Eure ? »

Le prêtre s'inclina : « Oui, madame, c'est le fils du vicomte Jean de Lamare, mort l'an dernier. » Alors, Mme Adelaïde, qui aimait par-dessus tout la noblesse, posa une foule de questions, et apprit que, les dettes du père payées, le jeune homme, ayant vendu son château de famille, s'était organisé un petit pied-à-terre dans une des trois fermes qu'il possédait dans la commune d'Étouvent. Ces biens représentaient en tout cinq à six mille livres de rente ; mais le vicomte était d'humeur économe et sage et comptait vivre simplement pendant deux ou trois ans dans ce modeste pavillon afin d'amasser de quoi faire figure dans le monde pour se marier avec avantage sans contracter de dettes ou hypothéquer ses fermes.

Le curé ajouta : « C'est un bien charmant garçon ; et si rangé, si paisible. Mais il ne s'amuse guère dans le pays. »

Le baron dit : « Amenez-le chez nous, monsieur l'abbé, cela pourra le distraire de temps en temps. » Et on parla d'autre chose.

Quand on passa dans le salon, après avoir pris le café, le prêtre demanda la permission de faire un tour dans le jardin, ayant l'habitude d'un peu d'exercice après ses repas. Le baron l'accompagna. Ils se promenaient lentement tout le long de la façade blanche du château pour revenir ensuite sur leurs pas. Leurs ombres, l'une maigre, l'autre ronde et coiffée d'un champignon, allaient et venaient tantôt devant eux, tantôt derrière eux, selon qu'ils marchaient vers la lune ou qu'ils lui tournaient le dos. Le curé mâchonnait une sorte de cigarette qu'il avait tirée de sa poche. Il en expliqua l'utilité avec le franc parler des hommes de campagne : « C'est pour favoriser les renvois, parce que j'ai les digestions un peu lourdes. »

Puis, soudain, regardant le ciel où voyageait l'astre clair, il prononça : « On ne se lasse jamais de ce spectacle-là. »

Et il rentra prendre congé des dames.

III

Le dimanche suivant, la baronne et Jeanne allèrent à la messe, poussées par un délicat sentiment de déférence pour leur curé.

Elles l'attendirent après l'office afin de l'inviter à déjeuner pour le jeudi. Il sortit de la sacristie avec un grand jeune homme élégant qui lui donnait le bras familièrement. Dès qu'il aperçut les deux femmes, il fit un geste de joyeuse surprise et s'écria : « Comme ça tombe ! Permettez-moi, madame la baronne et mademoiselle Jeanne, de vous présenter votre voisin, M. le vicomte de Lamare. »

Le vicomte s'inclina, dit son désir ancien déjà de faire la connaissance de ces dames et se mit à causer avec aisance, en homme comme il faut, ayant vécu. Il possédait une de ces figures heureuses dont rêvent les femmes et qui sont désagréables à tous les hommes. Ses cheveux noirs et frisés ombraient son front lisse et bruni ; et deux grands sourcils réguliers comme s'ils eussent été artificiels rendaient profonds et tendres ses yeux sombres dont le blanc semblait un peu teinté de bleu.

Ses cils serrés et longs prêtaient à son regard cette éloquence passionnée qui trouble dans les salons la belle dame hautaine et fait se retourner la fille en bonnet qui porte un panier par les rues.

Le charme langoureux de cet œil faisait croire à le profondeur de la pensée et donnait de l'importance aux moindres paroles.

La barbe drue, luisante et fine, cachait une mâchoire un peu trop forte.

On se sépara après beaucoup de compliments.

M. de Lamare, deux jours après, fit sa première visite.

Il arriva comme on essayait un banc rustique posé le matin même sous le grand platane en face des fenêtres du salon. Le baron voulait qu'on en plaçât un autre, pour faire pendant, sous le tilleul ; petite mère, ennemie de la symétrie, ne voulait pas. Le vicomte consulté fut de l'avis de la baronne.

Puis il parla du pays, qu'il déclarait très « pittoresque », ayant trouvé, dans ses promenades solitaires, beaucoup de « sites » ravissants. De temps en temps ses yeux, comme par hasard, rencontraient ceux de Jeanne ; et elle éprouvait une sensation singulière de ce regard brusque, vite détourné, où apparaissaient une admiration caressante et une sympathie éveillée.

M. de Lamare, le père, mort l'année précédente, avait justement connu un ami de M. des Curtaux dont petite mère était fille ; et la découverte de cette connaissance enfanta une conversation d'alliances, de dates, de parentés interminable. La baronne faisait des tours de force de mémoire, rétablissant les ascendances et les descendances

34

d'autres familles, circulant, sans jamais se perdre, dans le labyrinthe compliqué des généalogies.

« Dites-moi, vicomte, avez-vous entendu parler des Saunoy de Varfleur ? le fils aîné, Gontran, avait épousé une demoiselle de Coursil, une Coursil-Courville, et le cadet, une de mes cousines, Mlle de la Roche-Aubert qui était alliée aux Crisange. Or, M. de Crisange était l'ami intime de mon père et a dû connaître aussi le vôtre.

— Oui, madame. N'est-ce pas ce M. de Crisange qui émigra et dont le fils s'est ruiné ?

— Lui-même. Il avait demandé en mariage ma tante, après la mort de son mari, le compte d'Éretry ; mais elle ne voulut pas de lui parce qu'il prisait. Savez-vous, à ce propos, ce que sont devenus les Viloise ? Ils ont quitté la Touraine vers 1813, à la suite de revers de fortune, pour se fixer en Auvergne, et je n'en ai plus entendu parler.

— Je crois, madame, que le vieux marquis est mort d'une chute de cheval, laissant une fille mariée avec un Anglais, et l'autre avec un certain Bassolle, un commerçant, riche, dit-on, et qui l'avait séduite. »

Et des noms appris et retenus dès l'enfance dans les conversations des vieux parents revenaient. Et les mariages de ces familles égales prenaient dans leurs esprits l'importance des grands événements publics. Ils parlaient de gens qu'ils n'avaient jamais vus comme s'ils les connaissaient beaucoup ; et ces gens-là, dans d'autres contrées, parlaient d'eux de la même façon ; et ils se sentaient familiers de loin, presque amis, presque alliés, par le seul fait d'appartenir à la même caste, et d'être d'un sang équivalent.

Le baron, d'une nature assez sauvage et d'une éducation qui ne s'accordait point avec les croyances et les préjugés des gens de son monde, ne connaissait guère les familles des environs ; il interrogea sur elles le vicomte.

M. de Lamare répondit : « Oh! il n'y a pas beaucoup de noblesse dans l'arrondissement », du même ton dont il aurait déclaré qu'il y avait peu de lapins sur les côtes ; et il donna des détails. Trois familles seulement se trouvaient dans un rayon assez rapproché : le marquis de Coutelier, une sorte de chef de l'aristocratie normande ; le vicomte et la vicomtesse de Briseville, des gens d'excellente race, mais se tenant assez isolés ; enfin le comte de Fourville, sorte de croque-mitaine qui passait pour faire mourir sa femme de chagrin et qui vivait en chasseur dans son château de la Vrillette, bâti sur un étang.

Quelques parvenus qui frayaient entre eux avaient acheté des domaines par-ci, par-là. Le vicomte ne les connaissait point.

Il prit congé ; et son dernier regard fut pour Jeanne, comme s'il lui eût adressé un adieu particulier, plus cordial et plus doux.

La baronne le trouva charmant et surtout très comme il faut. Petit père répondit : « Oui, certes, c'est un garçon très bien élevé. »

On l'invita à dîner la semaine suivante. Il vint alors régulièrement.

Il arrivait le plus souvent vers quatre heures de l'après-midi, rejoignait petite mère dans « son allée » et lui offrait le bras pour faire « son exercice ». Quand Jeanne n'était point sortie, elle soutenait la baronne de l'autre côté, et tous trois mar-

chaient lentement d'un bout à l'autre du grand
chemin tout droit, allant et revenant sans cesse. Il
ne parlait guère à la jeune fille. Mais son œil, qui
semblait en velours noir, rencontrait souvent l'œil
de Jeanne, qu'on aurait dit en agate bleue.

Plusieurs fois ils descendirent tous les deux à
Yport avec le baron.

Comme ils se trouvaient sur la plage, un soir, le
père Lastique les aborda, et, sans quitter sa pipe,
dont l'absence aurait étonné peut-être davantage
que la disparition de son nez, il prononça : « Avec
ce vent-là, m'sieu l'baron, y aurait d'quoi aller
d'main jusqu'Étretat, et r'venir sans s'donner
d'peine. »

Jeanne joignit les mains : « Oh ! papa, si tu voulais ? » Le baron se tourna vers M. de Lamare :
« En êtes-vous, vicomte ? Nous irions déjeuner
là-bas. »

Et la partie fut tout de suite décidée.

Dès l'aurore, Jeanne était debout. Elle attendit
son père plus lent à s'habiller, et ils se mirent à
marcher dans la rosée, traversant d'abord la plaine,
puis le bois tout vibrant de chants d'oiseaux. Le
vicomte et le père Lastique étaient assis sur un
cabestan.

Deux autres marins aidèrent au départ. Les hommes, appuyant leurs épaules aux bordages, poussaient de toute leur force. On avançait avec peine
sur la plate-forme de galet. Lastique glissait sous la
quille des rouleaux de bois graissés, puis, reprenant
sa place, modulait d'une voix traînante son interminable « Ohée hop ! » qui devait régler l'effort commun.

Mais, lorsqu'on parvint à la pente, le canot tout

d'un coup partit, dévala sur les cailloux ronds avec un grand bruit de toile déchirée. Il s'arrêta net à l'écume des petites vagues, et tout le monde prit place sur les bancs ; puis les deux matelots restés à terre le mirent à flot.

Une brise légère et continue, venant du large, effleurait et ridait la surface de l'eau. La voile fut hissée, s'arrondit un peu, et la barque s'en alla paisiblement, à peine bercée par la mer.

On s'éloigna d'abord. Vers l'horizon, le ciel se baissant se mêlait à l'océan. Vers la terre, la haute falaise droite faisait une grande ombre à son pied, et des pentes de gazon pleines de soleil l'échancraient par endroits. Là-bas, en arrière, des voiles brunes sortaient de la jetée blanche de Fécamp, et là-bas, en avant, une roche d'une forme étrange, arrondie et percée à jour, avait à peu près la figure d'un éléphant énorme enfonçant sa trompe dans les flots. C'était la petite porte d'Étretat.

Jeanne, tenant le bordage d'une main, un peu étourdie par le bercement des vagues, regardait au loin ; et il lui semblait que trois seules choses étaient vraiment belles dans la création : la lumière, l'espace et l'eau.

Personne ne parlait. Le père Lastique, qui tenait la barre et l'écoute, buvait un coup de temps en temps à même une bouteille cachée sous son banc ; et il fumait, sans repos, son moignon de pipe qui semblait inextinguible. Il en sortait toujours un mince filet de fumée bleue, tandis qu'un autre tout pareil s'échappait du coin de sa bouche. Et on ne voyait jamais le matelot rallumer le fourneau de terre plus noir que l'ébène, ou le remplir de tabac. Quelquefois il le prenait d'une main, l'ôtait de ses lèvres, et du même coin d'où sortait la fumée lançait à la mer un long jet de salive brune.

Le baron, assis à l'avant, surveillait la voile, tenant la place d'un homme. Jeanne et le vicomte se trouvaient côte à côte, un peut troublés tous les deux. Une force inconnue faisait se rencontrer leurs yeux qu'ils levaient au même moment comme si une affinité les eût avertis ; car entre eux flottait déjà cette subtile et vague tendresse qui naît si vite entre deux jeunes gens, lorsque le garçon n'est pas laid et que la jeune fille est jolie. Ils se sentaient heureux l'un près de l'autre, peut-être parce qu'ils pensaient l'un à l'autre.

Le soleil montait comme pour considérer de plus haut la vaste mer étendue sous lui ; mais elle eut comme une coquetterie et s'enveloppa d'une brume légère qui la voilait à ses rayons. C'était un brouillard transparent, très bas, doré, qui ne cachait rien, mais rendait les lointains plus doux. L'astre dardait ses flammes, faisait fondre cette nuée brillante ; et lorsqu'il fut dans toute sa force, la buée s'évapora, disparut ; et la mer, lisse comme une glace, se mit à miroiter dans la lumière[1].

Jeanne, tout émue, murmura : « Comme c'est beau ! » Le vicomte répondit : « Oh ! oui, c'est beau ! » La clarté sereine de cette matinée faisait s'éveiller comme un écho dans leurs cœurs.

Et soudain on découvrit les grandes arcades d'Étretat, pareilles à deux jambes de la falaise marchant dans la mer, hautes à servir d'arche à des navires ; tandis qu'une aiguille de roche blanche et pointue se dressait devant la première.

On aborda, et pendant que le baron, descendu le

premier, retenait la barque au rivage en tirant sur une corde, le vicomte prit dans ses bras Jeanne pour la déposer à terre sans qu'elle se mouillât les pieds ; puis ils montèrent la dure bande de galet, côte à côte, émus tous deux de ce rapide enlacement, et ils entendirent tout à coup le père Lastique disant au baron : « M'est avis que ça ferait un joli couple tout de même. »

Dans une petite auberge, près de la plage, le déjeuner fut charmant. L'océan, engourdissant la voix et la pensée, les avait rendus silencieux ; la table les fit bavards, et bavards comme des écoliers en vacances.

Les choses les plus simples leur donnaient d'interminables gaietés.

Le père Lastique, en se mettant à table, cacha soigneusement dans son béret sa pipe qui fumait encore ; et l'on rit. Une mouche, attirée sans doute par son nez rouge, s'en vint à plusieurs reprises se poser dessus ; et lorsqu'il l'avait chassée d'un coup de main trop lent pour la saisir, elle allait se poster sur un rideau de mousseline, que beaucoup de ses sœurs avaient déjà maculé, et elle semblait guetter avidement le pif enluminé du matelot, car elle reprenait aussitôt son vol pour revenir s'y installer.

A chaque voyage de l'insecte un rire fou jaillissait, et, lorsque le vieux, ennuyé par ce chatouillement, murmura : « Elle est bougrement obstinée », Jeanne et le vicomte se mirent à pleurer de gaieté, se tordant, étouffant, la serviette sur la bouche pour ne pas crier.

Lorsqu'on eut pris le café : « Si nous allions nous promener », dit Jeanne. Le vicomte se leva ; mais le baron préférait faire son lézard au soleil sur le galet : « Allez-vous-en, mes enfants, vous me retrouverez ici dans une heure. »

Ils traversèrent en ligne droite les quelques chaumières du pays ; et, après avoir dépassé un petit château qui ressemblait à une grande ferme, ils se trouvèrent dans une vallée découverte allongée devant eux.

Le mouvement de la mer les avait alanguis, troublant leur équilibre ordinaire, le grand air salin les avait affamés, puis le déjeuner les avait étourdis et la gaieté les avait énervés. Ils se sentaient maintenant un peu fous avec des envies de courir éperdument dans les champs. Jeanne entendait bourdonner ses oreilles, toute remuée par des sensations nouvelles et rapides.

Un soleil dévorant tombait sur eux. Des deux côtés de la route les récoltes mûres se penchaient, pliées sous la chaleur. Les sauterelles s'égosillaient, nombreuses comme les brins d'herbe, jetant partout, dans les blés, dans les seigles, dans les joncs marins des côtes, leur cri maigre et assourdissant.

Aucune autre voix ne montait sous le ciel torride, d'un bleu miroitant et jauni comme s'il allait tout d'un coup devenir rouge, à la façon des métaux trop rapprochés d'un brasier.

Ayant aperçu un petit bois, plus loin, à droite, ils y allèrent.

Encaissée entre deux talus, une allée étroite s'avançait sous de grands arbres impénétrables au soleil. Une espèce de fraîcheur moisie les saisit en entrant, cette humidité qui fait frissonner la peau et pénètre dans les poumons. L'herbe avait disparu,

41

faute de jour et d'air libre ; mais une mousse cachait le sol.

Ils avançaient : « Tiens, là-bas, nous pourrons nous asseoir un peu », dit-elle. Deux vieux arbres étaient morts et, profitant du trou fait dans la verdure, une averse de lumière tombait là, chauffait la terre, avait réveillé des germes de gazon, de pissenlits et de lianes, fait éclore des petites fleurs blanches, fines comme un brouillard, et des digitales pareilles à des fusées. Des papillons, des abeilles, des frelons trapus, des cousins démesurés qui ressemblaient à des squelettes de mouches, mille insectes volants, des bêtes à bon Dieu roses et tachetées, des bêtes d'enfer aux reflets verdâtres, d'autres noires avec des cornes, peuplaient ce puits lumineux et chaud, creusé dans l'ombre glacée des lourds feuillages.

Ils s'assirent, la tête à l'abri et les pieds dans la chaleur. Ils regardaient toute cette vie grouillante et petite qu'un rayon fait apparaître ; et Jeanne attendrie répétait : « Comme on est bien ! que c'est bon la campagne ! Il y a des moments où je voudrais être mouche ou papillon pour me cacher dans les fleurs. »

Ils parlèrent d'eux, de leurs habitudes, de leurs goûts, sur ce ton plus bas, intime, dont on fait les confidences. Il se disait déjà dégoûté du monde, las de sa vie futile ; c'était toujours la même chose ; on n'y rencontrait rien de vrai, rien de sincère.

Le monde ! elle aurait bien voulu le connaître ; mais elle était convaincue d'avance qu'il ne valait pas la campagne.

Et plus leurs cœurs se rapprochaient, plus ils s'appelaient avec cérémonie « Monsieur et Mademoiselle » plus aussi leurs regards se souriaient, se mêlaient ; et il leur semblait qu'une bonté nouvelle entrait en eux, une affection plus épandue, un intérêt à mille choses dont ils ne s'étaient jamais souciés.

Ils revinrent ; mais le baron était parti à pied jusqu'à la Chambre-aux-Demoiselles, grotte suspendue dans une crête de falaise ; et ils l'attendirent à l'auberge.

Il ne reparut qu'à cinq heures du soir, après une longue promenade sur les côtes.

On remonta dans la barque. Elle s'en allait mollement, vent arrière, sans secousse aucune, sans avoir l'air d'avancer. La brise arrivait par souffles lents et tièdes qui tendaient la voile une seconde, puis la laissaient retomber, flasque, le long du mât. L'onde opaque semblait morte ; et le soleil épuisé d'ardeurs, suivant sa route arrondie, s'approchait d'elle tout doucement.

L'engourdissement de la mer faisait de nouveau taire tout le monde.

Jeanne dit enfin : « Comme j'aimerais voyager ! »

Le vicomte reprit : « Oui, mais c'est triste de voyager seul, il faut être au moins deux pour se communiquer ses impressions. »

Elle réfléchit : « C'est vrai..., j'aime à me promener seule cependant... ; comme on est bien quand on rêve toute seule... »

Il la regarda longuement : « On peut aussi rêver à deux. »

Elle baissa les yeux. Était-ce une allusion ? Peut-être. Elle considéra l'horizon comme pour découvrir encore plus loin ; puis, d'une voix lente : « Je voudrais aller en Italie... ; et en Grèce... ah ! oui, en Grèce... et en Corse ! ce doit être si sauvage et si beau ! »

Il préférait la Suisse à cause des chalets et des lacs.

Elle disait : « Non, j'aimerais les pays tout neufs comme la Corse, ou les pays très vieux et pleins de souvenirs, comme la Grèce. Ce doit être si doux de retrouver les traces de ces peuples dont nous savons l'histoire depuis notre enfance, de voir les lieux où se sont accomplies les grandes choses. »

Le vicomte, moins exalté, déclara : « Moi, l'Angleterre m'attire beaucoup ; c'est une région fort instructive. »

Alors, ils parcoururent l'univers, discutant les agréments de chaque pays, depuis les pôles jusqu'à l'équateur, s'extasiant sur des paysages imaginaires et les mœurs invraisemblables de certains peuples comme les Chinois et les Lapons ; mais ils en arrivèrent à conclure que le plus beau pays du monde, c'était la France avec son climat tempéré, frais l'été et doux l'hiver, ses riches campagnes, ses vertes forêts, ses grands fleuves calmes et ce culte des beaux-arts qui n'avait existé nulle part ailleurs, depuis les grands siècles d'Athènes[1].

Puis ils se turent.

Le soleil, plus bas, semblait saigner ; et une large traînée lumineuse, une route éblouissante courait sur l'eau depuis la limite de l'océan jusqu'au sillage de la barque.

Les derniers souffles de vent tombèrent ; toute ride s'aplanit ; et la voile immobile était rouge. Une accalmie illimitée semblait engourdir l'espace, faire le silence autour de cette rencontre d'éléments ;

tandis que, cambrant sous le ciel son ventre luisant et liquide, la mer, fiancée monstrueuse, attendait l'amant de feu qui descendait vers elle. Il précipitait sa chute, empourpré comme par le désir de leur embrasement. Il la joignit ; et, peu à peu, elle le dévora.

Alors de l'horizon une fraîcheur accourut ; un frisson plissa le sein mouvant de l'eau comme si l'astre englouti eût jeté sur le monde un soupir d'apaisement.

Le crépuscule fut court ; la nuit se déploya criblée d'astres. Le père Lastique prit les rames ; et on s'aperçut que la mer était phosphorescente. Jeanne et le vicomte, côte à côte, regardaient ces lueurs mouvantes que la barque laissait derrière elle. Ils ne songeaient presque plus, contemplant vaguement, aspirant le soir dans un bien-être délicieux ; et comme Jeanne avait une main appuyée sur le banc, un doigt de son voisin se posa, comme par hasard, contre sa peau ; elle ne remua point, surprise, heureuse, et confuse de ce contact si léger.

Quand elle fut rentrée le soir, dans sa chambre, elle se sentit étrangement remuée et tellement attendrie que tout lui donnait envie de pleurer. Elle regarda sa pendule, pensa que la petite abeille battait à la façon d'un cœur, d'un cœur ami ; qu'elle serait le témoin de toute sa vie, qu'elle accompagnerait ses joies et ses chagrins de ce tic-tac vif et régulier ; et elle arrêta la mouche dorée pour mettre un baiser sur ses ailes. Elle aurait embrassé n'importe quoi. Elle se souvint d'avoir caché dans le fond d'un tiroir une vieille poupée d'autrefois ; elle la rechercha, la revit avec la joie qu'on a en retrouvant des amies adorées ; et, la serrant contre sa poitrine, elle cribla de baisers ardents les joues peintes et la filasse frisée du joujou.

Et, tout en le gardant en ses bras, elle songea.

Était-ce bien LUI l'époux promis par mille voix secrètes, qu'une Providence souverainement bonne avait ainsi jeté sur sa route ? Était-ce bien l'être créé pour elle, à qui elle dévouerait son existence ? Étaient-ils ces deux prédestinés dont les tendresses se joignant devaient s'étreindre, se mêler indissolublement, engendrer L'AMOUR ?

Elle n'avait point encore ces élans tumultueux de tout son être, ces ravissements fous, ces soulèvements profonds qu'elle croyait être la passion ; il lui semblait cependant qu'elle commençait à l'aimer ; car elle se sentait parfois toute défaillante en pensant à lui ; et elle y pensait sans cesse. Sa présence lui remuait le cœur ; elle rougissait et pâlissait en rencontrant son regard, et frissonnait en entendant sa voix.

Elle dormit bien peu cette nuit-là.

Alors de jour en jour le troublant désir d'aimer l'envahit davantage. Elle se consultait sans cesse, consultait aussi les marguerites, les nuages, des pièces de monnaie jetées en l'air.

Or, un soir, son père lui dit : « Fais-toi belle, demain matin. » Elle demanda : « Pourquoi, papa ? » Il reprit : « C'est un secret. »

Et quand elle descendit le lendemain toute fraîche dans une toilette claire, elle trouva la table du salon couverte de boîtes de bonbons ; et, sur une chaise, un énorme bouquet.

Une voiture entra dans la cour. On lisait dessus : « Lerat, pâtissier à Fécamp. Repas de noces » ; et Ludivine, aidée d'un marmiton, tirait d'une trappe ouvrant derrière la carriole beaucoup de grands paniers plats qui sentaient bon.

Le vicomte de Lamare parut. Son pantalon était tendu et retenu sous de mignonnes bottes vernies qui faisaient voir la petitesse de son pied. Sa longue redingote serrée à la taille laissait sortir par l'échancrure sur la poitrine la dentelle de son jabot ; et une cravate fine, à plusieurs tours, le forçait à porter haut sa belle tête brune empreinte d'une distinction grave. Il avait un autre air que de coutume, cet aspect particulier que la toilette donne subitement aux visages les mieux connus. Jeanne, stupéfaite, le regardait comme si elle ne l'avait point encore vu ; elle le trouvait souverainement gentilhomme, grand seigneur de la tête aux pieds.

Il s'inclina, en souriant : « Eh bien, ma commère, êtes-vous prête ? »

Elle balbutia : « Mais quoi ? Qu'y a-t-il donc ?

— Tu le sauras tout à l'heure », dit le baron.

La calèche attelée s'avança, Mme Adélaïde descendit de sa chambre en grand apparat au bras de Rosalie, qui parut tellement émue par l'élégance de M. de Lamare que petit père murmura : « Dites donc, vicomte, je crois que notre bonne vous trouve à son goût. » Il rougit jusqu'aux oreilles, fit semblant de n'avoir pas entendu, et, s'emparant du gros bouquet, le présenta à Jeanne. Elle le prit plus étonnée encore. Tous les quatre montèrent en voiture ; et la cuisinière Ludivine, qui apportait à la baronne un bouillon froid pour la soutenir, déclara : « Vrai, madame, on dirait une noce[1]. »

On mit pied à terre en entrant dans Yport et, à mesure qu'on avançait à travers le village, les matelots dans leurs hardes neuves, dont les plis se voyaient, sortaient de leurs maisons, saluaient, serraient la main du baron et se mettaient à suivre comme derrière une procession.

Le vicomte avait offert son bras à Jeanne et marchait en tête avec elle.

Lorsqu'on arriva devant l'église, on s'arrêta ; et la grande croix d'argent parut, tenue droite par un enfant de chœur précédant un autre gamin rouge et blanc qui portait l'urne d'eau bénite où trempait le goupillon.

Puis passèrent trois vieux chantres dont l'un boitait, puis le serpent, puis le curé soulevant de son ventre pointu l'étole dorée, croisée dessus. Il dit bonjour d'un sourire et d'un signe de tête ; puis, les yeux mi-clos, les lèvres remuées d'une prière, la barrette enfoncée jusqu'au nez, il suivit son état-major en surplis en se dirigeant vers la mer.

Sur la plage, une foule attendait autour d'une barque neuve enguirlandée. Son mât, sa voile, ses cordages étaient couverts de longs rubans qui voltigeaient dans la brise, et son nom JEANNE apparaissait en lettres d'or, à l'arrière.

Le père Lastique, patron de ce bateau construit avec l'argent du baron, s'avança au-devant du cortège. Tous les hommes, d'un même mouvement, ôtèrent ensemble leurs coiffures ; et une rangée de dévotes, encapuchonnées sous de vastes mantes noires à grands plis tombant des épaules, s'agenouillèrent en cercle à l'aspect de la croix.

Le curé, entre les deux enfants de chœur, s'en vint à l'un des bouts de l'embarcation, tandis qu'à l'autre, les trois vieux chantres, crasseux dans leur blanche vêture, le menton poileux, l'air grave, l'œil

48

sur le livre de plain-chant, détonnaient à pleine gueule dans la claire matinée.

Chaque fois qu'ils reprenaient haleine, le serpent tout seul continuait son mugissement ; et dans l'enflure de ses joues pleines de vent ses petits yeux gris disparaissaient. La peau du front même, et celle du cou, semblaient décollées de la chair tant il se gonflait en soufflant.

La mer immobile et transparente semblait assister, recueillie, au baptême de sa nacelle, roulant à peine, avec un tout petit bruit de râteau grattant le galet, des vaguettes hautes comme le doigt. Et les grandes mouettes blanches aux ailes déployées passaient en décrivant des courbes dans le ciel bleu, s'éloignaient, revenaient d'un vol arrondi au-dessus de la foule agenouillée, comme pour voir aussi ce qu'on faisait là.

Mais le chant s'arrêta après un *amen* hurlé cinq minutes ; et le prêtre, d'une voix empâtée, gloussa quelques mots latins dont on ne distinguait que les terminaisons sonores.

Il fit ensuite le tour de la barque en l'aspergeant d'eau bénite, puis il commença à murmurer des *oremus* en se tenant à présent le long d'un bordage en face du parrain et de la marraine qui demeuraient immobiles, la main dans la main.

Le jeune homme gardait sa figure grave de beau garçon, mais la jeune fille, étranglée par une émotion soudaine, défaillante, se mit à trembler tellement, que ses dents s'entrechoquaient. Le rêve qui la hantait depuis quelque temps venait de prendre tout à coup, dans une espèce d'hallucination, l'apparence d'une réalité. On avait parlé de noce, un prêtre était là, bénissant, des hommes en surplis psalmodiaient des prières ; n'était-ce pas elle qu'on mariait.

Eut-elle dans les doigts une secousse nerveuse, l'obsession de son cœur avait-elle couru le long de ses veines jusqu'au cœur de son voisin ? Comprit-il, devina-t-il, fut-il comme elle envahi par une sorte d'ivresse d'amour ? ou bien, savait-il seulement par expérience qu'aucune femme ne lui résistait ? Elle s'aperçut soudain qu'il pressait sa main, doucement d'abord, puis plus fort, plus fort, à la briser. Et, sans que sa figure remuât, sans que personne s'en aperçût, il dit, oui certes, il dit très distinctement : « Oh ! Jeanne, si vous vouliez, ce seraient nos fiançailles. »

Elle baissa la tête d'un mouvement très lent qui peut-être voulait dire « oui ». Et le prêtre qui jetait encore de l'eau bénite leur en envoya quelques gouttes sur les doigts.

C'était fini. Les femmes se relevaient. Le retour fut une débandade. La croix, entre les mains de l'enfant de chœur, avait perdu sa dignité ; elle filait vite, oscillant de droite à gauche, ou bien penchée en avant, prête à tomber sur le nez. Le curé, qui ne priait plus, galopait derrière ; les chantres et le serpent avaient disparu par une ruelle pour être plus tôt déshabillés, et les matelots, par groupes, se hâtaient. Une même pensée, qui mettait en leur tête comme une odeur de cuisine, allongeait les jambes, mouillait les bouches de salive, descendait jusqu'au fond des ventres où elle faisait chanter les boyaux.

Un bon déjeuner les attendait aux Peuples.

La grande table était mise dans la cour sous les pommiers. Soixante personnes y prirent place :

50

marins et paysans. La baronne, au centre, avait à ses côtés les deux curés, celui d'Yport et celui des Peuples. Le baron, en face, était flanqué du maire et de sa femme, maigre campagnarde déjà vieille, qui adressait de tous les côtés une multitude de petits saluts. Elle avait une figure étroite serrée dans son grand bonnet normand, une vraie tête de poule à huppe blanche, avec un œil tout rond et toujours étonné ; et elle mangeait par petits coups rapides comme si elle eût picoté son assiette avec son nez.

Jeanne, à côté du parrain, voyageait dans le bonheur. Elle ne voyait plus rien, ne savait plus rien, et se taisait, la tête brouillée de joie.

Elle lui demanda : « Quel est donc votre petit nom ? »

Il dit : « Julien. Vous ne saviez pas ? »

Mais elle ne répondit point, pensant : « Comme je le répéterai souvent, ce nom-là ! »

Quand le repas fut fini, on laissa la cour aux matelots et on passa de l'autre côté du château. La baronne se mit à faire son exercice, appuyée sur le baron, escortée de ses deux prêtres. Jeanne et Julien allèrent jusqu'au bosquet, entrèrent dans les petits chemins touffus ; et tout à coup il lui saisit les mains : « Dites, voulez-vous être ma femme ? »

Elle baissa encore la tête ; et comme il balbutiait : « Répondez, je vous en supplie ! » elle releva ses yeux vers lui, tout doucement ; et il lut la réponse dans son regard.

IV

Le baron, un matin, entra dans la chambre de Jeanne avant qu'elle fût levée, et s'asseyant sur les pieds du lit : « M. le vicomte de Lamare nous a demandé ta main. »

Elle eut envie de cacher sa figure sous les draps.

Son père reprit : « Nous avons remis notre réponse à tantôt. » Elle haletait, étranglée par l'émotion. Au bout d'une minute le baron, qui souriait, ajouta : « Nous n'avons voulu rien faire sans t'en parler. Ta mère et moi ne sommes pas opposés à ce mariage, sans prétendre cependant t'y engager. Tu es beaucoup plus riche que lui, mais, quand il s'agit du bonheur d'une vie, on ne doit pas se préoccuper de l'argent. Il n'a plus aucun parent ; si tu l'épousais donc ce serait un fils qui entrerait dans notre famille, tandis qu'avec un autre, c'est toi, notre fille, qui irais chez des étrangers. Le garçon nous plaît. Te plairait-il... à toi ? »

Elle balbutia, rouge jusqu'aux cheveux : « Je veux bien, papa. »

Et petit père, en la regardant au fond des yeux, et riant toujours, murmura : « Je m'en doutais un peu, mademoiselle. »

Elle vécut jusqu'au soir comme si elle était grise, sans savoir ce qu'elle faisait, prenant machinalement des objets pour d'autres, et les jambes toutes molles de fatigue sans qu'elle eût marché.

Vers six heures, comme elle était assise avec petite mère sous le platane, le vicomte parut.

Le cœur de Jeanne se mit à battre follement. Le jeune homme s'avançait sans paraître ému. Lorsqu'il fut tout près, il prit les doigts de la baronne et les baisa, puis soulevant à son tour la main frémissante de la jeune fille, il y déposa de toutes ses lèvres un long baiser tendre et reconnaissant.

Et la radieuse saison des fiançailles commença. Ils causaient seuls dans les coins du salon ou bien assis sur le talus au fond du bosquet devant la lande sauvage. Parfois, ils se promenaient dans l'allée de petite mère, lui, parlant d'avenir, elle, les yeux baissés sur la trace poudreuse du pied de la baronne.

Une fois la chose décidée, on voulut hâter le dénouement ; il fut donc convenu que la cérémonie aurait lieu dans six semaines, au 15 août ; et que les jeunes mariés partiraient immédiatement pour leur voyage de noces. Jeanne consultée sur le pays qu'elle voulait visiter se décida pour la Corse où l'on devait être plus seuls que dans les villes d'Italie.

Ils attendaient le moment fixé pour leur union sans impatience trop vive, mais enveloppés, roulés dans une tendresse délicieuse, savourant le charme exquis des insignifiantes caresses, des doigts pressés, des regards passionnés si longs que les âmes semblent se mêler ; et vaguement tourmentés par le désir indécis des grandes étreintes.

On résolut de n'inviter personne au mariage, à l'exception de tante Lison, la sœur de la baronne, qui vivait comme dame pensionnaire dans un couvent de Versailles.

Après la mort de leur père, la baronne avait voulu garder sa sœur avec elle ; mais la vieille fille, poursuivie par l'idée qu'elle gênait tout le monde, qu'elle était inutile et importune, se retira dans une de ces maisons religieuses qui louent des appartements aux gens tristes et isolés dans l'existence.

Elle venait, de temps en temps, passer un mois ou deux dans sa famille.

C'était une petite femme qui parlait peu, s'effaçait toujours, apparaissait seulement aux heures des repas, et remontait ensuite dans sa chambre où elle restait enfermée sans cesse.

Elle avait un air bon et vieillot, bien qu'elle fût âgée seulement de quarante-deux ans, un œil doux et triste ; elle n'avait jamais compté pour rien dans sa famille. Toute petite, comme elle n'était point jolie ni turbulente, on ne l'embrassait guère ; et elle restait tranquille et douce dans les coins. Depuis elle demeura toujours sacrifiée. Jeune fille, personne ne s'occupa d'elle.

C'était quelque chose comme une ombre ou un objet familier, un meuble vivant qu'on est accoutumé à voir chaque jour, mais dont on ne s'inquiète jamais.

Sa sœur, par habitude prise dans la maison paternelle, la considérait comme un être manqué, tout à fait insignifiant. On la traitait avec une familiarité sans gêne qui cachait une sorte de bonté méprisante. Elle s'appelait Lise et semblait gênée par ce nom pimpant et jeune. Quand on avait vu qu'elle ne se mariait pas, qu'elle ne se marierait sans doute point, de Lise on avait fait Lison. Depuis la naissance de Jeanne, elle était devenue « tante Lison », une humble parente, proprette, affreusement timide, même avec sa sœur et son beau-frère qui l'aimaient pourtant, mais d'une affection vague participant d'une tendresse indifférente, d'une compassion inconsciente et d'une bienveillance naturelle.

Quelquefois, quand la baronne parlait des choses lointaines de sa jeunesse, elle prononçait, pour fixer une date : « C'était à l'époque du coup de tête de Lison. »

On n'en disait jamais plus ; et « ce coup de tête » restait comme enveloppé de brouillard.

Un soir Lise, âgée alors de vingt ans, s'était jetée à l'eau sans qu'on sût pourquoi. Rien dans sa vie, dans ses manières, ne pouvait faire pressentir cette folie. On l'avait repêchée à moitié morte ; et ses parents, levant des bras indignés, au lieu de chercher la cause mystérieuse de cette action, s'étaient contentés de parler du « coup de tête », comme ils parlaient de l'accident du cheval « Coco » qui s'était cassé la jambe un peu auparavant dans une ornière et qu'on avait été obligé d'abattre.

Depuis lors, Lise, bientôt Lison, fut considérée comme un esprit très faible. Le doux mépris qu'elle avait inspiré à ses proches s'infiltra lentement dans le cœur de tous les gens qui l'entouraient. La petite Jeanne elle-même, avec cette divination naturelle

55

des enfants, ne s'occupait point d'elle, ne montait jamais l'embrasser dans son lit, ne pénétrait jamais dans sa chambre. La bonne Rosalie, qui donnait à cette chambre les quelques soins nécessaires, semblait seule savoir où elle était située.

Quand tante Lison entrait dans la salle à manger pour le déjeuner, la « Petite » allait, par habitude, lui tendre son front ; et voilà tout.

Si quelqu'un voulait lui parler, on envoyait un domestique la quérir ; et, quand elle n'était pas là, on ne s'occupait jamais d'elle, on ne songeait jamais à elle, on n'aurait jamais eu la pensée de s'inquiéter, de demander : « Tiens, mais je n'ai pas vu Lison, ce matin. »

Elle ne tenait point de place ; c'était un de ces êtres qui demeurent inconnus même à leurs proches, comme inexplorés, et dont la mort ne fait ni trou ni vide dans une maison, un de ces êtres qui ne savent entrer ni dans l'existence, ni dans les habitudes, ni dans l'amour de ceux qui vivent à côté d'eux.

Quand on prononçait « tante Lison », ces deux mots n'éveillaient pour ainsi dire aucune affection en l'esprit de personne. C'est comme si on avait dit « la cafetière ou le sucrier ».

Elle marchait toujours à petits pas pressés et muets ; ne faisait jamais de bruit, ne heurtait jamais rien, semblait communiquer aux objets la propriété de ne rendre aucun son. Ses mains paraissaient faites d'une espèce d'ouate, tant elle maniait légèrement et délicatement ce qu'elle touchait.

Elle arriva vers la mi-juillet, toute bouleversée par l'idée de ce mariage. Elle apportait une foule de cadeaux qui, venant d'elle, demeurèrent presque inaperçus.

Dès le lendemain de sa venue on ne remarqua plus qu'elle était là.

Mais en elle fermentait une émotion extraordinaire, et ses yeux ne quittaient point les fiancés. Elle s'occupa du trousseau avec une énergie singulière, une activité fiévreuse, travaillant comme une simple couturière dans sa chambre où personne ne la venait voir.

A tout moment elle présentait à la baronne des mouchoirs qu'elle avait ourlés elle-même, des serviettes dont elle avait brodé les chiffres, en demandant : « Est-ce bien comme ça, Adélaïde ? » Et petite mère, tout en examinant nonchalamment l'objet, répondait : « Ne te donne donc pas tant de mal, ma pauvre Lison. »

Un soir, vers la fin du mois, après une journée de lourde chaleur, la lune se leva dans une de ces nuits claires et tièdes, qui troublent, attendrissent, font s'exalter, semblent éveiller toutes les poésies secrètes de l'âme. Les souffles doux des champs entraient dans le salon tranquille. La baronne et son mari jouaient mollement une partie de cartes dans la clarté ronde que l'abat-jour de la lampe dessinait sur la table ; tante Lison, assise entre eux, tricotait ; et les jeunes gens accoudés à la fenêtre ouverte regardaient le jardin plein de clarté.

Le tilleul et le platane semaient leur ombre sur le grand gazon qui s'étendait ensuite, pâle et luisant, jusqu'au bosquet tout noir.

Attirée invinciblement par le charme tendre de cette nuit, par cet éclairement vaporeux des arbres

et des massifs, Jeanne se tourna vers ses parents :
« Petit père, nous allons faire un tour, là, sur
l'herbe, devant le château. » Le baron dit, sans
quitter son jeu : « Allez, mes enfants », et se remit à
sa partie.

Ils sortirent et commencèrent à marcher lentement sur la grande pelouse blanche jusqu'au petit
bois du fond.

L'heure avançait sans qu'ils songeassent à rentrer.

La baronne, fatiguée, voulut monter à sa chambre : « Il faut rappeler les amoureux », dit-elle.

Le baron, d'un coup d'œil, parcourut le vaste
jardin lumineux, où les deux ombres erraient doucement.

« Laisse-les donc, reprit-il, il fait si bon dehors !
Lison va les attendre ; n'est-ce pas, Lison ? »

La vieille fille releva ses yeux inquiets, et répondit de sa voix timide : « Certainement, je les atten-
drai. »

Petit père souleva la baronne, et, lassé lui-même
par la chaleur du jour : « Je vais me coucher
aussi », dit-il. Et il partit avec sa femme.

Alors tante Lison à son tour se leva, et, laissant
sur le bras du fauteuil l'ouvrage commencé, sa
laine et la grande aiguille, elle vint s'accouder à la
fenêtre et contempla la nuit charmante.

Les deux fiancés allaient sans fin, à travers le
gazon, du bosquet jusqu'au perron, du perron
jusqu'au bosquet. Ils se serraient les doigts et
ne parlaient plus, comme sortis d'eux-mêmes,
tout mêlés à la poésie visible qui s'exhalait de la
terre.

Jeanne tout à coup aperçut dans le cadre de la

fenêtre la silhouette de la vieille fille que dessinait la clarté de la lampe.

« Tiens, dit-elle, tante Lison qui nous regarde. »

Le vicomte releva la tête, et, de cette voix indifférente qui parle sans pensée :

« Oui, tante Lison nous regarde. »

Et ils continuèrent à rêver, à marcher lentement, à s'aimer.

Mais la rosée couvrait l'herbe, ils eurent un petit frisson de fraîcheur.

« Rentrons maintenant », dit-elle.

Et ils revinrent.

Lorsqu'ils pénétrèrent dans le salon, tante Lison s'était remise à tricoter ! elle avait le front penché sur son travail ; et ses doigts maigres tremblaient un peu, comme s'ils eussent été très fatigués.

Jeanne s'approcha :

« Tante, on va dormir, à présent. »

La vieille fille tourna les yeux ; ils étaient rouges comme si elle eût pleuré. Les amoureux n'y prirent point garde ; mais le jeune homme aperçut soudain les fins souliers de la jeune fille tout couverts d'eau. Il fut saisi d'inquiétude et demanda tendrement : « N'avez-vous point froid à vos chers petits pieds ? »

Et tout à coup les doigts de la tante furent secoués d'un tremblement si fort que son ouvrage s'en échappa ; la pelote de laine roula au loin sur le parquet ; et, cachant brusquement sa figure dans ses mains, elle se mit à pleurer par grands sanglots convulsifs.

Les deux fiancés la regardaient stupéfaits, immobiles. Jeanne brusquement se mit à ses genoux, écarta ses bras, bouleversée, répétant :

« Mais qu'as-tu, mais qu'as-tu, tante Lison ? »

Alors la pauvre femme, balbutiant, avec la voix toute mouillée de larmes, et le corps crispé de chagrin, répondit :

« C'est quand il t'a demandé... N'avez-vous pas froid à... à... à vos chers petits pieds ?... on ne m'a jamais dit de ces choses-là... à moi... jamais... jamais... »

Jeanne, surprise, apitoyée, eut cependant envie de rire à la pensée d'un amoureux débitant des tendresses à Lison ; et le vicomte s'était retourné pour cacher sa gaieté.

Mais la tante se leva soudain, laissa sa laine à terre et son tricot sur le fauteuil, et elle se sauva sans lumière dans l'escalier sombre, cherchant sa chambre à tâtons.

Restés seuls, les deux jeunes gens se regardèrent, égayés et attendris. Jeanne murmura : « Cette pauvre tante !... » Julien reprit : « Elle doit être un peu folle, ce soir[1]. »

Ils se tenaient les mains sans se décider à se séparer, et doucement, tout doucement, ils échangèrent leur premier baiser devant le siège vide que venait de quitter tante Lison.

Ils ne pensaient plus guère, le lendemain, aux larmes de la vieille fille.

Les deux semaines qui précédèrent le mariage laissèrent Jeanne assez calme et tranquille comme si elle eût été fatiguée d'émotions douces.

Elle n'eut pas non plus le temps de réfléchir durant la matinée du jour décisif. Elle éprouvait seulement une grande sensation de vide en tout son corps, comme si sa chair, son sang, ses os se fussent fondus sous la peau ; et elle s'apercevait, en touchant les objets, que ses doigts tremblaient beaucoup.

Elle ne reprit possession d'elle que dans le chœur de l'église pendant l'office.

Mariée ! Ainsi elle était mariée ! La succession de choses, de mouvements, d'événements accomplis depuis l'aube lui paraissait un rêve, un vrai rêve. Il est de ces moments où tout semble changé autour de nous ; les gestes même ont une signification nouvelle ; jusqu'aux heures qui ne semblent plus à leur place ordinaire.

Elle se sentait étourdie, étonnée surtout. La veille encore rien n'était modifié dans son existence ; l'espoir constant de sa vie devenait seulement plus proche, presque palpable. Elle s'était endormie jeune fille ; elle était femme maintenant.

Donc elle avait franchi cette barrière qui semble cacher l'avenir avec toutes ses joies, ses bonheurs rêvés. Elle sentait comme une porte ouverte devant elle ; elle allait entrer dans l'Attendu.

La cérémonie finissait. On passa dans la sacristie presque vide ; car on n'avait invité personne ; puis on ressortit.

Quand ils apparurent sur la porte de l'église, un fracas formidable fit faire un bond à la mariée et pousser un grand cri à la baronne : c'était une salve de coups de fusil tirée par les paysans ; et jusqu'aux Peuples les détonations ne cessèrent plus.

Une collation était servie pour la famille, le curé des châtelains et celui d'Yport, le marié et les témoins choisis parmi les gros cultivateurs des environs.

Puis on fit un tour dans le jardin pour attendre le

dîner. Le baron, la baronne, tante Lison, le maire et l'abbé Picot se mirent à parcourir l'allée de petite mère ; tandis que dans l'allée en face l'autre prêtre lisait son bréviaire en marchant à grands pas.

On entendait, de l'autre côté du château, la gaieté bruyante des paysans qui buvaient du cidre sous les pommiers. Tout le pays endimanché emplissait la cour. Les gars et les filles se poursuivaient.

Jeanne et Julien traversèrent le bosquet, puis montèrent sur le talus, et, muets tous deux, se mirent à regarder la mer. Il faisait un peu frais, bien qu'on fût au milieu d'août ; le vent du nord soufflait, et le grand soleil luisait durement dans le ciel tout bleu.

Les jeunes gens, pour trouver de l'abri, traversèrent la lande en tournant à droite, voulant gagner la vallée ondulante et boisée qui descend vers Yport. Dès qu'ils eurent atteint les taillis, aucun souffle ne les effleura plus, et ils quittèrent le chemin pour prendre un étroit sentier s'enfonçant sous les feuilles. Ils pouvaient à peine marcher de front ; alors elle sentit un bras qui se glissait lentement autour de sa taille.

Elle ne disait rien, haletante, le cœur précipité, la respiration coupée. Des branches basses leur caressaient les cheveux ; ils se courbaient souvent pour passer. Elle cueillit une feuille ; deux bêtes à bon Dieu, pareilles à deux frêles coquillages rouges, étaient blotties dessous.

Alors elle dit, innocente et rassurée un peu : « Tiens, un ménage. »

Julien effleura son oreille de sa bouche : « Ce soir vous serez ma femme. »

Quoiqu'elle eût appris bien des choses dans son séjour aux champs, elle ne songeait encore qu'à la poésie de l'amour, et fut surprise. Sa femme ? ne l'était-elle pas déjà ?

Alors il se mit à l'embrasser à petits baisers rapides sur la tempe et sur le cou, là où frisaient les premiers cheveux. Saisie chaque fois par ces baisers d'homme auxquels elle n'était point habituée, elle penchait instinctivement la tête de l'autre côté pour éviter cette caresse qui la ravissait cependant.

Mais ils se trouvèrent soudain sur la lisière du bois. Elle s'arrêta, confuse d'être si loin. Qu'allait-on penser ? « Retournons », dit-elle.

Il retira le bras dont il serrait sa taille, et, en se tournant tous deux, ils se trouvèrent face à face, si près qu'ils sentirent leurs haleines sur leurs visages ; et ils se regardèrent. Ils se regardèrent d'un de ces regards fixes, aigus, pénétrants, où deux âmes croient se mêler. Ils se cherchèrent dans leurs yeux, derrière leurs yeux, dans cet inconnu impénétrable de l'être, ils se sondèrent dans une muette et obstinée interrogation. Que seraient-ils l'un pour l'autre ? Que serait cette vie qu'ils commençaient ensemble ? Que se réservaient-ils l'un à l'autre de joies, de bonheurs ou de désillusions en ce long tête-à-tête indissoluble du mariage ? Et il leur sembla, à tous les deux, qu'ils ne s'étaient pas encore vus.

Et tout à coup, Julien, posant ses deux mains sur les épaules de sa femme, lui jeta à pleine bouche un baiser profond comme elle n'en avait jamais reçu. Il descendit, ce baiser, il pénétra dans ses veines et dans ses moelles ; et elle en eut une telle secousse mystérieuse qu'elle repoussa éperdument Julien de ses deux bras, et faillit tomber sur le dos.

« Allons-nous-en. Allons-nous-en », balbutia-t-elle.

Il ne répondit pas, mais il lui prit les mains qu'il garda dans les siennes.

Ils n'échangèrent plus un mot jusqu'à la maison. Le reste de l'après-midi sembla long.

On se mit à table à la nuit tombante.

Le dîner fut simple et assez court, contrairement aux usages normands[1]. Une sorte de gêne paralysait les convives. Seuls les deux prêtres, le maire et les quatre fermiers invités montrèrent un peu de cette grosse gaieté qui doit accompagner les noces.

Le rire semblait mort, un mot du maire le ranima. Il était neuf heures environ ; on allait prendre le café. Au-dehors, sous les pommiers de la première cour, le bal champêtre commençait. Par la fenêtre ouverte on apercevait toute la fête. Des lumignons pendus aux branches donnaient aux feuilles des nuances de vert-de-gris. Rustres et rustaudes sautaient en rond en hurlant un air de danse sauvage qu'accompagnaient faiblement deux violons et une clarinette juchée sur une grande table de cuisine en estrade. Le chant tumultueux des paysans couvrait entièrement parfois la chanson des instruments ; et la frêle musique déchirée par les voix déchaînées semblait tomber du ciel en lambeaux, en petits fragments de quelques notes éparpillées.

Deux grandes barriques entourées de torches flambantes versaient à boire à la foule. Deux servantes étaient occupées à rincer incessamment

64

les verres et les bols dans un baquet, pour les tendre, encore ruisselants d'eau, sous les robinets d'où coulait le filet rouge du vin ou le filet d'or du cidre pur. Et les danseurs assoiffés, les vieux tranquilles, les filles en sueur se pressaient, tendaient les bras pour saisir à leur tour un vase quelconque et se verser à grands flots dans la gorge, en renversant la tête, le liquide qu'ils préféraient.

Sur une table on trouvait du pain, du beurre, du fromage et des saucisses. Chacun avalait une bouchée de temps en temps, et, sous le plafond de feuilles illuminées, cette fête saine et violente donnait aux convives mornes de la salle l'envie de danser aussi, de boire au ventre de ces grosses futailles en mangeant une tranche de pain avec du beurre et un oignon cru.

Le maire qui battait la mesure avec son couteau s'écria : « Sacristi ! ça va bien, c'est comme qui dirait les noces de Ganache. »

Un frisson de rire étouffé courut. Mais l'abbé Picot, ennemi naturel de l'autorité civile, répliqua : « Vous voulez dire de Cana. » L'autre n'accepta pas la leçon. « Non, monsieur le curé, je m'entends ; quand je dis Ganache, c'est Ganache. »

On se leva et on passa dans le salon. Puis on alla se mêler un peu au populaire en goguette. Puis les invités se retirèrent.

Le baron et la baronne eurent à voix basse une sorte de querelle. Mme Adélaïde, plus essoufflée que jamais, semblait refuser ce que demandait son mari ; enfin elle dit, presque haut : « Non, mon ami, je ne peux pas, je ne saurais comment m'y prendre. »

Petit père alors, la quittant brusquement, s'approcha de Jeanne. « Veux-tu faire un tour avec moi, fillette ? » Tout émue, elle répondit : « Comme tu voudras, papa. » Ils sortirent.

Dès qu'ils furent devant la porte, du côté de la mer, un petit vent sec les saisit. Un de ces vents froids d'été, qui sentent déjà l'automne.

Des nuages galopaient dans le ciel, voilant, puis redécouvrant les étoiles.

Le baron serrait contre lui le bras de sa fille en lui pressant tendrement la main. Ils marchèrent quelques minutes. Il semblait indécis, troublé. Enfin il se décida.

« Mignonne, je vais remplir un rôle difficile qui devrait revenir à ta mère ; mais comme elle s'y refuse, il faut bien que je prenne sa place. J'ignore ce que tu sais des choses de l'existence. Il est des mystères qu'on cache soigneusement aux enfants, aux filles surtout, aux filles qui doivent rester pures d'esprit, irréprochablement pures jusqu'à l'heure où nous les remettons entre les bras de l'homme qui prendra soin de leur bonheur. C'est à lui qu'il appartient de lever ce voile jeté sur le doux secret de la vie. Mais elles, si aucun soupçon ne les a encore effleurées, se révoltent souvent devant la réalité un peu brutale cachée derrière les rêves. Blessées en leur âme, blessées même en leur corps, elles refusent à l'époux ce que la loi, la loi humaine et la loi naturelle lui accordent comme un droit absolu. Je ne puis t'en dire davantage, ma chérie ; mais n'oublie point ceci, que tu appartiens tout entière à ton mari. »

Que savait-elle au juste ? que devinait-elle ? Elle s'était mise à trembler, oppressée d'une mélancolie accablante et douloureuse comme un pressentiment.

Ils rentrèrent. Une surprise les arrêta sur la porte du salon. Mme Adelaïde sanglotait sur le cœur de Julien. Ses pleurs, des pleurs bruyants poussés comme par un soufflet de forge, semblaient lui sortir en même temps du nez, de la bouche et des yeux ; et le jeune homme interdit, gauche, soutenait la grosse femme abattue en ses bras pour lui recommander sa chérie, sa mignonne, son adorée fillette.

Le baron se précipita : « Oh ! pas de scène ; pas d'attendrissement, je vous prie » ; et, prenant sa femme, il l'assit dans un fauteuil pendant qu'elle s'essuyait le visage. Il se tourna ensuite vers Jeanne : « Allons, petite, embrasse ta mère bien vite et va te coucher. »

Prête à pleurer aussi, elle embrassa ses parents rapidement et s'enfuit.

Tante Lison s'était déjà retirée en sa chambre. Le baron et sa femme restèrent seuls avec Julien. Et ils demeuraient si gênés tous les trois qu'aucune parole ne leur venait, les deux hommes en tenue de soirée, debout, les yeux perdus, Mme Adélaïde abattue sur son siège avec des restes de sanglots dans la gorge. Leur embarras devenait intolérable, le baron se mit à parler du voyage que les jeunes gens devaient entreprendre dans quelques jours.

Jeanne, dans sa chambre, se laissait déshabiller par Rosalie qui pleurait comme une source. Les mains errantes au hasard, elle ne trouvait plus ni les cordons ni les épingles et elle semblait assurément plus émue encore que sa maîtresse. Mais Jeanne ne songeait guère aux larmes de sa bonne ;

il lui semblait qu'elle était entrée dans un autre monde, partie sur une autre terre, séparée de tout ce qu'elle avait connu, de tout ce qu'elle avait chéri. Tout lui semblait bouleversé dans sa vie et dans sa pensée ; même cette idée étrange lui vint : « Aimait-elle son mari ? » Voilà qu'il lui apparaissait tout à coup comme un étranger qu'elle connaissait à peine. Trois mois auparavant elle ne savait point qu'il existait, et maintenant elle était sa femme. Pourquoi cela ? Pourquoi tomber si vite dans le mariage comme dans un trou ouvert sous vos pas ?

Quand elle fut en toilette de nuit, elle se glissa dans son lit ; et ses draps un peu frais, faisant frissonner sa peau, augmentèrent cette sensation de froid, de solitude, de tristesse qui lui pesait sur l'âme depuis deux heures.

Rosalie s'enfuit, toujours sanglotant ; et Jeanne attendit. Elle attendit anxieuse, le cœur crispé, ce je ne sais quoi deviné, et annoncé en termes confus par son père, cette révélation mystérieuse de ce qui est le grand secret de l'amour.

Sans qu'elle eût entendu monter l'escalier, on frappa trois coups légers contre sa porte. Elle tressaillit horriblement et ne répondit point. On frappa de nouveau, puis la serrure grinça. Elle se cacha la tête sous ses couvertures comme si un voleur eût pénétré chez elle. Des bottines craquèrent doucement sur le parquet ; et soudain on toucha son lit.

Elle eut un sursaut nerveux et poussa un petit cri ; et, dégageant sa tête, elle vit Julien debout devant elle, qui souriait en la regardant. « Oh ! que vous m'avez fait peur ! » dit-elle.

Il reprit : « Vous ne m'attendiez donc point ? »

Elle ne répondit pas. Il était en grande toilette, avec sa figure grave de beau garçon ; et elle se sentit affreusement honteuse d'être couchée ainsi devant cet homme si correct.

Ils ne savaient que dire, que faire, n'osant même pas se regarder à cette heure sérieuse et décisive d'où dépend l'intime bonheur de toute la vie.

Il sentait vaguement peut-être quel danger offre cette bataille, et quelle souple possession de soi, quelle rusée tendresse il faut pour ne froisser aucune des subtiles pudeurs, des infinies délicatesses d'une âme virginale et nourrie de rêves.

Alors, doucement, il lui prit la main qu'il baisa, et, s'agenouillant auprès du lit comme devant un autel, il murmura d'une voix aussi légère qu'un souffle : « Voudrez-vous m'aimer ? » Elle, rassurée tout à coup, souleva sur l'oreiller sa tête ennuagée de dentelles, et elle sourit : « Je vous aime déjà, mon ami. »

Il mit en sa bouche les petits doigts fins de sa femme, et la voix changée par ce bâillon de chair : « Voulez-vous me prouver que vous m'aimez ? »

Elle répondit, troublée de nouveau, sans bien comprendre ce qu'elle disait, sous le souvenir des paroles de son père : « Je suis à vous, mon ami. »

Il couvrit son poignet de baisers mouillés, et, se redressant lentement, il approchait de son visage qu'elle recommençait à cacher.

Soudain, jetant un bras en avant par-dessus le lit, il enlaça sa femme à travers les draps, tandis que, glissant son autre bras sous l'oreiller, il le soulevait avec la tête : et, tout bas, tout bas il demanda : « Alors, vous voulez bien me faire une toute petite place à côté de vous ? »

Elle eut peur, une peur d'instinct, et balbutia :
« Oh ! pas encore, je vous prie. »

Il sembla désappointé, un peu froissé, et il reprit
d'un ton toujours suppliant, mais plus brusque :
« Pourquoi plus tard puisque nous finirons toujours
par là ? »

Elle lui en voulut de ce mot ; mais soumise et
résignée, elle répéta pour la deuxième fois : « Je
suis à vous, mon ami. »

Alors il disparut bien vite dans le cabinet de
toilette ; et elle entendait distinctement ses mouvements avec des froissements d'habits défaits, un
bruit d'argent dans la poche, la chute successive
des bottines.

Et tout à coup, en caleçon, en chaussettes, il
traversa vivement la chambre pour aller déposer sa
montre sur la cheminée. Puis il retourna, en courant, dans la petite pièce voisine, remua quelque
temps encore et Jeanne se retourna rapidement de
l'autre côté en fermant les yeux, quand elle sentit
qu'il arrivait.

Elle fit un soubresaut comme pour se jeter à
terre lorsque glissa vivement contre sa jambe une
autre jambe froide et velue ; et, la figure dans ses
mains, éperdue, prête à crier de peur et d'effarement, elle se blottit tout au fond du lit.

Aussitôt, il la prit en ses bras, bien qu'elle lui
tournât le dos, et il baisait voracement son cou, les
dentelles flottantes de sa coiffure de nuit et le col
brodé de sa chemise.

Elle ne remuait pas, raidie dans une horrible
anxiété, sentant une main forte qui cherchait sa
poitrine cachée entre ses coudes. Elle haletait bouleversée sous cet attouchement brutal ; et elle avait

70

surtout envie de se sauver, de courir par la maison, de s'enfermer quelque part, loin de cet homme.

Il ne bougeait plus. Elle recevait sa chaleur dans son dos. Alors son effroi s'apaisa encore et elle pensa brusquement qu'elle n'aurait qu'à se retourner pour l'embrasser.

A la fin, il parut s'impatienter, et d'une voix attristée : « Vous ne voulez donc point être ma petite femme ? » Elle murmura à travers ses doigts : « Est-ce que je ne la suis pas ? » Il répondit avec une nuance de mauvaise humeur : « Mais non, ma chère, voyons, ne vous moquez pas de moi. »

Elle se sentit toute remuée par le ton mécontent de sa voix ; et elle se tourna tout à coup vers lui pour lui demander pardon.

Il la saisit à bras-le-corps, rageusement, comme affamé d'elle ; et il parcourait de baisers rapides, de baisers mordants, de baisers fous, toute sa face et le haut de sa gorge, l'étourdissant de caresses. Elle avait ouvert les mains et restait inerte sous ses efforts, ne sachant plus ce qu'elle faisait, ce qu'il faisait, dans un trouble de pensée qui ne lui laissait rien comprendre. Mais une souffrance aiguë la déchira soudain ; et elle se mit à gémir, tordue dans ses bras, pendant qu'il la possédait violemment.

Que se passa-t-il ensuite ? Elle n'en eut guère le souvenir, car elle avait perdu la tête ; il lui sembla seulement qu'il lui jetait sur les lèvres une grêle de petits baisers reconnaissants.

Puis il dut lui parler et elle dut lui répondre. Puis il fit d'autres tentatives qu'elle repoussa avec épouvante ; et comme elle se débattait, elle rencontra sur sa poitrine ce poil épais qu'elle avait déjà senti sur sa jambe, et elle se recula de saisissement.

Las enfin de la solliciter sans succès, il demeura immobile sur le dos.

Alors elle songea ; elle se dit, désespérée jusqu'au fond de son âme, dans la désillusion d'une ivresse rêvée si différente, d'une chère attente détruite, d'une félicité crevée : « Voilà donc ce qu'il appelle être sa femme ; c'est cela ! c'est cela ! »

Et elle resta longtemps ainsi, désolée, l'œil errant sur les tapisseries du mur, sur la vieille légende d'amour qui enveloppait sa chambre.

Mais, comme Julien ne parlait plus, ne remuait plus, elle tourna lentement son regard vers lui, et elle s'aperçut qu'il dormait ! Il dormait, la bouche entrouverte, le visage calme ! Il dormait !

Elle ne le pouvait croire, se sentant indignée, plus outragée par ce sommeil que par sa brutalité, traitée comme la première venue. Pouvait-il dormir une nuit pareille ? Ce qui s'était passé entre eux n'avait donc pour lui rien de surprenant ? Oh ! elle eût mieux aimé être frappée, violentée encore, meurtrie de caresses odieuses jusqu'à perdre connaissance.

Elle resta immobile, appuyée sur un coude, penchée vers lui, écoutant entre ses lèvres passer un léger souffle qui, parfois, prenait une apparence de ronflement.

Le jour parut, terne d'abord, puis clair, puis rose, puis éclatant. Julien ouvrit les yeux, bâilla, étendit ses bras, regarda sa femme, sourit, et demanda : « As-tu bien dormi, ma chérie ? »

Elle s'aperçut qu'il lui disait « tu » maintenant et elle répondit, stupéfaite : « Mais oui. Et vous ? » Il dit : « Oh ! moi, fort bien. » Et, se tournant vers elle, il l'embrassa, puis se mit à causer tranquillement. Il lui développait des projets de vie, avec des idées d'économie ; et ce mot revenu plusieurs fois étonnait Jeanne. Elle l'écoutait sans bien saisir le sens des paroles, le regardait, songeait à mille choses rapides qui passaient, effleurant à peine son esprit.

Huit heures sonnèrent. « Allons, il faut nous lever, dit-il, nous serions ridicules en restant tard au lit », et il descendit le premier. Quand il eut fini sa toilette, il aida gentiment sa femme en tous les menus détails de la sienne, ne permettant pas qu'on appelât Rosalie.

Au moment de sortir, il l'arrêta. « Tu sais, entre nous, nous pouvons nous tutoyer maintenant, mais devant tes parents il vaut mieux attendre encore. Ce sera tout naturel en revenant de notre voyage de noces. »

Elle ne se montra qu'à l'heure du déjeuner. Et la journée s'écoula ainsi qu'à l'ordinaire comme si rien de nouveau n'était survenu. Il n'y avait qu'un homme de plus dans la maison.

V

QUATRE jours plus tard arriva la berline qui devait les emporter à Marseille.

Après l'angoisse du premier soir, Jeanne s'était habituée déjà au contact de Julien, à ses baisers, à ses caresses tendres, bien que sa répugnance n'eût pas diminué pour leurs rapports plus intimes.

Elle le trouvait beau, elle l'aimait ; elle se sentait de nouveau heureuse et gaie.

Les adieux furent courts et sans tristesse. La baronne seule semblait émue ; et elle mit, au moment où la voiture allait partir, une grosse bourse lourde comme du plomb dans la main de sa fille : « C'est pour tes petites dépenses de jeune femme », dit-elle.

Jeanne la jeta dans sa poche ; et les chevaux détalèrent.

Vers le soir, Julien lui dit : « Combien ta mère t'a-t-elle donné dans cette bourse ? » Elle n'y pensait plus et elle la versa sur ses genoux. Un flot d'or se répandit : deux mille francs. Elle battit des mains : « Je ferai des folies », et elle resserra l'argent.

Après huit jours de route, par une chaleur terrible, ils arrivèrent à Marseille.

Et le lendemain le *Roi-Louis*, un petit paquebot qui allait à Naples en passant par Ajaccio, les emportait vers la Corse.

La Corse ! Les maquis ! les bandits ! les montagnes ! la patrie de Napoléon ! Il semblait à Jeanne qu'elle sortait de la réalité pour entrer, tout éveillée, dans un rêve.

Côte à côte sur le pont du navire, ils regardaient courir les falaises de la Provence. La mer immobile, d'un azur puissant, comme figée, comme durcie dans la lumière ardente qui tombait du soleil, s'étalait sous le ciel infini, d'un bleu presque exagéré.

Elle dit : « Te rappelles-tu notre promenade dans le bateau du père Lastique ? »

Au lieu de répondre, il lui jeta rapidement un baiser dans l'oreille.

Les roues du vapeur battaient l'eau, troublant son épais sommeil ; et par-derrière une longue trace écumeuse, une grande traînée pâle où l'onde remuée moussait comme du champagne, allongeait jusqu'à perte de vue le sillage tout droit du bâtiment.

Soudain, vers l'avant, à quelques brasses seulement, un énorme poisson, un dauphin, bondit hors de l'eau, puis y replongea la tête la première et disparut. Jeanne toute saisie eut peur, poussa un cri, et se jeta sur la poitrine de Julien. Puis elle se mit à rire de sa frayeur, et regarda, anxieuse, si la bête n'allait pas reparaître. Au bout de quelques secondes elle jaillit de nouveau comme un gros joujou mécanique. Puis elle retomba, ressortit encore ; puis elles furent deux, puis trois, puis six qui semblaient gambader autour du lourd bateau, faire escorte à leur frère monstrueux, le poisson de bois aux nageoires de fer. Elles passaient à gauche, revenaient à droite du navire, et tantôt ensemble, tantôt l'une après l'autre, comme dans un jeu, dans une poursuite gaie, elles s'élançaient en l'air par un grand saut qui décrivait une courbe, puis elles replongeaient à la queue leu leu.

Jeanne battait des mains, tressaillait, ravie, à chaque apparition des énormes et souples nageurs. Son cœur bondissait comme eux dans une joie folle et enfantine.

Tout à coup, ils disparurent. On les aperçut encore une fois, très loin, vers la pleine mer ; puis on ne les vit plus, et Jeanne ressentit, pendant quelques secondes, un chagrin de leur départ.

Le soir venait, un soir calme, radieux, plein de clarté, de paix heureuse. Pas un frisson dans l'air ou sur l'eau ; et ce repos illimité de la mer et du ciel s'étendait aux âmes engourdies où pas un frisson non plus ne passait.

Le grand soleil s'enfonçait doucement là-bas, vers l'Afrique invisible, l'Afrique, la terre brûlante dont on croyait déjà sentir les ardeurs ; mais une sorte de caresse fraîche, qui n'était cependant pas même une apparence de brise, effleura les visages lorsque l'astre eut disparu.

Ils ne voulurent pas rentrer dans leur cabine où l'on sentait toutes les horribles odeurs des paquebots ; et ils s'étendirent tous les deux sur le pont, flanc contre flanc, roulés dans leurs manteaux. Julien s'endormit tout de suite ; mais Jeanne restait les yeux ouverts, agitée par l'inconnu du voyage. Le bruit monotone des roues la berçait ; et elle regardait au-dessus d'elle ces légions d'étoiles si claires, d'une lumière aiguë, scintillante et comme mouillée, dans ce ciel pur du Midi.

Vers le matin, cependant, elle s'assoupit. Des bruits, des voix la réveillèrent. Les matelots, en chantant, faisaient la toilette du navire. Elle secoua son mari, immobile dans le sommeil, et ils se levèrent.

Elle buvait avec exaltation la saveur de la brume salée qui lui pénétrait jusqu'au bout des doigts. Partout la mer. Pourtant, vers l'avant, quelque chose de gris, de confus encore dans l'aube naissante, une sorte d'accumulation de nuages singuliers, pointus, déchiquetés, semblait posée sur les flots.

Puis cela apparut plus distinct ; les formes se marquèrent davantage sur le ciel éclairci ; une grande ligne de montagnes cornues et bizarres surgit : la Corse, enveloppée dans une sorte de voile léger.

Et le soleil se leva derrière, dessinant toutes les saillies des crêtes en ombres noires ; puis tous les sommets s'allumèrent tandis que le reste de l'île demeurait embrumé de vapeur.

Le capitaine, un vieux petit homme tanné, séché, raccourci, racorni, rétréci par les vents durs et salés, apparut sur le pont, et, d'une voix enrouée par trente ans de commandement, usée par les cris poussés dans les bourrasques, il dit à Jeanne :

« La sentez-vous, cette gueuse-là ? »

Elle sentait en effet une forte et singulière odeur de plantes, d'arômes sauvages.

Le capitaine reprit :

« C'est la Corse qui fleure comme ça, madame ; c'est son odeur de jolie femme, à elle. Après vingt ans d'absence, je la reconnaîtrais à cinq milles au large. J'en suis. Lui, là-bas, à Sainte-Hélène, il en parle toujours, paraît-il, de l'odeur de son pays. Il est de ma famille. »

Et le capitaine, ôtant son chapeau, salua la Corse, salua là-bas, à travers l'océan, le grand empereur prisonnier qui était de sa famille.

Jeanne fut tellement émue qu'elle faillit pleurer.

Puis le marin tendit le bras vers l'horizon : « Les Sanguinaires ! » dit-il.

Julien, debout près de sa femme, la tenait par la taille, et tous deux regardaient au loin pour découvrir le point indiqué.

Ils aperçurent enfin quelques rochers en forme de pyramides, que le navire contourna bientôt pour entrer dans un golfe immense et tranquille, entouré d'un peuple de hauts sommets dont les pentes basses semblaient couvertes de mousses.

Le capitaine indiqua cette verdure : « Le maquis. »

A mesure qu'on avançait, le cercle des monts semblait se refermer derrière le bâtiment qui nageait avec lenteur dans un lac d'azur si transparent qu'on en voyait parfois le fond.

Et la ville apparut soudain, toute blanche, au fond du golfe, au bord des flots, au pied des montagnes.

Quelques petits bateaux italiens étaient à l'ancre

dans le port. Quatre ou cinq barques s'en vinrent rôder autour du *Roi-Louis* pour chercher ses passagers.

Julien, qui réunissait les bagages, demanda tout bas à sa femme : « C'est assez, n'est-ce pas, de donner vingt sous à l'homme de service ? »

Depuis huit jours il posait à tout moment la même question, dont elle souffrait chaque fois. Elle répondit avec un peu d'impatience : « Quand on n'est pas sûr de donner assez, on donne trop. »

Sans cesse, il discutait avec les maîtres et les garçons d'hôtel, avec les voituriers, avec les vendeurs de n'importe quoi, et quand il avait, à force d'arguties, obtenu un rabais quelconque, il disait à Jeanne, en se frottant les mains : « Je n'aime pas être volé. »

Elle tremblait en voyant venir les notes, sûre d'avance des observations qu'il allait faire sur chaque article, humiliée par ces marchandages, rougissant jusqu'aux cheveux sous le regard méprisant des domestiques qui suivaient son mari de l'œil en gardant au fond de la main son insuffisant pourboire.

Il eut encore une discussion avec le batelier qui les mit à terre.

Le premier arbre qu'elle vit fut un palmier !

Ils descendirent dans un grand hôtel vide, à l'encoignure d'une vaste place, et se firent servir à déjeuner.

Lorsqu'ils eurent fini le dessert, au moment où Jeanne se levait pour aller vagabonder par la ville, Julien, la prenant dans ses bras, lui murmura tendrement à l'oreille : « Si nous nous couchions un peu, ma chatte ? »

Elle resta surprise : « Nous coucher ? Mais je ne me sens pas fatiguée. »

Il l'enlaça. « J'ai envie de toi. Tu comprends ? Depuis deux jours !... »

Elle s'empourpra, honteuse, balbutiant : « Oh ! maintenant ! Mais que dirait-on ? Comment oserais-tu demander une chambre en plein jour ? Oh ! Julien, je t'en supplie. »

Mais il l'interrompit : « Je m'en moque un peu de ce que peuvent dire et penser des gens d'hôtel. Tu vas voir comme ça me gêne. »

Et il sonna.

Elle ne disait plus rien, les yeux baissés, révoltée toujours dans son âme et dans sa chair, devant ce désir incessant de l'époux, n'obéissant qu'avec dégoût, résignée, mais humiliée, voyant là quelque chose de bestial, de dégradant, une saleté enfin.

Ses sens dormaient encore, et son mari la traitait maintenant comme si elle eût partagé ses ardeurs.

Quand le garçon fut arrivé, Julien lui demanda de les conduire à leur chambre. L'homme, un vrai Corse velu jusque dans les yeux, ne comprenait pas, affirmait que l'appartement serait préparé pour la nuit.

Julien impatienté s'expliqua : « Non, tout de suite. Nous sommes fatigués du voyage, nous voulons nous reposer. »

Alors un sourire glissa dans la barbe du valet et Jeanne eut envie de se sauver.

Quand ils redescendirent, une heure plus tard, elle n'osait plus passer devant les gens qu'elle rencontrait, persuadée qu'ils allaient rire et chuchoter derrière son dos. Elle en voulait en son cœur à Julien de ne pas comprendre cela, de n'avoir point ces fines pudeurs, ces délicatesses d'instinct ; et elle sentait entre elle et lui comme un voile, un obstacle, s'apercevant pour la première fois que deux personnes ne se pénètrent jamais jusqu'à l'âme, jusqu'au fond des pensées, qu'elles marchent côte à côte, enlacées parfois, mais non mêlées, et que l'être moral de chacun de nous reste éternellement seul par la vie.

Ils demeurèrent trois jours dans cette petite ville cachée au fond de son golfe bleu, chaude comme dans une fournaise derrière son rideau de montagnes qui ne laisse jamais le vent souffler jusqu'à elle.

Puis un itinéraire fut arrêté pour leur voyage, et, afin de ne reculer devant aucun passage difficile, ils décidèrent de louer des chevaux. Ils prirent donc deux petits étalons corses à l'œil furieux, maigres et infatigables, et se mirent en route un matin au lever du jour. Un guide monté sur une mule les accompagnait et portait les provisions, car les auberges sont inconnues en ce pays sauvage.

La route suivait d'abord le golfe pour s'enfoncer dans une vallée peu profonde allant vers les grands monts. Souvent on traversait des torrents presque secs ; une apparence de ruisseau remuait encore sous les pierres, comme une bête cachée, faisait un glou-glou timide.

Le pays inculte semblait tout nu. Les flancs des côtes étaient couverts de hautes herbes, jaunes en cette saison brûlante. Parfois on rencontrait un montagnard soit à pied, soit sur son petit cheval, soit à califourchon sur son âne gros comme un chien. Et tous avaient sur le dos le fusil chargé, vieilles armes rouillées, redoutables en leurs mains.

Le mordant parfum des plantes aromatiques dont l'île est couverte semblait épaissir l'air ; et la route allait s'élevant lentement au milieu des longs replis des monts.

Les sommets de granit rose ou bleu donnaient au vaste paysage des tons de féerie ; et, sur les pentes plus basses, des forêts de châtaigniers immenses avaient l'air de buissons verts tant les vagues de la terre soulevée sont géantes en ce pays.

Quelquefois le guide, tendant la main vers les hauteurs escarpées, disait un nom. Jeanne et Julien regardaient, ne voyaient rien, puis découvraient enfin quelque chose de gris pareil à un amas de pierres tombées du sommet. C'était un village, un petit hameau de granit accroché là, cramponné comme un vrai nid d'oiseau, presque invisible sur l'immense montagne.

Ce long voyage au pas énervait Jeanne. « Courons un peu », dit-elle. Et elle lança son cheval. Puis comme elle n'entendait pas son mari galoper près d'elle, elle se retourna et se mit à rire d'un rire fou en le voyant accourir, pâle, tenant la crinière de la bête et bondissant étrangement. Sa beauté même, sa figure de *beau cavalier* rendaient plus drôles sa maladresse et sa peur.

Ils se mirent alors à trotter doucement. La route maintenant s'étendait entre deux interminables taillis qui couvraient toute la côte, comme un manteau.

C'était le maquis, l'impénétrable maquis, formé de chênes verts, de genévriers, d'arbousiers, de lentisques, d'alaternes, de bruyères, de lauriers-tins, de myrtes et de buis que reliaient entre eux, les mêlant comme des chevelures, des clématites enlaçantes, des fougères monstrueuses, des chèvrefeuilles, des cystes, des romarins, des lavandes, des ronces, jetant sur le dos des monts une inextricable toison.

Ils avaient faim. Le guide les rejoignit et les conduisit auprès d'une de ces sources charmantes, si fréquentes dans les pays escarpés, fil mince et rond d'eau glacée qui sort d'un petit trou dans la roche et coule au bout d'une feuille de châtaignier disposée par un passant pour amener le courant menu jusqu'à la bouche.

Jeanne se sentait tellement heureuse qu'elle avait grand-peine à ne point jeter des cris d'allégresse.

Ils repartirent et commencèrent à descendre, en contournant le golfe de Sagone.

Vers le soir, ils traversèrent Cargèse, le village grec fondé là jadis par une colonie de fugitifs chassés de leur patrie. De grandes et belles filles, aux reins élégants, aux mains longues, à la taille fine, singulièrement gracieuses, formaient un groupe auprès d'une fontaine. Julien leur ayant crié « Bonsoir », elles répondirent d'une voix chantante dans la langue harmonieuse du pays abandonné.

En arrivant à Piana, il fallut demander l'hospitalité comme dans les temps anciens et dans les contrées perdues. Jeanne frissonnait de joie en attendant que s'ouvrît la porte où Julien avait frappé. Oh ! c'était bien un voyage, cela ! avec tout l'imprévu des routes inexplorées.

Ils s'adressaient justement à un jeune ménage. On les reçut comme les patriarches devaient recevoir l'hôte envoyé de Dieu, et ils dormirent sur une paillasse de maïs, dans une vieille maison vermoulue dont toute la charpente piquée des vers, parcourue par les longs tarets mangeurs de poutre, bruissait, semblait vivre et soupirer.

Ils partirent au soleil levant et bientôt ils s'arrêtèrent en face d'une forêt, d'une vraie forêt de granit pourpré. C'étaient des pics, des colonnes, des clochetons, des figures surprenantes modelées par le temps, le vent rongeur et la brume de mer.

Hauts jusqu'à trois cents mètres, minces, ronds, tortus, crochus, difformes, imprévus, fantastiques, ces surprenants rochers semblaient des arbres, des plantes, des bêtes, des monuments, des hommes, des moines en robe, des diables cornus, des oiseaux démesurés, tout un peuple monstrueux, une ménagerie de cauchemar pétrifiée par le vouloir de quelque Dieu extravagant.

Jeanne ne parlait plus, le cœur serré, et elle prit la main de Julien qu'elle étreignit, envahie d'un besoin d'aimer devant cette beauté des choses.

Et soudain, sortant de ce chaos, ils découvrirent un nouveau golfe ceint tout entier d'une muraille sanglante de granit rouge. Et dans la mer bleue ces roches écarlates se reflétaient.

Jeanne balbutia : « Oh ! Julien ! » sans trouver d'autres mots, attendrie d'admiration, la gorge étranglée ; et deux larmes coulèrent de ses yeux. Il la regardait, stupéfait, demandant : « Qu'as-tu, ma chatte ? »

Elle essuya ses joues, sourit et, d'une voix un peu tremblante : « Ce n'est rien... c'est nerveux... Je ne sais pas... J'ai été saisie. Je suis si heureuse que la moindre chose me bouleverse le cœur. »

Il ne comprenait pas ces énervements de femme,

les secousses de ces êtres vibrants affolés d'un rien, qu'un enthousiasme remue comme une catastrophe, qu'une sensation insaisissable révolutionne, affole de joie ou désespère.

Ces larmes lui semblaient ridicules, et, tout entier à la préoccupation du mauvais chemin : « Tu ferais mieux, dit-il, de veiller à ton cheval. »

Par une route presque impraticable, ils descendirent au fond de ce golfe, puis tournèrent à droite pour gravir le sombre val d'Ota.

Mais le sentier s'annonçait horrible. Julien proposa : « Si nous montions à pied ? » Elle ne demandait pas mieux, ravie de marcher, d'être seule avec lui après l'émotion de tout à l'heure.

Le guide partit en avant avec la mule et les chevaux, et ils allèrent à petits pas.

La montagne, fendue du haut en bas, s'entrouvrait. Le sentier s'enfonce dans cette brèche. Il suit le fond entre deux prodigieuses murailles ; et un gros torrent parcourt cette crevasse. L'air est glacé, le granit paraît noir et tout là-haut ce qu'on voit du ciel bleu étonne et étourdit.

Un bruit soudain fit tressaillir Jeanne. Elle leva les yeux ; un énorme oiseau s'envolait d'un trou : c'était un aigle. Ses ailes ouvertes semblaient chercher les deux parois du puits et il monta jusqu'à l'azur où il disparut.

Plus loin, la fêlure du mont se dédouble ; le sentier grimpe entre les deux ravins, en zigzags brusques. Jeanne légère et folle allait la première, faisant rouler des cailloux sous ses pieds, intrépide, se penchant sur les abîmes. Il la suivait, un peu essoufflé, les yeux à terre par crainte du vertige.

Tout à coup le soleil les inonda ; ils crurent sortir

de l'enfer. Ils avaient soif, une trace humide les guida, à travers un chaos de pierres, jusqu'à une source toute petite canalisée dans un bâton creux pour l'usage des chevriers. Un tapis de mousse couvrait le sol alentour. Jeanne s'agenouilla pour boire ; et Julien en fit autant.

Et comme elle savourait la fraîcheur de l'eau, il lui prit la taille et tâcha de lui voler sa place au bout du conduit de bois. Elle résista ; leurs lèvres se battaient, se rencontraient, se repoussaient. Dans les hasards de la lutte, ils saisissaient tour à tour la mince extrémité du tube et la mordaient pour ne point lâcher. Et le filet d'eau froide, repris et quitté sans cesse, se brisait et se renouait, éclaboussait les visages, les cous, les habits, les mains. Des gouttelettes pareilles à des perles luisaient dans leurs cheveux. Et des baisers coulaient dans le courant.

Soudain Jeanne eut une inspiration d'amour. Elle emplit sa bouche du clair liquide, et, les joues gonflées comme des outres, fit comprendre à Julien que, lèvre à lèvre, elle voulait le désaltérer.

Il tendit sa gorge, souriant, la tête en arrière, les bras ouverts ; et il but d'un trait à cette source de chair vive qui lui versa dans les entrailles un désir enflammé.

Jeanne s'appuyait sur lui avec une tendresse inusitée ; son cœur palpitait ; ses reins se soulevaient ; ses yeux semblaient amollis, trempés d'eau. Elle murmura tout bas : « Julien... je t'aime ! » et, l'attirant à son tour, elle se renversa et cacha dans ses mains son visage empourpré de honte.

Il s'abattit sur elle, l'étreignant avec emportement. Elle haletait dans une attente énervée ; et tout à coup elle poussa un cri, frappée, comme de la foudre, par la sensation qu'elle appelait.

Ils furent longtemps à gagner le sommet de la montée tant elle demeurait palpitante et courbaturée, et ils n'arrivèrent à Evisa que le soir, chez un parent de leur guide, Paoli Palabretti[1].

C'était un homme de grande taille, un peu voûté, avec l'air morne d'un phtisique. Il les conduisit dans leur chambre, une triste chambre de pierre nue, mais belle pour ce pays, où toute élégance reste ignorée ; et il exprimait en son langage, patois corse, bouillie de français et d'italien, son plaisir à les recevoir, quand une voix claire l'interrompit ; et une petite femme brune, avec de grands yeux noirs, une peau chaude de soleil, une taille étroite, des dents toujours dehors dans un rire continu, s'élança, embrassa Jeanne, secoua la main de Julien en répétant : « Bonjour, madame, bonjour, monsieur, ça va bien ? »

Elle enleva les chapeaux, les châles, rangea tout avec un seul bras, car elle portait l'autre en écharpe, puis elle fit sortir tout le monde, en disant à son mari : « Va les promener jusqu'au dîner. »

M. Palabretti obéit aussitôt, se plaça entre les deux jeunes gens et leur fit voir le village. Il traînait ses pas et ses paroles, toussant fréquemment, et répétant à chaque quinte : « C'est l'air du Val qui est fraîche, qui m'est tombée sur la poitrine. »

Il les guida, par un sentier perdu, sous des châtaigniers démesurés. Soudain, il s'arrêta, et, de son accent monotone : « C'est ici que mon cousin Jean Rinaldi fut tué par Mathieu Lori. Tenez, j'étais là, tout près de Jean, quand Mathieu parut à dix pas de nous. « Jean, cria-t-il, ne va pas à Albertacce ;

« n'y va pas, Jean, ou je te tue, je te le dis. »

« Je pris le bras de Jean : « N'y va pas, Jean, il le « ferait. »

« C'était pour une fille qu'ils suivaient tous deux, Paulina Sinacoupi.

« Mais Jean se mit à crier : « J'irai, Mathieu ; ce « n'est pas toi qui m'empêcheras. »

« Alors Mathieu abaissa son fusil, avant que j'aie pu ajuster le mien, et il tira.

« Jean fit un grand saut des deux pieds comme un enfant qui danse à la corde, oui, monsieur, et il me retomba en plein sur le corps, si bien que mon fusil en échappa et roula jusqu'au gros châtaignier là-bas.

« Jean avait la bouche grande ouverte, mais il ne dit plus un mot, il était mort. »

Les jeunes gens regardaient, stupéfaits, le tranquille témoin de ce crime. Jeanne demanda : « Et l'assassin ? »

Paoli Palabretti toussa longtemps, puis il reprit : « Il a gagné la montagne. C'est mon frère qui l'a tué, l'an suivant. Vous savez bien, mon frère, Philippi Palabretti, le bandit. »

Jeanne frissonna : « Votre frère ? un bandit ? »

Le Corse placide eut un éclair de fierté dans l'œil. « Oui, madame, c'était un célèbre, celui-là. Il a mis à bas six gendarmes. Il est mort avec Nicolas Morali, lorsqu'ils ont été cernés dans le Niolo, après six jours de lutte, et qu'ils allaient périr de faim. »

Puis il ajouta, d'un air résigné : « C'est le pays qui veut ça », du même ton qu'il prenait pour dire : « C'est l'air du Val qui est fraîche. »

Puis ils rentrèrent dîner, et la petite Corse les

88

traita comme si elle les eût connus depuis vingt ans.

Mais une inquiétude poursuivait Jeanne. Retrouverait-elle encore entre les bras de Julien cette étrange et véhémente secousse des sens qu'elle avait ressentie sur la mousse de la fontaine ?

Lorsqu'ils furent seuls dans la chambre, elle tremblait de rester encore insensible sous ses baisers. Mais elle se rassura bien vite ; et ce fut sa première nuit d'amour.

Et, le lendemain, à l'heure de partir, elle ne se décidait plus à quitter cette humble maison où il lui semblait qu'un bonheur nouveau avait commencé pour elle.

Elle attira dans sa chambre la petite femme de son hôte et, tout en établissant bien qu'elle ne voulait point lui faire de cadeau, elle insista, se fâchant même, pour lui envoyer de Paris, dès son retour, un souvenir, un souvenir auquel elle attachait une idée presque superstitieuse.

La jeune Corse résista longtemps, ne voulant point accepter. Enfin elle consentit : « Eh bien, dit-elle, envoyez-moi un petit pistolet, un tout petit. »

Jeanne ouvrit de grands yeux. L'autre ajouta tout bas, près de l'oreille, comme on confie un doux et intime secret : « C'est pour tuer mon beau-frère. » Et, souriant, elle déroula vivement les bandes qui enveloppaient le bras dont elle ne se servait point, puis, montrant sa chair ronde et blanche, traversée de part en part d'un coup de stylet presque cicatrisé : « Si je n'avais pas été aussi forte que lui, dit-elle, il m'aurait tuée. Mon mari n'est pas jaloux, lui, il me connaît ; et puis il est malade, vous savez ;

et cela lui calme le sang. D'ailleurs, je suis une honnête femme, moi, madame ; mais mon beau-frère croit tout ce qu'on lui dit. Il est jaloux pour mon mari ; et il recommencera certainement. Alors, j'aurais un petit pistolet, je serais tranquille, et sûre de me venger. »

Jeanne promit d'envoyer l'arme, embrassa tendrement sa nouvelle amie, et continua sa route.

Le reste de son voyage ne fut plus qu'un songe, un enlacement sans fin, une griserie de caresses. Elle ne vit rien, ni les paysages, ni les gens, ni les lieux où elle s'arrêtait. Elle ne regardait plus que Julien.

Alors commença l'intimité enfantine et charmante des niaiseries d'amour, des petits mots bêtes et délicieux, le baptême avec des noms mignards de tous les détours et contours et replis de leurs corps où se plaisaient leurs bouches.

Comme Jeanne dormait sur le côté droit, son téton du côté gauche était souvent à l'air au réveil. Julien, l'ayant remarqué, appelait celui-là : « monsieur de Couche-dehors » et l'autre « monsieur Lamoureux », parce que la fleur rosée du sommet semblait plus sensible aux baisers.

La route profonde entre les deux devint « l'allée de petite mère » parce qu'il s'y promenait sans cesse ; et une autre route plus secrète fut dénommée le « chemin de Damas » en souvenir du val d'Ota.

En arrivant à Bastia, il fallut payer le guide. Julien fouilla dans ses poches. Ne trouvant point ce qu'il lui fallait, il dit à Jeanne : « Puisque tu ne te sers pas des deux mille francs de ta mère, donne-les-moi donc à porter. Ils seront plus en sûreté dans ma ceinture, et cela m'évitera de faire de la monnaie. »

Et elle lui tendit sa bourse.

Ils gagnèrent Livourne, visitèrent Florence, Gênes, toute la Corniche.

Par un matin de mistral, ils se retrouvèrent à Marseille.

Deux mois s'étaient écoulés depuis leur départ des Peuples. On était au 15 octobre.

Jeanne, saisie par le grand vent froid qui semblait venir de là-bas, de la lointaine Normandie, se sentait triste. Julien, depuis quelque temps, semblait changé, fatigué, indifférent ; et elle avait peur sans savoir de quoi.

Elle retarda de quatre jours encore leur voyage de rentrée, ne pouvant se décider à quitter ce bon pays du soleil. Il lui semblait qu'elle venait d'accomplir le tour du bonheur.

Ils s'en allèrent enfin.

Ils devaient faire à Paris tous leurs achats pour leur installation définitive aux Peuples ; et Jeanne se réjouissait de rapporter des merveilles, grâce au cadeau de petite mère ; mais la première chose à laquelle elle songea fut le pistolet promis à la jeune Corse d'Evisa.

Le lendemain de leur arrivée, elle dit à Julien :

« Mon chéri, veux-tu me rendre l'argent de maman parce que je vais faire mes emplettes ? »

Il se tourna vers elle avec un visage mécontent.

« Combien te faut-il ? »

Elle fut surprise et balbutia :

« Mais... ce que tu voudras. »

Il reprit : « Je vais te donner cent francs ; surtout ne les gaspille pas. »

Elle ne savait plus que dire, interdite, et confuse.

Enfin elle prononça en hésitant : « Mais... je... t'avais remis cet argent pour... »

Il ne la laissa pas achever.

« Oui, parfaitement. Que ce soit dans ta poche ou dans la mienne, qu'importe, du moment que nous avons la même bourse. Je ne t'en refuse point, n'est-ce pas, puisque je te donne cent francs. »

Elle prit les cinq pièces d'or, sans ajouter un mot, mais elle n'osa plus en demander d'autres et n'acheta rien que le pistolet.

Huit jours plus tard, ils se mirent en route pour rentrer aux Peuples.

VI

Devant la barrière blanche aux piliers de brique, la famille et les domestiques attendaient. La chaise de poste s'arrêta, et les embrassades furent longues. Petite mère pleurait ; Jeanne attendrie essuya deux larmes ; père, nerveux, allait et venait.

Puis, pendant qu'on déchargeait les bagages, le voyage fut raconté devant le feu du salon. Les paroles abondantes coulaient des lèvres de Jeanne ; et tout fut dit, tout, en une demi-heure, sauf peut-être quelques petits détails oubliés dans ce récit rapide.

Puis la jeune femme alla défaire ses paquets. Rosalie, tout émue aussi, l'aidait. Quand ce fut fini, quand le linge, les robes, les objets de toilette eurent été mis en place, la petite bonne quitta sa maîtresse ; et Jeanne, un peu lasse, s'assit.

Elle se demanda ce qu'elle allait faire maintenant, cherchant une occupation pour son esprit, une besogne pour ses mains. Elle n'avait point envie de redescendre au salon auprès de sa mère qui sommeillait ; et elle songeait à une promenade ; mais la campagne semblait si triste qu'elle sentait en son cœur, rien qu'à la regarder par la fenêtre, une pesanteur de mélancolie.

Alors elle s'aperçut qu'elle n'avait plus rien à faire, plus jamais rien à faire. Toute sa jeunesse au couvent avait été préoccupée de l'avenir, affairée de songeries. La continuelle agitation de ses espérances emplissait, en ce temps-là, ses heures sans qu'elle les sentît passer. Puis, à peine sortie des murs austères où ses illusions étaient écloses, son attente d'amour se trouvait tout de suite accomplie. L'homme espéré, rencontré, aimé, épousé en quelques semaines, comme on épouse en ces brusques déterminations, l'emportait dans ses bras sans la laisser réfléchir à rien.

Mais voilà que la douce réalité des premiers jours allait devenir la réalité quotidienne qui fermait la porte aux espoirs indéfinis, aux charmantes inquiétudes de l'inconnu. Oui, c'était fini d'attendre.

Alors plus rien à faire, aujourd'hui, ni demain ni jamais. Elle sentait tout cela vaguement à une certaine désillusion, à un affaissement de ses rêves.

Elle se leva et vint coller son front aux vitres froides. Puis, après avoir regardé quelque temps le ciel où roulaient des nuages sombres, elle se décida à sortir.

Étaient-ce la même campagne, la même herbe, les mêmes arbres qu'au mois de mai ? Qu'étaient donc devenues la gaieté ensoleillée des feuilles, et la poésie verte du gazon où flambaient les pissenlits, où saignaient les coquelicots, où rayonnaient les marguerites, où frétillaient, comme au bout de fils invisibles, les fantasques papillons jaunes ? Et cette griserie de l'air chargé de vie, d'arômes, d'atomes fécondants n'existait plus.

Les avenues détrempées par les continuelles averses d'automne s'allongeaient, couvertes d'un épais tapis de feuilles mortes, sous la maigreur grelottante des peupliers presque nus. Les branches grêles tremblaient au vent, agitaient encore quelque feuillage prêt à s'égrener dans l'espace. Et sans cesse, tout le long du jour, comme une pluie incessante et triste à faire pleurer, ces dernières feuilles, toutes jaunes maintenant, pareilles à de larges sous d'or, se détachaient, tournoyaient, voltigeaient et tombaient.

Elle alla jusqu'au bosquet. Il était lamentable comme la chambre d'un mourant. La muraille verte, qui séparait et faisait secrètes les gentilles allées sinueuses, s'était éparpillée. Les arbustes emmêlés, comme une dentelle de bois fin, heurtaient les unes aux autres leurs maigres branches ; et le murmure des feuilles tombées et sèches que la brise poussait, remuait, amoncelait en tas par endroits, semblait un douloureux soupir d'agonie.

De tout petits oiseaux sautaient de place en place avec un léger cri frileux, cherchant un abri.

Garantis cependant par l'épais rideau des ormes jetés en avant-garde contre le vent de mer, le tilleul et le platane encore couverts de leur parure d'été semblaient vêtus l'un de velours rouge, l'autre de soie orange, teints ainsi par les premiers froids selon la nature de leurs sèves.

Jeanne allait et venait à pas lents dans l'avenue

de petite mère, le long de la ferme des Couillard. Quelque chose l'appesantissait comme le pressentiment des longs ennuis de la vie monotone qui commençait.

Puis elle s'assit sur le talus où Julien, pour la première fois, lui avait parlé d'amour ; et elle resta là, rêvassant, presque sans songer, alanguie jusqu'au cœur, avec une envie de se coucher, de dormir pour échapper à la tristesse de ce jour.

Tout à coup, elle aperçut une mouette qui traversait le ciel, emportée dans une rafale ; et elle se rappela cet aigle qu'elle avait vu, là-bas, en Corse, dans le sombre val d'Ota. Elle reçut au cœur la vive secousse que donne le souvenir d'une chose bonne et finie ; et elle revit brusquement l'île radieuse avec son parfum sauvage, son soleil qui mûrit les oranges et les cédrats, ses montagnes aux sommets roses, ses golfes d'azur, et ses ravins où roulent des torrents.

Alors l'humide et dur paysage qui l'entourait, avec la chute lugubre des feuilles, et les nuages gris entraînés par le vent, l'enveloppa d'une telle épaisseur de désolation qu'elle rentra pour ne point sangloter.

Petite mère, engourdie devant la cheminée, sommeillait, accoutumée à la mélancolie des journées, ne la sentant plus. Père et Julien étaient partis se promener en causant de leurs affaires. Et la nuit vint, semant de l'ombre morne dans le vaste salon, qu'éclairaient par éclats les reflets du feu.

Au-dehors, par les fenêtres, un reste de jour laissait distinguer encore cette nature sale de fin d'année, et le ciel grisâtre, comme frotté de boue lui-même.

Le baron bientôt parut, suivi de Julien ; dès qu'il eut pénétré dans la pièce enténébrée, il sonna, criant : « Vite, vite, de la lumière ! il fait triste ici. »

Et il s'assit devant la cheminée. Pendant que ses pieds mouillés fumaient près de la flamme, et que la crotte de ses semelles tombait, séchée par la chaleur, il se frottait gaiement les mains : « Je crois bien, dit-il, qu'il va geler ; le ciel s'éclaircit au nord ; c'est pleine lune ce soir ; ça piquera ferme cette nuit. »

Puis, se tournant vers sa fille : « Eh bien, petite, es-tu contente d'être revenue dans ton pays, dans ta maison, auprès des vieux ? »

Cette simple question bouleversa Jeanne. Elle se jeta dans les bras de son père, les yeux pleins de larmes, et l'embrassa nerveusement, comme pour se faire pardonner ; car, malgré ses efforts de cœur pour être gaie, elle se sentait triste à défaillir. Elle songeait pourtant à la joie qu'elle s'était promise en retrouvant ses parents ; et elle s'étonnait de cette froideur qui paralysait sa tendresse, comme si, lorsqu'on a beaucoup pensé de loin aux gens qu'on aime, et perdu l'habitude de les voir à toute heure, on éprouvait, en les retrouvant, une sorte d'arrêt d'affection jusqu'à ce que les liens de la vie commune fussent renoués.

Le dîner fut long ; on ne parla guère. Julien semblait avoir oublié sa femme.

Au salon, ensuite, elle se laissa engourdir par le feu, en face de petite mère qui dormait tout à fait ; et, un moment réveillée par la voix des deux hommes qui discutaient, elle se demanda, en essayant de secouer son esprit, si elle allait aussi être saisie par cette léthargie morne des habitudes que rien n'interrompt.

La flamme de la cheminée, molle et rougeâtre pendant le jour, devenait vive, claire, crépitante. Elle jetait de grandes lueurs subites sur les tapisseries ternies des fauteuils, sur le renard et la cigogne, sur le héron mélancolique, sur la cigale et la fourmi.

Le baron se rapprocha, souriant et tendant ses doigts ouverts aux tisons vifs : « Ah ah ! ça flambe bien, ce soir. Il gèle, mes enfants, il gèle. » Puis il posa sa main sur l'épaule de Jeanne, et, montrant le feu : « Vois-tu, fillette, voilà ce qu'il y a de meilleur au monde : le foyer, le foyer avec les siens autour. Rien ne vaut ça. Mais si on allait se coucher. Vous devez être exténués, les enfants ? »

Remontée en sa chambre, la jeune femme se demandait comment deux retours aux mêmes lieux qu'elle croyait aimer pouvaient être si différents. Pourquoi se sentait-elle comme meurtrie, pourquoi cette maison, ce pays cher, tout ce qui, jusque-là, faisait frémir son cœur, lui semblaient-ils aujourd'hui si navrants ?

Mais son œil soudain tomba sur sa pendule. La petite abeille voltigeait toujours de gauche à droite, et de droite à gauche, du même mouvement rapide et continu, au-dessus des fleurs de vermeil. Alors, brusquement, Jeanne fut traversée par un élan d'affection, remuée jusqu'aux larmes devant cette petite mécanique qui semblait vivante, qui lui chantait l'heure et palpitait comme une poitrine.

Certes, elle n'avait pas été aussi émue en embrassant père et mère. Le cœur a des mystères qu'aucun raisonnement ne pénètre.

Pour la première fois depuis son mariage, elle était seule en son lit, Julien, sous prétexte de fatigue, ayant pris une autre chambre. Il était convenu d'ailleurs que chacun aurait la sienne.

Elle fut longtemps à s'endormir, étonnée de ne plus sentir un corps contre le sien, déshabituée du sommeil solitaire, et troublée par le vent hargneux du nord qui s'acharnait contre le toit.

Elle fut réveillée au matin par une grande lueur qui teignait son lit de sang ; et ses carreaux, tout barbouillés de givre, étaient rouges comme si l'horizon entier brûlait.

S'enveloppant d'un grand peignoir, elle courut à sa fenêtre et l'ouvrit.

Une brise glacée, saine et piquante, s'engouffra dans sa chambre, lui cinglant la peau d'un froid aigu qui fit pleurer ses yeux ; et au milieu d'un ciel empourpré, un gros soleil rutilant et bouffi comme une figure d'ivrogne apparaissait derrière les arbres. La terre, couverte de gelée blanche, dure et sèche à présent, sonnait sous les pieds des gens de ferme. En cette seule nuit toutes les branches encore garnies des peupliers s'étaient dépouillées ; et derrière la lande apparaissait la grande ligne verdâtre des flots tout parsemés de traînées blanches.

Le platane et le tilleul se dévêtaient rapidement sous les rafales. A chaque passage de la brise glacée des tourbillons de feuilles détachées par la brusque gelée s'éparpillaient dans le vent comme un envolement d'oiseaux. Jeanne s'habilla, sortit, et, pour faire quelque chose, alla voir les fermiers.

Les Martin levèrent les bras, et la maîtresse l'embrassa sur les joues ; puis on la contraignit à boire un petit verre de noyau. Et elle se rendit à l'autre ferme. Les Couillard levèrent les bras ; la maîtresse la bécota sur les oreilles, et il fallut avaler un petit verre de cassis.

Après quoi elle rentra déjeuner.

Et la journée s'écoula comme celle de la veille, froide, au lieu d'être humide. Et les autres jours de la semaine ressemblèrent à ces deux-là ; et toutes les semaines du mois ressemblèrent à la première.

Peu à peu, cependant, son regret des contrées lointaines s'affaiblit. L'habitude mettait sur sa vie une couche de résignation pareille au revêtement de calcaire que certaines eaux déposent sur les objets. Et une sorte d'intérêt pour les mille choses insignifiantes de l'existence quotidienne, un souci des simples et médiocres occupations régulières renaquit en son cœur. En elle se développait une espèce de mélancolie méditante, un vague désenchantement de vivre. Que lui eût-il fallu ? Que désirait-elle ? Elle ne le savait pas. Aucun besoin mondain ne la possédait ; aucune soif de plaisirs, aucun élan même vers les joies possibles ; lesquelles, d'ailleurs ? Ainsi que les vieux fauteuils du salon ternis par les temps, tout se décolorait doucement à ses yeux, tout s'effaçait, prenait une nuance pâle et morne.

Ses relations avec Julien avaient changé complètement. Il semblait tout autre depuis le retour de leur voyage de noces, comme un acteur qui a fini son rôle et reprend sa figure ordinaire. C'est à peine s'il s'occupait d'elle, s'il lui parlait même ; toute trace d'amour avait subitement disparu ; et les nuits étaient rares où il pénétrait dans sa chambre.

Il avait pris la direction de la fortune et de la maison, revisait les baux, harcelait les paysans, diminuait les dépenses, et ayant revêtu lui-même des allures de fermier gentilhomme, il avait perdu son vernis et son élégance de fiancé.

Il ne quittait plus, bien qu'il fût tigré de taches, un vieil habit de chasse en velours, garni de boutons de cuivre, retrouvé dans sa garde-robe de jeune homme, et, envahi par la négligence des gens qui n'ont plus besoin de plaire, il avait cessé de se raser, de sorte que sa barbe longue, mal coupée, l'enlaidissait incroyablement. Ses mains n'étaient plus soignées ; et il buvait, après chaque repas, quatre ou cinq petits verres de cognac.

Jeanne ayant essayé de lui faire quelques tendres reproches, il avait répondu si brusquement : « Tu vas me laisser tranquille, n'est-ce pas ? » qu'elle ne se hasarda plus à lui donner des conseils.

Elle avait pris son parti de ces changements d'une façon qui l'étonnait elle-même. Il était devenu un étranger pour elle, un étranger dont l'âme et le cœur lui restaient fermés. Elle y songeait souvent, se demandant d'où venait qu'après s'être rencontrés ainsi, aimés, épousés dans un élan de tendresse, ils se retrouvaient tout à coup presque aussi inconnus l'un à l'autre que s'ils n'avaient pas dormi côte à côte.

Et comment ne souffrait-elle pas davantage de son abandon ? Était-ce ainsi, la vie ? s'étaient-ils trompés ? N'y avait-il plus rien pour elle dans l'avenir ?

Si Julien était demeuré beau, soigné, élégant, séduisant, peut-être eût-elle beaucoup souffert ?

Il était convenu qu'après le jour de l'an les nouveaux mariés resteraient seuls ; et que père et petite mère retourneraient passer quelques mois dans leur maison de Rouen. Les jeunes gens, cet hiver-là, ne devaient point quitter les Peuples, pour achever de s'installer, de s'habituer et de se plaire aux lieux où allait s'écouler toute leur vie. Ils avaient quelques voisins d'ailleurs, à qui Julien présenterait sa femme. C'étaient les Briseville, les Coutelier et les Fourville.

Mais les jeunes gens ne pouvaient encore commencer leurs visites, parce qu'il avait été impossible jusque-là de faire venir le peintre pour changer les armoiries de la calèche.

La vieille voiture de famille avait été cédée en effet à son gendre par le baron ; et Julien, pour rien au monde, n'aurait consenti à se présenter dans les châteaux voisins si l'écusson des de Lamare n'avait été écartelé avec celui des Le Perthuis des Vauds.

Or, un seul homme dans le pays conservait la spécialité des ornements héraldiques, c'était un peintre de Bolbec, nommé Bataille, appelé tour à tour dans tous les castels normands pour fixer les précieux ornements sur les portières des véhicules.

Enfin, un matin de décembre, vers la fin du déjeuner, on vit un individu ouvrir la barrière et s'avancer dans le chemin droit. Il portait une boîte sur son dos. C'était Bataille.

On le fit entrer dans la salle et on lui servit à manger comme s'il eût été un monsieur, car sa spécialité, ses rapports incessants avec toute l'aristocratie du département, sa connaissance des armoiries, des termes consacrés, des emblèmes, en avaient fait une sorte d'homme-blason à qui les gentilshommes serraient la main[1].

On fit apporter aussitôt un crayon et du papier et, pendant qu'il mangeait, le baron et Julien esquissaient leurs écussons écartelés. La baronne, toute secouée dès qu'il s'agissait de ces choses, donnait son avis ; et Jeanne elle-même prenait part à la discussion comme si quelque mystérieux intérêt se fût soudain éveillé en elle.

Bataille, tout en déjeunant, indiquait son opinion, prenait parfois le crayon, traçait un projet, citait des exemples, décrivait toutes les voitures seigneuriales de la contrée, semblait apporter avec lui, dans son esprit, dans sa voix même, une sorte d'atmosphère de noblesse.

C'était un petit homme à cheveux gris et ras, aux mains souillées de couleurs, et qui sentait l'essence. Il avait eu autrefois, disait-on, une vilaine affaire de mœurs ; mais la considération générale de toutes les familles titrées avait depuis longtemps effacé cette tache.

Dès qu'il eut fini son café, on le conduisit sous la remise et on enleva la toile cirée qui recouvrait la voiture. Bataille l'examina, puis il se prononça gravement sur les dimensions qu'il croyait nécessaire de donner à son dessin ; et, après un nouvel échange d'idées, il se mit à la besogne.

Malgré le froid, la baronne fit apporter un siège afin de le regarder travailler ; puis elle demanda une chaufferette pour ses pieds qui se glaçaient : et elle se mit tranquillement à causer avec le peintre, l'interrogeant sur des alliances qu'elle ignorait, sur les morts et les naissances nouvelles, complétant par ses renseignements l'arbre des généalogies qu'elle portait en sa mémoire.

Julien était demeuré près de sa belle-mère, à cheval sur une chaise. Il fumait sa pipe, crachait par terre, écoutait, et suivait de l'œil la mise en couleur de sa noblesse.

Bientôt, le père Simon, qui se rendait au potager avec sa bêche sur l'épaule, s'arrêta lui-même pour considérer le travail ; et l'arrivée de Bataille ayant pénétré dans les deux fermes, les deux fermières ne tardèrent point à se présenter. Elles s'extasiaient debout aux deux côtés de la baronne, répétant : « Faut d'l'adresse tout d'même pour fignoler ces machines-là. »

Les écussons des deux portières ne purent être terminés que le lendemain, vers onze heures. Tout le monde aussitôt fut présent ; et on tira la calèche dehors pour mieux juger.

C'était parfait. On complimenta Bataille qui repartit avec sa boîte accrochée au dos. Et le baron, sa femme, Jeanne et Julien tombèrent d'accord sur ce point que le peintre était un garçon de grands moyens qui, si les circonstances l'avaient permis, serait devenu, sans aucun doute, un artiste.

Mais, par mesure d'économie, Julien avait accompli des réformes, qui nécessitaient des modifications nouvelles.

Le vieux cocher était devenu jardinier, le vicomte se chargeant de conduire lui-même et ayant vendu les carrossiers pour n'avoir plus à payer leur nourriture.

Puis, comme il fallait quelqu'un pour tenir les bêtes quand les maîtres seraient descendus, il avait fait un petit domestique d'un jeune vacher nommé Marius.

Enfin, pour se procurer des chevaux, il introduisit dans le bail des Couillard et des Martin une clause spéciale contraignant les deux fermiers à fournir chacun un cheval, un jour chaque mois, à la date fixée par lui, moyennant quoi ils demeuraient dispensés des redevances de volailles.

Donc les Couillard ayant amené une grande rosse à poil jaune, et les Martin un petit animal blanc à poil long, les deux bêtes furent attelées côte à côte ; et Marius, noyé dans une ancienne livrée du père Simon, amena devant le perron du château cet équipage.

Julien, nettoyé, la taille cambrée, avait retrouvé un peu de son élégance passée ; mais sa barbe longue lui donnait malgré tout un aspect commun.

Il considéra l'attelage, la voiture et le petit domestique, et les jugea satisfaisants, les armoiries repeintes ayant seules pour lui de l'importance.

La baronne descendue de sa chambre au bras de son mari monta avec peine, et s'assit, le dos soutenu par des coussins. Jeanne à son tour parut. Elle rit d'abord de l'accouplement des chevaux, le blanc, disait-elle, était le petit-fils du jaune ; puis, quand elle aperçut Marius, la face ensevelie dans son chapeau à cocarde, dont son nez seul limitait la descente, et les mains disparues dans la profondeur des manches, et les deux jambes enjuponnées dans les basques de sa livrée, dont ses pieds, chaussés de souliers énormes, sortaient étrangement par le bas ; et quand elle le vit renverser la tête en arrière pour regarder, lever le genou pour faire un pas, comme s'il allait enjamber un fleuve, et s'agiter comme un aveugle pour obéir aux ordres, perdu tout entier, disparu dans l'ampleur de ses vêtements, elle fut saisie d'un rire invincible, d'un rire sans fin.

Le baron se retourna, considéra le petit homme abasourdi, et, cédant aussitôt à la contagion, il éclata, appelant sa femme, ne pouvant plus parler. « Re-re-garde Ma-Ma-Marius ! Est-il drôle ! Mon Dieu, est-il drôle. »

Alors la baronne, s'étant penchée par la portière et l'ayant considéré, fut secouée d'une telle crise de gaieté que toute la calèche dansait sur ses ressorts, comme soulevée par des cahots.

Mais Julien, la face pâle, demanda : « Q'est-ce que vous avez à rire comme ça ? il faut que vous soyez fous ! »

Jeanne, malade, convulsée, impuissante à se calmer, s'assit sur une marche du perron. Le baron en fit autant ; et, dans la calèche, des éternuements convulsifs, une sorte de gloussement continu, disaient que la baronne étouffait. Et soudain la redingote de Marius se mit à palpiter. Il avait compris sans doute, car il riait lui-même de toute sa force au fond de sa coiffure.

Alors Julien exaspéré s'élança. D'une gifle il sépara la tête du gamin et le chapeau géant qui s'envola sur le gazon ; puis, s'étant retourné vers son beau-père, il balbutia d'une voix tremblante de colère : « Il me semble que ce n'est pas à vous de rire. Nous n'en serions pas là si vous n'aviez gaspillé votre fortune et mangé votre avoir. A qui la faute si vous êtes ruiné ? »

Tout la gaieté fut glacée, cessa net. Et personne ne dit un mot. Jeanne, prête à pleurer maintenant, monta sans bruit près de sa mère. Le baron, surpris et muet, s'assit en face des deux femmes ; et Julien s'installa sur le siège, après avoir hissé près de lui l'enfant larmoyant et dont la joue enflait.

La route fut triste et parut longue. Dans la voiture on se taisait. Mornes et gênés tous trois, ils ne voulaient point s'avouer ce qui préoccupait leurs cœurs. Ils sentaient bien qu'ils n'auraient pu parler d'autre chose, tant cette pensée douloureuse les obsédait, et ils aimaient mieux se taire tristement que de toucher à ce sujet pénible

Au trot inégal des deux bêtes, la calèche longeait les cours des fermes, faisait fuir à grands pas des poules noires effrayées qui plongeaient et disparaissaient dans les haies, était parfois suivie d'un chien-loup hurlant, qui regagnait ensuite sa maison, le poil hérissé, en se retournant encore pour aboyer vers la voiture... Un gars en sabots crottés, à longues jambes nonchalantes, qui allait, les mains au fond des poches, la blouse bleue gonflée par le vent dans le dos, se rangeait pour laisser passer l'équipage, et retirait gauchement sa casquette, laissant voir ses cheveux plats collés au crâne.

Et, entre chaque ferme, les plaines recommençaient avec d'autres fermes, au loin de place en place.

Enfin, on pénétra dans une grande avenue de sapins aboutissant à la route. Les ornières boueuses et profondes faisaient se pencher la calèche et pousser des cris à petite mère. Au bout de l'avenue, une barrière blanche était fermée ; Marius courut l'ouvrir et on contourna un immense gazon pour arriver, par un chemin arrondi, devant un haut, vaste et triste bâtiment dont les volets étaient clos.

La porte du milieu soudain s'ouvrit ; et un vieux domestique paralysé, vêtu d'un gilet rouge rayé de noir que recouvrait en partie son tablier de service, descendit à petits pas obliques les marches du perron. Il prit le nom des visiteurs et les introduisit dans un spacieux salon dont il ouvrit péniblement les persiennes toujours fermées. Les meubles étaient voilés de housses, la pendule et les candélabres enveloppés de linge blanc ; et un air moisi, un air d'autrefois, glacé, humide, semblait imprégner les poumons, le cœur et la peau de tristesse.

Tout le monde s'assit et on attendit. Quelques pas entendus dans le corridor au-dessus annonçaient un empressement inaccoutumé. Les châtelains surpris s'habillaient au plus vite. Ce fut long. Une sonnette tinta plusieurs fois. D'autres pas descendirent un escalier, puis remontèrent.

La baronne, saisie par le froid pénétrant, éternuait coup sur coup. Julien marchait de long en large. Jeanne, morne, restait assise auprès de sa mère. Et le baron, adossé au marbre de la cheminée, demeurait le front bas.

Enfin, une des hautes portes tourna, découvrant le vicomte et la vicomtesse de Briseville. Ils étaient tous les deux petits, maigrelets, sautillants, sans âge appréciable, cérémonieux et embarrassés. La femme en robe de soie ramagée, coiffée d'un petit bonnet douairière à rubans, parlait vite de sa voix aigrelette.

Le mari serré dans une redingote pompeuse saluait avec un ploiement des genoux. Son nez, ses yeux, ses dents déchaussées, ses cheveux qu'on aurait dits enduits de cire et son beau vêtement d'apparat luisaient comme luisent les choses dont on prend grand soin.

Après les premiers compliments de bienvenue et les politesses de voisinage, personne ne trouva plus rien à dire. Alors on se félicita de part et d'autre sans raison. On continuerait, espérait-on des deux côtés, ces excellentes relations. C'était une ressource de se voir quand on habitait toute l'année la campagne.

Et l'atmosphère glaciale du salon pénétrait les os, enrouait les gorges. La baronne toussait maintenant sans avoir cessé tout à fait d'éternuer. Alors le baron donna le signal du départ. Les Briseville insistèrent. « Comment ? si vite ? Restez donc encore un peu. » Mais Jeanne s'était levée malgré les signes de Julien qui trouvait trop courte la visite.

On voulut sonner le domestique pour faire avancer la voiture. La sonnette ne marchait plus. Le maître du logis se précipita, puis vint annoncer qu'on avait mis les chevaux à l'écurie.

Il fallut attendre. Chacun cherchait une phrase, un mot à dire. On parla de l'hiver pluvieux. Jeanne, avec d'involontaires frissons d'angoisse, demanda ce que pouvaient faire leurs hôtes, tous deux seuls, toute l'année. Mais les Briseville s'étonnèrent de la question, car ils s'occupaient sans cesse, écrivant beaucoup à leur parents nobles semés par toute la France, passant leurs journées en des occupations microscopiques, cérémonieux l'un vis-à-vis de l'autre comme en face des étrangers, et causant majestueusement des affaires les plus insignifiantes.

Et sous le haut plafond noirci du vaste salon inhabité, tout empaqueté en des linges, l'homme et la femme si petits, si propres, si corrects, semblaient à Jeanne des conserves de noblesse.

Enfin la voiture passa devant les fenêtres avec ses deux bidets inégaux. Mais Marius avait disparu. Se croyant libre jusqu'au soir, il était sans doute parti faire un tour dans la campagne.

Julien furieux pria qu'on le renvoyât à pied ; et, après beaucoup de saluts de part et d'autre, on reprit le chemin des Peuples.

Dès qu'ils furent enfermés dans la calèche, Jeanne et son père, malgré l'obsession pesante qui leur restait de la brutalité de Julien, se remirent à rire en contrefaisant les gestes et les intonations des Briseville. Le baron imitait le mari, Jeanne faisait la femme, mais la baronne un peu froissée dans ses respects leur dit : « Vous avez tort de vous moquer ainsi, ce sont des gens très comme il faut, appartenant à d'excellentes familles. » On se tut pour ne point contrarier petite mère, mais de temps en temps, malgré tout, père et Jeanne recommençaient en se regardant. Il saluait avec cérémonie, et, d'un ton solennel : « Votre château des Peuples doit être bien froid, madame, avec ce grand vent de mer qui le visite tout le jour ? » Elle prenait un air pincé, et minaudant avec un petit frétillement de la tête pareil à celui d'un canard qui se baigne : « Oh ! ici, monsieur, j'ai de quoi m'occuper toute l'année. Puis nous possédons tant de parents à qui écrire. Et M. de Briseville se décharge de tout sur moi. Il s'occupe de recherches savantes avec l'abbé Pelle. Ils font ensemble l'histoire religieuse de la Normandie. »

La baronne souriait à son tour, contrariée et bienveillante, et répétait : « Ce n'est pas bien de se moquer ainsi des gens de notre classe. »

Mais soudain la voiture s'arrêta, et Julien criait appelant quelqu'un par-derrière. Alors Jeanne et le baron, s'étant penchés aux portières, aperçurent un être singulier qui semblait rouler vers eux. Les jambes embarrassées dans la jupe flottante de sa livrée, aveuglé par sa coiffure qui chavirait sans cesse, agitant ses manches comme des ailes de moulin, pataugeant dans les larges flaques d'eau qu'il traversait éperdument, trébuchant contre toutes les pierres de la route, se trémoussant, bondissant et couvert de boue, Marius suivait la calèche de toute la vitesse de ses pieds.

Dès qu'il l'eut rattrapée, Julien, se penchant, l'empoigna par le collet, l'amena près de lui et, lâchant les rênes, se mit à cribler de coups de poing le chapeau qui s'enfonça jusqu'aux épaules du gamin en sonnant comme un tambour. Le gars hurlait là-dedans, essayait de fuir, de sauter du siège, tandis que son maître, le maintenant d'une main, frappait toujours avec l'autre.

Jeanne, éperdue, balbutiait : « Père... Oh ! père ! » et la baronne soulevée d'indignation serrait le bras de son mari. « Mais empêchez-le donc, Jacques. » Alors brusquement le baron abaissa la vitre de devant, et attrapant la manche de son gendre, lui jeta, d'une voix frémissante : « Avez-vous bientôt fini de frapper cet enfant ? »

Julien stupéfait se retourna : « Vous ne voyez donc pas dans quel état le bougre a mis sa livrée ? »

Mais le baron, la tête sortie entre les deux : « Eh,

111

que m'importe ! on n'est pas brutal à ce point. »
Julien se fâchait de nouveau : « Laissez-moi tranquille, s'il vous plaît, cela ne vous regarde pas ! » et
il levait encore la main ; mais son beau-père la
saisit brusquement et l'abaissa avec tant de force
qu'il la heurta contre le bois du siège, et il cria si
violemment : « Si vous ne cessez pas, je descends et
je saurai bien vous arrêter, moi ! » que le vicomte
se calma soudain, et, haussant les épaules sans
répondre, il fouetta les bêtes qui partirent au grand
trot.

Les deux femmes, livides, ne remuaient point, et
on entendait distinctement les coups pesants du
cœur de la baronne.

Au dîner Julien fut plus charmant que de coutume, comme si rien ne s'était passé. Jeanne, son
père et Mme Adélaïde, qui oubliaient vite en leur
sereine bienveillance, attendris de le voir aimable,
se laissaient aller à la gaieté avec la sensation de
bien-être des convalescents ; et, comme Jeanne
reparlait des Briseville, son mari lui-même plai-
santa, mais il ajouta bien vite : « C'est égal, ils ont
grand air. »

On ne fit point d'autres visites, chacun craignant
de raviver la question Marius. Il fut seulement
décidé qu'on enverrait aux voisins des cartes au
jour de l'an, et qu'on attendrait, pour aller les voir,
les premiers jours tièdes du printemps prochain.

La Noël vint. On eut à dîner le curé, le maire et
sa femme. On les invita de nouveau pour le jour de
l'an. Ce furent les seules distractions qui rompirent
le monotone enchaînement des jours.

Père et petite mère devaient quitter les Peuples
le 9 janvier ; Jeanne les voulait retenir, mais Julien

ne s'y prêtait guère, et le baron, devant la froideur grandissante de son gendre, fit venir de Rouen une chaise de poste.

La veille de leur départ, les paquets étant finis, comme il faisait une claire gelée, Jeanne et son père se résolurent à descendre jusqu'à Yport où ils n'avaient point été depuis le retour de Corse.

Ils traversèrent le bois qu'elle avait parcouru le jour de son mariage, toute mêlée à celui dont elle devenait pour toujours la compagne, le bois où elle avait reçu sa première caresse, tressailli du premier frisson, pressenti cet amour sensuel qu'elle ne devait connaître enfin que dans le vallon sauvage d'Ota, auprès de la source où ils avaient bu, mêlant leurs baisers à l'eau.

Plus de feuilles, plus d'herbes grimpantes, rien que le bruit des branches, et cette rumeur sèche qu'ont en hiver les taillis dépouillés.

Ils entrèrent dans le petit village. Les rues vides, silencieuses, gardaient une odeur de mer, de varech et de poisson. Les vastes filets tannés séchaient toujours, accrochés devant les portes ou bien étendus sur le galet. La mer grise et froide avec son éternelle et grondante écume commençait à descendre, découvrant vers Fécamp les rochers verdâtres au pied des falaises. Et le long de la plage les grosses barques échouées sur le flanc semblaient de vastes poissons morts. Le soir tombait et les pêcheurs s'en venaient par groupes au perret[1], marchant lourdement avec leurs grandes bottes marines, le cou enveloppé de laine, un litre d'eau-de-vie d'une main, la lanterne du bateau de l'autre. Longtemps ils tournèrent autour des embarcations inclinées ; ils mettaient à bord, avec la lenteur normande, leurs filets, leurs bouées, un gros pain, un pot de beurre, un verre et la bouteille de trois-six. Puis ils poussaient vers l'eau la barque redressée qui dévalait à grand bruit sur le galet, fendait l'écume, montait sur la vague, se balançait quelques instants, ouvrait ses ailes brunes et disparaissait dans la nuit avec son petit feu au bout du mât.

Et les grandes femmes des matelots dont les dures carcasses saillaient sous les robes minces, restées jusqu'au départ du dernier pêcheur, rentraient dans le village assoupi, troublant de leurs voix criardes le lourd sommeil des rues noires.

Le baron et Jeanne, immobiles, contemplaient l'éloignement dans l'ombre de ces hommes qui s'en allaient ainsi chaque nuit risquer la mort pour ne point crever de faim, et si misérables cependant qu'ils ne mangeaient jamais de viande.

Le baron, s'exaltant devant l'océan, murmura : « C'est terrible et beau. Comme cette mer sur qui tombent les ténèbres, sur qui tant d'existences sont en péril, est superbe ! n'est-ce pas, Jeannette ? »

Elle répondit avec un sourire gelé : « Ça ne vaut point la Méditerranée. » Mais son père, s'indignant : « La Méditerranée ! de l'huile, de l'eau sucrée, l'eau bleue d'un baquet de lessive. Regarde donc celle-ci comme elle est effrayante avec ses crêtes d'écume ! Et songe à tous ces hommes, partis là-dessus, et qu'on ne voit déjà plus. »

Jeanne, avec un soupir, consentit : « Oui, si tu veux. » Mais ce mot qui lui était venu aux lèvres, « la Méditerranée », l'avait de nouveau pincée au cœur, rejetant toute sa pensée vers ces contrées lointaines où gisaient ses rêves.

Le père et la fille alors, au lieu de revenir par les bois, gagnèrent la route et montèrent la côte à pas ralentis. Ils ne parlaient guère, tristes de la séparation prochaine.

Parfois en longeant les fossés des fermes, une odeur de pommes pilées, cette senteur de cidre frais qui semble flotter en cette saison sur toute la campagne normande, les frappait au visage, ou bien un gras parfum d'étable, cette bonne et chaude puanteur qui s'exhale du fumier de vaches. Une petite fenêtre éclairée indiquait au fond de la cour la maison d'habitation.

Et il semblait à Jeanne que son âme s'élargissait, comprenait des choses invisibles ; et ces petites lueurs éparses dans les champs lui donnèrent soudain la sensation vive de l'isolement de tous les êtres que tout désunit, que tout sépare, que tout entraîne loin de ce qu'ils aimeraient.

Alors, d'une voix résignée, elle dit : « Ça n'est pas toujours gai, la vie. »

Le baron soupira : « Que veux-tu, fillette, nous n'y pouvons rien. »

Et le lendemain, père et petite mère étant partis, Jeanne et Julien restèrent seuls.

VII

LES cartes entrèrent alors dans la vie des jeunes gens. Chaque jour, après le déjeuner, Julien, tout en fumant sa pipe et se gargarisant avec du cognac dont il buvait peu à peu six à huit verres, faisait plusieurs parties de bésigue avec sa femme. Elle montait ensuite en sa chambre, s'asseyait près de la fenêtre et, pendant que la pluie battait les vitres ou que le vent les secouait, elle brodait obstinément une garniture de jupon. Parfois, fatiguée, elle levait les yeux et contemplait au loin la mer sombre qui moutonnait. Puis, après quelques minutes de ce regard vague, elle reprenait son ouvrage.

Elle n'avait d'ailleurs rien autre chose à faire, Julien ayant pris toute la direction de la maison, pour satisfaire pleinement ses besoins d'autorité et ses démangeaisons d'économie. Il se montrait d'une parcimonie féroce, ne donnait jamais de pourboires, réduisait la nourriture au strict nécessaire ; et comme Jeanne, depuis qu'elle était venue aux Peuples, se faisait faire chaque matin par le boulanger une petite galette normande, il supprima cette dépense et la condamna au pain grillé.

Elle ne disait rien, afin d'éviter les explications, les discussions et les querelles, mais elle souffrait comme de coups d'aiguille à chaque nouvelle manifestation d'avarice de son mari. Cela lui semblait bas et odieux à elle, élevée dans une famille où l'argent comptait pour rien. Combien souvent elle avait entendu dire à petite mère : « Mais c'est fait pour être dépensé, l'argent. » Julien maintenant répétait : « Tu ne pourras donc jamais t'habituer à ne pas jeter l'argent par les fenêtres ? » Et chaque fois qu'il avait rogné quelques sous sur un salaire ou sur une note, il prononçait, avec un sourire, en glissant la monnaie dans sa poche : « Les petits ruisseaux font les grandes rivières. »

En certains jours cependant Jeanne se reprenait à rêver. Elle s'arrêtait doucement de travailler, et, les mains molles, le regard éteint, elle refaisait un de ses romans de petite fille, partie en des aventures charmantes. Mais soudain, la voix de Julien qui donnait un ordre au père Simon l'arrachait à ce bercement de songerie ; et elle reprenait son patient ouvrage en se disant : « C'est fini, tout ça » ; et une larme tombait sur ses doigts qui poussaient l'aiguille.

Rosalie aussi, autrefois si gaie et toujours chantant, était changée. Ses joues rebondies avaient perdu leur vernis rouge, et, presque creuses maintenant, semblaient parfois frottées de terre.

Souvent Jeanne lui demandait : « Es-tu malade, ma fille ? » La petite bonne répondait toujours : « Non, madame. » Un peu de sang lui montait aux pommettes et elle se sauvait bien vite.

Au lieu de courir comme autrefois, elle traînait ses pieds avec peine et ne paraissait même plus coquette, n'achetait plus rien aux marchands voyageurs qui lui montraient en vain leurs rubans de soie et leurs corsets et leurs parfumeries variées.

Et la grande maison avait l'air de sonner le creux, toute morne, avec sa face que les pluies maculaient de longues traînées grises.

A la fin de janvier les neiges arrivèrent. On voyait de loin les gros nuages venir du nord au-dessus de la mer sombre ; et la blanche descente des flocons commença. En une nuit toute la plaine fut ensevelie, et les arbres apparurent au matin drapés dans cette écume de glace.

Julien, chaussé de hautes bottes, l'air hirsute, passait son temps au fond du bosquet, embusqué derrière le fossé donnant sur la lande, à guetter les oiseaux émigrants. De temps en temps un coup de fusil crevait le silence gelé des champs ; et des bandes de corbeaux noirs effrayés s'envolaient des grands arbres en tournoyant.

Jeanne, succombant à l'ennui, descendait parfois sur le perron. Des bruits de vie venaient de fort loin répercutés sur la tranquillité dormante de cette nappe livide et morne.

Puis elle n'entendait plus rien qu'une sorte de ronflement des flots éloignés et le glissement vague et continu de cette poussière d'eau gelée tombant toujours.

Et la couche de neige s'élevait sans cesse sous la chute infinie de cette mousse épaisse et légère.

Par une de ces pâles matinées, Jeanne immobile chauffait ses pieds au feu de sa chambre, pendant que Rosalie, plus changée de jour en jour, faisait lentement le lit. Soudain elle entendit derrière elle un douloureux soupir. Sans tourner la tête, elle demanda : « Qu'est-ce que tu as donc ? »

La bonne, comme toujours, répondit : « Rien, madame » ; mais sa voix semblait brisée, expirante.

Jeanne déjà songeait à autre chose quand elle remarqua qu'elle n'entendait plus remuer la jeune fille. Elle appela : « Rosalie ! » Rien ne bougea. Alors, la croyant sortie sans bruit, elle cria plus fort : « Rosalie ! » et elle allait allonger le bras pour sonner quand un profond gémissement, poussé tout près d'elle, la fit se dresser avec un frisson d'angoisse.

La petite servante, livide, les yeux hagards, était assise par terre, les jambes allongées, le dos appuyé contre le bois du lit.

Jeanne s'élança : « Qu'est-ce que tu as, qu'est-ce que tu as ? »

L'autre ne dit pas un mot, ne fit pas un geste ; elle fixait sur sa maîtresse un regard fou, et haletait, comme déchirée par une effroyable douleur. Puis, soudain, tendant tout son corps, elle glissa sur le dos, étouffant entre ses dents serrées un cri de détresse.

Alors sous sa robe collée à ses cuisses ouvertes quelque chose remua. Et de là partit aussitôt un bruit singulier, un clapotement, un souffle de gorge étranglée qui suffoque ; puis soudain ce fut un long miaulement de chat, une plainte frêle et déjà douloureuse, le premier appel de souffrance de l'enfant entrant dans la vie.

Jeanne brusquement comprit, et, la tête égarée, courut à l'escalier criant : « Julien, Julien ! »

Il répondit d'en bas : « Qu'est-ce que tu veux ? »

Elle eut grand-peine à prononcer : « C'est... c'est Rosalie qui... »

Julien s'élança, gravit les marches deux par deux, et, entrant brusquement dans la chambre, il releva d'un seul coup les vêtements de la fillette et découvrit un affreux petit morceau de chair, plissé, geignant, crispé et tout gluant, qui s'agitait entre deux jambes nues.

Il se redressa, la face méchante, et poussant dehors sa femme éperdue : « Ça ne te regarde pas. Va-t'en. Envoie-moi Ludivine et le père Simon. »

Jeanne, toute tremblante, descendit à la cuisine, puis, n'osant plus remonter, elle entra dans le salon qui restait sans feu depuis le départ de ses parents, et elle attendit anxieusement des nouvelles.

Elle vit bientôt le domestique qui sortait en courant. Cinq minutes après il rentra avec la veuve Dentu, la sage-femme du pays.

Alors ce fut dans l'escalier un grand remuement comme si on portait un blessé ; et Julien vint dire à Jeanne qu'elle pouvait remonter chez elle.

Elle tremblait comme si elle venait d'assister à quelque sinistre accident. Elle s'assit de nouveau devant son feu, puis demanda : « Comment va-t-elle ? »

Julien, préoccupé, nerveux, marchait à travers l'appartement ; et une colère semblait le soulever. Il ne répondit point d'abord ; puis, au bout de quelques secondes, s'arrêtant : « Qu'est-ce que tu comptes faire de cette fille ? »

Elle ne comprenait pas et regardait son mari :

« Comment ? Que veux-tu dire ? Je ne sais pas, moi. »

Et soudain il cria comme s'il s'emportait : « Nous ne pouvons pourtant pas garder un bâtard dans la maison[1]. »

Alors Jeanne demeura très perplexe ; puis, au bout d'un long silence : « Mais, mon ami, peut-être pourrait-on le mettre en nourrice ? »

Il ne la laissa pas achever : « Et qui est-ce qui paiera ? Toi sans doute ? »

Elle réfléchit encore longtemps, cherchant une solution ; enfin elle dit : « Mais le père s'en chargera, de cet enfant ; et, s'il épouse Rosalie, il n'y a plus de difficultés. » Julien, comme à bout de patience, et furieux, reprit : « Le père !... le père !... le connais-tu... le père ?... — Non, n'est-ce pas ? Eh bien, alors ?... »

Jeanne, émue, s'animait : « Mais il ne laissera pas certainement cette fille ainsi. Ce serait un lâche ! nous demanderons son nom, et nous irons le trouver, lui, et il faudra bien qu'il s'explique. »

Julien s'était calmé et remis à marcher : « Ma chère, elle ne veut pas le dire, le nom de l'homme ; elle ne te l'avouera pas plus qu'à moi... et, s'il ne veut pas d'elle, lui ?... Nous ne pouvons pourtant pas garder sous notre toit une fille mère avec son bâtard, comprends-tu ? »

Jeanne, obstinée, répétait : « Alors c'est un misérable, cet homme ; mais il faudra bien que nous le connaissions : et alors, il aura affaire à nous. »

Julien, devenu fort rouge, s'irritait encore : « Mais... en attendant ? »

Elle ne savait que décider et lui demanda : « Qu'est-ce que tu proposes, toi ? »

Aussitôt, il dit son avis : « Oh ! moi, c'est bien simple. Je lui donnerais quelque argent et je l'enverrais au diable avec son mioche. »

Mais la jeune femme, indignée, se révolta. « Quant à cela, jamais. C'est ma sœur de lait, cette fille ; nous avons grandi ensemble. Elle a fait une faute, tant pis ; mais je ne la jetterai pas dehors pour cela ; et, s'il le faut, je l'élèverai, cet enfant. »

Alors Julien éclata : « Et nous aurons une propre réputation, nous autres, avec notre nom et nos relations ! Et on dira partout que nous protégeons le vice, que nous abritons des gueuses ; et les gens honorables ne voudront plus mettre les pieds chez nous. Mais à quoi penses-tu, vraiment ? Tu es folle ! »

Elle était demeurée calme. « Je ne laisserais jamais jeter dehors Rosalie ; et si tu ne veux pas la garder, ma mère la reprendra et il faudra bien que nous finissions par connaître le nom du père de son enfant. »

Alors il sortit exaspéré, tapant la porte, et criant : « Les femmes sont stupides avec leurs idées ! »

Jeanne, dans l'après-midi, monta chez l'accouchée. La petite bonne, veillée par la veuve Dentu, restait immobile dans son lit, les yeux ouverts, tandis que la garde berçait en ses bras l'enfant nouveau-né.

Dès qu'elle aperçut sa maîtresse, Rosalie se mit à sangloter, cachant sa figure dans ses draps, toute secouée de désespoir. Jeanne la voulut embrasser, mais elle résistait, se voilant. Alors la garde intervint, lui découvrit le visage ; et elle se laissa faire, pleurant encore, mais doucement.

Un maigre feu brûlait dans la cheminée ; il faisait froid ; l'enfant pleurait. Jeanne n'osait point parler du petit de crainte d'amener une autre crise ; et avait pris la main de sa bonne, en répétant d'un ton machinal : « Ça ne sera rien, ça ne sera rien. » La pauvre fille regardait à la dérobée vers la garde, tressaillait aux cris du marmot ; et un reste de chagrin l'étranglant jaillissait encore par moments en un sanglot convulsif, tandis que des larmes rentrées faisaient un bruit d'eau dans sa gorge.

Jeanne, encore une fois, l'embrassa, et, tout bas, lui murmura dans l'oreille : « Nous en aurons bien soin, va, ma fille. » Puis comme un nouvel accès de pleurs commençait, elle se sauva bien vite.

Tous les jours elle y retourna, et tous les jours Rosalie éclatait en sanglots en apercevant sa maîtresse.

L'enfant fut mis en nourrice chez une voisine.

Julien cependant parlait à peine à sa femme, comme s'il eût gardé contre elle une grosse colère depuis qu'elle avait refusé de renvoyer la bonne. Un jour, il revint sur ce sujet, mais Jeanne tira de sa poche une lettre de la baronne demandant qu'on lui envoyât immédiatement cette fille si on ne la gardait pas aux Peuples. Julien, furieux, cria : « Ta mère est aussi folle que toi. » Mais il n'insista plus.

Quinze jours après, l'accouchée pouvait déjà se lever et reprendre son service.

Alors, Jeanne, un matin, la fit asseoir, lui tint les mains et, la traversant de son regard :

« Voyons, ma fille, dis-moi tout. »

Rosalie se mit à trembler, et balbutia :

« Quoi, madame ?

— A qui est-il, cet enfant ? »

Alors la petite bonne fut reprise d'un désespoir épouvantable ; et elle cherchait éperdument à dégager ses mains pour s'en cacher la figure.

Mais Jeanne l'embrassait malgré elle, la consolait : « C'est un malheur, que veux-tu, ma fille ? Tu as été faible ; mais ça arrive à bien d'autres. Si le père t'épouse, on n'y pensera plus ; et nous pourrons le prendre à notre service avec toi. »

Rosalie gémissait comme si on l'eût martyrisée, et de temps en temps donnait une secousse pour se dégager et s'enfuir.

Jeanne reprit : « Je comprends bien que tu aies honte, mais tu vois que je ne me fâche pas, que je te parle doucement. Si je te demande le nom de l'homme, c'est pour ton bien, parce que je sens à ton chagrin qu'il t'abandonne, et que je veux empêcher cela. Julien ira le trouver, vois-tu, et nous le forcerons à t'épouser ; et comme nous vous garderons tous les deux, nous le forcerons bien aussi à te rendre heureuse. »

Cette fois Rosalie fit un effort si brusque qu'elle arracha ses mains de celles de sa maîtresse, et se sauva comme une folle.

Le soir, en dînant, Jeanne dit à Julien : « J'ai voulu décider Rosalie à me révéler le nom de son séducteur. Je n'ai pu y réussir. Essaie donc de ton côté pour que nous contraignions ce misérable à l'épouser. »

Mais Julien tout de suite se fâcha : « Ah ! tu sais, je ne veux pas entendre parler de cette histoire-là, moi. Tu as voulu garder cette fille, garde-la, mais ne m'embête plus à son sujet. »

124

Il semblait, depuis l'accouchement, d'une humeur plus irritable encore ; et il avait pris cette habitude de ne plus parler à sa femme sans crier comme s'il eût été toujours furieux, tandis qu'au contraire elle baissait la voix, se faisait douce, conciliante pour éviter toute discussion ; et souvent elle pleurait, la nuit, dans son lit.

Malgré sa constante irritation, son mari avait repris des habitudes d'amour oubliées depuis leur retour, et il était rare qu'il passât trois soirs de suite sans franchir la porte conjugale.

Rosalie fut bientôt guérie entièrement et devint moins triste, quoiqu'elle restât comme effarée, poursuivie par une crainte inconnue.

Et elle se sauva deux fois encore, alors que Jeanne essayait de l'interroger de nouveau.

Julien tout à coup parut aussi plus aimable ; et la jeune femme se rattachait à de vagues espoirs, retrouvait des gaietés, bien qu'elle se sentît parfois souffrante de malaises singuliers dont elle ne parlait point. Le dégel n'était pas venu et depuis bientôt cinq semaines un ciel clair comme un cristal bleu le jour, et, la nuit, tout semé d'étoiles qu'on aurait crues de givre, tant le vaste espace était rigoureux, s'étendait sur la nappe unie, dure et luisante des neiges.

Les fermes isolées dans leurs cours carrées, derrière leurs rideaux de grands arbres poudrés de frimas, semblaient endormies en leur chemise blanche. Ni hommes ni bêtes ne sortaient plus ; seules les cheminées des chaumières révélaient la vie cachée, par les minces filets de fumée qui montaient droit dans l'air glacial.

La plaine, les haies, les ormes des clôtures, tout

semblait mort, tué par le froid. De temps en temps, on entendait craquer les arbres, comme si leurs membres de bois se fussent brisés sous leur écorce ; et parfois une grosse branche se détachait et tombait, l'invincible gelée pétrifiant la sève et rompant les fibres[1].

Jeanne attendait anxieusement le retour des souffles tièdes, attribuant à la rigueur terrible du temps toutes les souffrances vagues qui la traversaient.

Tantôt elle ne pouvait plus rien manger, prise de dégoût devant toute nourriture ; tantôt son pouls battait follement ; tantôt ses faibles repas lui donnaient des écœurements d'indigestion ; et ses nerfs tendus, vibrant sans cesse, la faisaient vivre en une agitation constante et intolérable.

Un soir le thermomètre descendit encore et Julien, tout frissonnant au sortir de table (car jamais la salle n'était chauffée à point, tant il économisait sur le bois), se frotta les mains en murmurant : « Il fera bon coucher deux cette nuit, n'est-ce pas, ma chatte ? »

Il riait de son rire bon enfant d'autrefois, et Jeanne lui sauta au cou ; mais elle se sentait justement si mal à l'aise, ce soir-là, si endolorie, si étrangement nerveuse qu'elle le pria, tout bas, en lui baisant les lèvres, de la laisser dormir seule. Elle lui dit, en quelques mots, son mal : « Je t'en prie, mon chéri ; je t'assure que je ne suis pas bien. Ça ira mieux demain, sans doute. »

Il n'insista pas : « Comme il te plaira, ma chère ; si tu es malade, il faut te soigner. »

Et on parla d'autre chose.

Elle se coucha de bonne heure. Julien, par

extraordinaire, fit allumer du feu dans sa chambre particulière.

Quand on lui annonça que « ça flambait bien », il baisa sa femme au front et s'en alla.

La maison entière semblait travaillée par le froid ; les murs pénétrés avaient des bruits légers comme des frissons ; et Jeanne en son lit grelottait.

Deux fois elle se releva pour remettre des bûches au foyer, et chercher des robes, des jupes, des vieux vêtements qu'elle amoncelait sur sa couche. Rien ne la pouvait réchauffer, ses pieds s'engourdissaient, tandis qu'en ses mollets et jusqu'en ses cuisses des vibrations couraient qui la faisaient se retourner sans cesse, s'agiter, s'énerver à l'excès.

Bientôt ses dents claquèrent ; ses mains tremblèrent ; sa poitrine se serrait ; son cœur lent battait de grands coups sourds et semblait parfois s'arrêter ; et sa gorge haletait comme si l'air n'y pouvait plus entrer.

Une effroyable angoisse saisit son âme en même temps que l'invincible froid l'envahissait jusqu'aux moelles. Jamais elle n'avait éprouvé cela, elle ne s'était sentie abandonnée ainsi par la vie, prête à exhaler son dernier souffle.

Elle pensa : « Je vais mourir... Je meurs... »

Et, frappée d'épouvante, elle sauta hors du lit, sonna Rosalie, attendit, sonna de nouveau, attendit encore, frémissante et glacée.

La petite bonne ne venait point. Elle dormait sans doute de ce dur premier sommeil que rien ne brise ; et Jeanne, perdant l'esprit, s'élança pieds nus dans l'escalier.

Elle monta sans bruit, à tâtons, trouva la porte,

l'ouvrit, appela : « Rosalie ! » avança toujours, heurta le lit, promena ses mains dessus et reconnut qu'il était vide. Il était vide et tout froid, comme si personne n'y eût couché.

Surprise, elle se dit : « Comment ! elle est encore partie courir par un pareil temps ! »

Mais comme son cœur, devenu tout à coup tumultueux, bondissait, l'étouffait, elle redescendit, les jambes fléchissantes, afin de réveiller Julien.

Elle pénétra chez lui violemment, fouettée par cette conviction qu'elle allait mourir et par le désir de le voir avant de perdre connaissance.

A la lueur du feu agonisant, elle aperçut, à côté de la tête de son mari, la tête de Rosalie sur l'oreiller.

Au cri qu'elle poussa, ils se dressèrent tous les deux. Elle demeura une seconde immobile dans l'effarement de cette découverte. Puis elle s'enfuit, rentra dans sa chambre ; et comme Julien éperdu avait appelé « Jeanne ! », une peur atroce la saisit de le voir, d'entendre sa voix, de l'écouter s'expliquer, mentir, de rencontrer son regard face à face ; et elle se précipita de nouveau dans l'escalier qu'elle descendit.

Elle courait maintenant dans l'obscurité au risque de rouler le long des marches, de se casser les membres sur la pierre. Elle allait devant elle, poussée par un impérieux besoin de fuir, de ne plus apprendre rien, de ne plus voir personne.

Quand elle fut en bas, elle s'assit sur une marche, toujours en chemise et nu-pieds ; et elle demeurait là, l'esprit perdu.

Julien avait sauté du lit, s'habillait à la hâte. Elle se redressa pour se sauver de lui. Déjà il descendait aussi l'escalier, et il criait : « Écoute, Jeanne ! »

Non, elle ne voulait pas écouter ni se laisser toucher du bout des doigts ; et elle se jeta dans la salle à manger courant comme devant un assassin. Elle cherchait une issue, une cachette, un coin noir, un moyen de l'éviter. Elle se blottit sous la table. Mais déjà il ouvrait la porte, sa lumière à la main, répétant toujours : « Jeanne ! » et elle repartit comme un lièvre, s'élança dans la cuisine, en fit deux fois le tour à la façon d'une bête acculée ; et, comme il la rejoignait encore, elle ouvrit brusquement la porte du jardin et s'élança dans la campagne.

Le contact glacé de la neige où ses jambes nues entraient parfois jusqu'aux genoux lui donna soudain une énergie désespérée. Elle n'avait pas froid, bien que toute découverte ; elle ne sentait plus rien tant la convulsion de son âme avait engourdi son corps, et elle courait, blanche comme la terre.

Elle suivit la grande allée, traversa le bosquet, franchit le fossé et partit à travers la lande.

Pas de lune ; les étoiles luisaient comme une semaille de feu dans le noir du ciel ; mais la plaine était claire cependant, d'une blancheur terne, d'une immobilité figée, d'un silence infini.

Jeanne allait vite, sans souffler, sans savoir, sans réfléchir à rien. Et soudain elle se trouva au bord de la falaise. Elle s'arrêta net, par instinct, et s'accroupit, vidée de toute pensée et de toute volonté.

Dans le trou sombre devant elle la mer invisible et muette exhalait l'odeur salée de ses varechs à marée basse.

Elle demeura là longtemps, inerte d'esprit

129

comme de corps ; puis, tout à coup, elle se mit à trembler, mais à trembler follement comme une voile qu'agite le vent. Ses bras, ses mains, ses pieds secoués par une force invincible palpitaient, vibraient de sursauts précipités ; et la connaissance lui revint brusquement, claire et poignante.

Puis des visions anciennes passèrent devant ses yeux ; cette promenade avec lui dans le bateau du père Lastique, leur causerie, son amour naissant, le baptême de la barque ; puis elle remonta plus loin jusqu'à cette nuit bercée de rêves à son arrivée aux Peuples. Et maintenant ! maintenant ! Oh ! sa vie était cassée, toute joie finie, toute attente impossible ; et l'épouvantable avenir plein de tortures, de trahisons et de désespoirs lui apparut. Autant mourir, ce serait fini tout de suite.

Mais une voix criait au loin : « C'est ici, voilà ses pas ; vite, vite, par ici ! » C'était Julien qui la cherchait.

Oh ! elle ne voulait pas le revoir. Dans l'abîme, là, devant elle, elle entendait maintenant un petit bruit, le vague glissement de la mer sur les roches.

Elle se dressa, toute soulevée déjà pour s'élancer et jetant à la vie l'adieu des désespérés, elle gémit le dernier mot des mourants, le dernier mot des jeunes soldats éventrés dans les batailles : « Maman ! »

Soudain la pensée de petite mère la traversa ; elle la vit sanglotant ; elle vit son père à genoux devant son cadavre noyé, elle eut en une seconde toute la souffrance de leur désespoir.

Alors elle retomba mollement dans la neige ; et

elle ne se sauva plus quand Julien et le père Simon, suivis de Marius qui tenait une lanterne, la saisirent par les bras pour la rejeter en arrière, tant elle était près du bord.

Ils firent d'elle ce qu'ils voulurent, car elle ne pouvait plus remuer. Elle sentit qu'on l'emportait, puis qu'on la mettait dans un lit, puis qu'on la frictionnait avec des linges brûlants ; puis tout souvenir s'effaça, toute connaissance disparut.

Puis un cauchemar — était-ce un cauchemar ? — l'obséda. Elle était couchée dans sa chambre. Il faisait jour, mais elle ne pouvait pas se lever. Pourquoi ? elle n'en savait rien. Alors elle entendit un petit bruit sur le plancher, une sorte de grattement, de frôlement, et soudain une souris, une petite souris grise passait vivement sur son drap. Une autre aussitôt la suivait, puis une troisième qui s'avançait vers la poitrine, de son trot vif et menu. Jeanne n'avait pas peur ; mais elle voulut prendre la bête et lança sa main, sans y parvenir.

Alors d'autres souris, dix, vingt, des centaines, des milliers surgirent de tous les côtés. Elles grimpaient aux colonnes, filaient sur les tapisseries, couvraient la couche tout entière. Et bientôt elles pénétrèrent sous les couvertures ; Jeanne les sentait glisser sur sa peau, chatouiller ses jambes, descendre et monter le long de son corps. Elle les voyait venir du pied du lit pour pénétrer dedans contre sa gorge ; et elle se débattait, jetait ses mains en avant pour en saisir une et les refermait toujours vides.

Elle s'exaspérait, voulait fuir, criait, et il lui semblait qu'on la tenait immobile, que des bras vigoureux l'enlaçaient et la paralysaient ; mais elle ne voyait personne.

Elle n'avait point la notion du temps. Cela dut être long, très long.

Puis elle eut un réveil las, meurtri, doux cependant. Elle se sentait faible. Elle ouvrit les yeux, et ne s'étonna pas de voir petite mère assise dans sa chambre avec un gros homme qu'elle ne connaissait point.

Quel âge avait-elle ? elle n'en savait rien et se croyait toute petite fille. Elle n'avait, non plus, aucun souvenir.

Le gros homme dit : « Tenez, la connaissance revient. » Et petite mère se mit à pleurer. Alors le gros homme reprit : « Voyons, soyez calme, madame la baronne, je vous dis que j'en réponds maintenant. Mais ne lui parlez de rien, de rien. Qu'elle dorme. »

Et il sembla à Jeanne qu'elle vivait encore très longtemps assoupie, reprise par un pesant sommeil dès qu'elle essayait de penser ; et elle n'essayait pas non plus de se rappeler quoi que ce soit, comme si, vaguement, elle avait eu peur de la réalité reparue en sa tête.

Or, une fois, comme elle s'éveillait, elle aperçut Julien, seul près d'elle ; et brusquement, tout lui revint, comme si un rideau se fût levé qui cachait sa vie passée.

Elle eut au cœur une douleur horrible et voulut fuir encore. Elle rejeta ses draps, sauta par terre et tomba, ses jambes ne la pouvant plus porter.

Julien s'élança vers elle ; et elle se mit à hurler pour qu'il ne la touchât point. Elle se tordait, se roulait. La porte s'ouvrit. Tante Lison accourait

132

avec la veuve Dentu, puis le baron, puis enfin petite mère arriva soufflant, éperdue.

On la recoucha ; et aussitôt elle ferma les yeux sournoisement pour ne point parler et pour réfléchir à son aise.

Sa mère et sa tante la soignaient, s'empressaient, l'interrogeaient : « Nous entends-tu maintenant, Jeanne, ma petite Jeanne ? »

Elle faisait la sourde, ne répondait pas ; et elle s'aperçut très bien de la journée finie. La nuit vint. La garde s'installa près d'elle, et la faisait boire de temps en temps.

Elle buvait sans rien dire, mais elle ne dormait plus ; elle raisonnait péniblement, cherchant des choses qui lui échappaient, comme si elle avait eu des trous dans sa mémoire, de grandes places blanches et vides où les événements ne s'étaient point marqués.

Peu à peu, après de longs efforts, elle retrouva tous les faits.

Et elle y réfléchit avec une obstination fixe.

Petite mère, tante Lison et le baron étaient venus, donc elle avait été très malade. Mais Julien ? Qu'avait-il dit ? Ses parents savaient-ils ? Et Rosalie ? où était-elle ? Et puis que faire ? Une idée l'illumina — retourner avec père et petite mère, à Rouen, comme autrefois. Elle serait veuve ; voilà tout.

Alors elle attendit, écoutant ce qu'on disait autour d'elle, comprenant fort bien sans le laisser voir, jouissant de ce retour de raison, patiente et rusée.

Le soir, enfin, elle se trouva seule avec la baronne et elle appela, tout bas : « Petite mère ! »

Sa propre voix l'étonna, lui parut changée. La baronne lui saisit les mains : « Ma fille, ma Jeanne chérie ! ma fille, tu me reconnais ?

— Oui, petite mère, mais il ne faut point pleurer ; nous avons à causer longtemps. Julien t'a-t-il dit pourquoi je me suis sauvée dans la neige ?

— Oui, ma mignonne, tu as eu une grosse fièvre très dangereuse.

— Ce n'est pas ça, maman. J'ai eu la fièvre après ; mais t'a-t-il dit qui me l'a donnée, cette fièvre, et pourquoi je me suis sauvée ?

— Non, ma chérie.

— C'est parce que j'ai trouvé Rosalie dans son lit. »

La baronne crut qu'elle délirait encore, la caressa. « Dors, ma mignonne, calme-toi, essaie de dormir. »

Mais Jeanne, obstinée, reprit : « J'ai toute ma raison maintenant, petite maman, je ne dis pas de folies comme j'ai dû en dire les jours derniers. Je me sentais malade une nuit, alors j'ai été chercher Julien. Rosalie était couchée avec lui. J'ai perdu la tête de chagrin et je me suis sauvée dans la neige pour me jeter à la falaise. »

Mais la baronne répétait : « Oui, ma mignonne, tu as été bien malade.

— Ce n'est pas ça, maman, j'ai trouvé Rosalie dans le lit de Julien, et je ne veux plus rester avec lui. Tu m'emmèneras à Rouen, comme autrefois. »

La baronne, à qui le médecin avait recommandé de ne contrarier Jeanne en rien, répondit : « Oui, ma mignonne. »

Mais la malade s'impatienta : « Je vois bien que

tu ne me crois pas. Va chercher petit père, lui, il finira bien par me comprendre. »

Et petite mère se leva difficilement, prit ses deux cannes, sortit en traînant ses pieds, puis revint après quelques minutes avec le baron qui la soutenait.

Ils s'assirent devant le lit et Jeanne aussitôt commença. Elle dit tout, doucement, d'une voix faible, avec clarté : le caractère bizarre de Julien, ses duretés, son avarice, et enfin son infidélité.

Quand elle eut fini, le baron vit bien qu'elle ne divaguait pas, mais il ne savait que penser, que résoudre et que répondre.

Il lui prit la main, d'une façon tendre, comme autrefois quand il l'endormait avec des histoires. « Écoute, ma chérie, il faut agir avec prudence. Ne brusquons rien ; tâche de supporter ton mari jusqu'au moment où nous aurons pris une résolution... Tu me le promets ? » Elle murmura : « Je veux bien, mais je ne resterai pas ici quand je serai guérie. »

Puis, tout bas, elle ajouta : « Où est Rosalie maintenant ? »

Le baron reprit : « Tu ne la verras plus. » Mais elle s'obstinait. « Où est-elle ? je veux savoir. » Alors il avoua qu'elle n'avait point quitté la maison ; mais il affirma qu'elle allait partir.

En sortant de chez la malade, le baron tout chauffé par la colère, blessé dans son cœur de père, alla trouver Julien, et, brusquement : « Monsieur, je viens vous demander compte de votre conduite vis-à-vis de ma fille. Vous l'avez trompée avec votre servante ; cela est doublement indigne. »

Mais Julien joua l'innocent, nia avec passion, jura,

prit Dieu à témoin. Quelle preuve avait-on d'ailleurs ? Est-ce que Jeanne n'était pas folle ? ne venait-elle pas d'avoir une fièvre cérébrale ? ne s'était-elle pas sauvée par la neige, une nuit, dans un accès de délire, au début de sa maladie ? Et c'est justement au milieu de cet accès, alors qu'elle courait presque nue par la maison, qu'elle prétendait avoir vu sa bonne dans le lit de son mari.

Et il s'emportait ; il menaça d'un procès ; il s'indignait avec véhémence. Et le baron, confus, fit des excuses, demanda pardon, et tendit sa main loyale que Julien refusa de prendre.

Quand Jeanne connut la réponse de son mari, elle ne se fâcha point et répondit : « Il ment, papa, mais nous finirons par le convaincre. »

Et pendant deux jours elle fut taciturne, recueillie, méditant.

Puis, le troisième matin, elle voulut voir Rosalie. Le baron refusa de faire monter la bonne, déclara qu'elle était partie. Jeanne ne céda point, répétant : « Alors qu'on aille la chercher chez elle. »

Et déjà elle s'irritait quand le docteur entra. On lui dit tout pour qu'il jugeât. Mais Jeanne soudain se mit à pleurer, énervée outre mesure, criant presque : « Je veux voir Rosalie : je veux la voir ! »

Alors le médecin lui prit la main, et, à voix basse : « Calmez-vous, madame ; toute émotion pourrait devenir grave ; car vous êtes enceinte. »

Elle demeura saisie, comme frappée d'un coup, et il lui sembla tout de suite que quelque chose remuait en elle. Puis elle resta silencieuse, n'écoutant pas même ce qu'on disait, s'enfonçant en sa pensée. Elle ne put dormir de la nuit, tenue en éveil par cette idée nouvelle et singulière qu'un enfant vivait là, dans son ventre ; et triste, peinée qu'il fût le fils de Julien ; inquiète, craignant qu'il ne ressemblât à son père. Au jour venu, elle fit appeler le baron. « Petit père, ma résolution est bien prise ; je veux tout savoir, surtout maintenant ; tu entends, je veux ; et tu sais qu'il ne faut pas me contrarier dans la situation où je suis. Écoute bien. Tu vas aller chercher M. le curé. J'ai besoin de lui pour empêcher Rosalie de mentir ; puis, dès qu'il sera venu, tu la feras monter et tu resteras là avec petite mère. Surtout veille à ce que Julien n'ait pas de soupçons. »

Une heure plus tard le prêtre entrait, engraissé encore, soufflant autant que petite mère. Il s'assit auprès d'elle dans un fauteuil, le ventre tombant entre ses jambes ouvertes ; et il commença par plaisanter, en passant par habitude son mouchoir à carreaux sur son front : « Eh bien, madame la baronne, je crois que nous ne maigrissons pas ; m'est avis que nous faisons la paire. » Puis, se tournant vers le lit de la malade : « Hé ! hé ! qu'est-ce qu'on m'a dit, ma jeune dame, que nous aurions bientôt un nouveau baptême ? Ah ! ah ! ah ! pas d'une barque cette fois. » Et il ajouta d'un ton grave :

« Ce sera un défenseur pour la patrie » ; puis, après une courte réflexion : « A moins que ce ne soit une bonne mère de famille » ; et, saluant la baronne, « comme vous, madame ».

Mais la porte du fond s'ouvrit. Rosalie, éperdue, larmoyant, refusait d'entrer, cramponnée à l'enca-drement, et poussée par le baron. Impatienté, il la jeta d'une secousse dans la chambre. Alors elle se couvrit la face de ses mains et resta debout, sanglotant.

Jeanne, dès qu'elle l'aperçut, se dressa brusquement, s'assit, plus pâle que ses draps ; et son cœur affolé soulevait de ses battements la mince chemise collée à sa peau. Elle ne pouvait parler, respirant à peine, suffoquée. Enfin, elle prononça d'une voix coupée par l'émotion : « Je... je... n'aurais pas... pas besoin... de t'interroger. Il... il me suffit de te voir ainsi... de... de voir ta... ta honte devant moi. »

Après une pause, car le souffle lui manquait, elle reprit : « Mais je veux tout savoir, tout... tout. J'ai fait venir M. le curé pour que ce soit comme une confession, tu entends. »

Immobile, Rosalie poussait presque des cris entre ses mains crispées.

Le baron, que la colère gagnait, lui saisit les bras, les écarta violemment, et, la jetant à genoux près du lit : « Parle donc... Réponds. »

Elle resta par terre, dans la posture qu'on prête aux Madeleines, le bonnet de travers, le tablier sur le parquet, le visage voilé de nouveau de ses mains redevenues libres.

Alors le curé lui parla : « Allons, ma fille, écoute ce qu'on te dit, et réponds. Nous ne voulons pas te faire de mal ; mais on veut savoir ce qui s'est passé. »

Jeanne, penchée au bord de sa couche, la regardait. Elle dit : « C'est bien vrai que tu étais dans le lit de Julien quand je vous ai surpris. »

Rosalie, à travers ses mains, gémit : « Oui, madame. »

Alors, brusquement, la baronne se mit à pleurer aussi avec un gros bruit de suffocation ; et ses sanglots convulsifs accompagnaient ceux de Rosalie.

Jeanne, les yeux droit sur la bonne, demanda :
« Depuis quand cela durait-il ? »

Rosalie balbutia : « Depuis qu'il est v'nu. »

Jeanne ne comprenait pas. « Depuis qu'il est venu... Alors... depuis... depuis le printemps ?

— Oui, madame.

— Depuis qu'il est entré dans cette maison ?

— Oui, madame. »

Et Jeanne, comme oppressée de questions, interrogea d'une voix précipitée :

« Mais comment cela s'est-il fait ? Comment te l'a-t-il demandé ? Comment t'a-t-il prise ? Qu'est-ce qu'il t'a dit ? A quel moment, comment as-tu cédé ? comment as-tu pu te donner à lui ? »

Et Rosalie, écartant ses mains cette fois, saisie aussi d'une fièvre de parler, d'un besoin de répondre :

« J'sais ti mé ? C'est le jour qu'il a dîné ici la première fois, qu'il est v'nu m'trouver dans ma chambre. Il s'était caché dans l'grenier. J'ai pas osé crier pour pas faire d'histoire. Il s'est couché avec mé ; j'savais pu c'que j'faisais à çu moment-là ; il a fait c'qu'il a voulu. J'ai rien dit parce que je le trouvais gentil !... »

Alors Jeanne poussant un cri :

« Mais... ton... ton enfant... c'est à lui ?... »

Rosalie sanglota.

« Oui, madame. »

Puis toutes deux se turent.

On n'entendait plus que le bruit des larmes de Rosalie et de la baronne.

Jeanne, accablée, sentit à son tour ses yeux

ruisselants ; et les gouttes sans bruit coulèrent sur ses joues.

L'enfant de sa bonne avait le même père que le sien ! Sa colère était tombée. Elle se sentait maintenant toute pénétrée d'un désespoir morne, lent, profond, infini.

Elle reprit enfin d'une voix changée, mouillée, d'une voix de femme qui pleure :

« Quand nous sommes revenus de... là-bas... du voyage... quand est-ce qu'il a recommencé ? »

La petite bonne, tout à fait écroulée par terre, balbutia : « Le... le premier soir, il est v'nu. »

Chaque parole tordait le cœur de Jeanne. Ainsi, le premier soir, le soir du retour aux Peuples, il l'avait quittée pour cette fille. Voilà pourquoi il la laissait dormir seule !

Elle en savait assez, maintenant, elle ne voulait plus rien apprendre ; elle cria : « Va-t'en, va-t'en ! » Et comme Rosalie ne bougeait point, anéantie, Jeanne appela son père : « Emmène-la, emporte-la. » Mais le curé, qui n'avait encore rien dit, jugea le moment venu de placer un petit sermon.

« C'est très mal, ce que tu as fait là, ma fille, très mal ; et le bon Dieu ne te pardonnera pas de sitôt. Pense à l'enfer qui t'attend si tu ne gardes pas désormais une bonne conduite. Maintenant que tu as un enfant, il faut que tu te ranges. Mme la baronne fera sans doute quelque chose pour toi, et nous te trouverons un mari... »

Il aurait longtemps parlé, mais le baron ayant de nouveau saisi Rosalie par les épaules, la souleva, la traîna jusqu'à la porte, et la jeta, comme un paquet, dans le couloir.

Dès qu'il fut revenu, plus pâle que sa fille, le curé

reprit la parole : « Que voulez-vous ? elles sont toutes comme ça dans le pays. C'est une désolation, mais on n'y peut rien, et il faut bien un peu d'indulgence pour les faiblesses de la nature. Elles ne se marient jamais sans être enceintes, jamais, madame. » Et il ajouta souriant : « On dirait une coutume locale. » Puis d'un ton indigné : « Jusqu'aux enfants qui s'en mêlent ! N'ai-je pas trouvé l'an dernier, dans le cimetière, deux petits du catéchisme, le garçon et la fille ! J'ai prévenu les parents ! Savez-vous ce qu'ils m'ont répondu ? « Qu'voulez-vous, monsieur l'curé, c'est pas nous qui leur avons appris ces saletés-là, j'y pouvons rien. »

« Voilà, monsieur, votre bonne a fait comme les autres. »

Mais le baron, qui tremblait d'énervement, l'interrompit : « Elle ? que m'importe ! mais c'est Julien qui m'indigne. C'est infâme ce qu'il a fait là, et je vais emmener ma fille. »

Et il marchait, s'animant toujours exaspéré : « C'est infâme d'avoir ainsi trahi ma fille, infâme ! C'est un gueux, cet homme, une canaille, un misérable ; et je le lui dirai, je le souffletterai, je le tuerai sous ma canne ! »

Mais le prêtre, qui absorbait lentement une prise de tabac à côté de la baronne en larmes, et qui cherchait à accomplir son ministère d'apaisement, reprit : « Voyons, monsieur le baron, entre nous, il a fait comme tout le monde. En connaissez-vous beaucoup, des maris qui soient fidèles ? » Et il ajouta avec une bonhomie malicieuse : « Tenez, je parie que vous-même, vous avez fait vos farces. Voyons, la main sur la conscience, est-ce vrai ? » Le baron s'était arrêté, saisi, en face du prêtre qui continua : « Eh ! oui, vous avez fait comme les autres. Qui sait même si vous n'avez jamais tâté d'une petite bobonne comme celle-là. Je vous dis que tout le monde en fait autant. Votre femme n'en a pas été moins heureuse ni moins aimée, n'est-ce pas ? »

Le baron ne remuait plus, bouleversé.

C'était vrai, parbleu, qu'il en avait fait autant, et souvent encore, toutes les fois qu'il avait pu ; et il n'avait pas respecté non plus le toit conjugal ; et, quand elles étaient jolies, il n'avait jamais hésité devant les servantes de sa femme ! Était-il pour cela un misérable ? Pourquoi jugeait-il si sévèrement la conduite de Julien alors qu'il n'avait jamais même songé que la sienne pût être coupable ?

Et la baronne, tout essoufflée encore de sanglots, eut sur les lèvres une ombre de sourire au souvenir des fredaines de son mari, car elle était de cette race sentimentale, vite attendrie, et bienveillante, pour qui les aventures d'amour font partie de l'existence.

Jeanne, affaissée, les yeux ouverts devant elle, allongée sur le dos et les bras inertes, songeait douloureusement. Une parole de Rosalie lui était revenue qui lui blessait l'âme, et pénétrait comme une vrille en son cœur : « Moi, j'ai rien dit parce que je le trouvais gentil. »

Elle aussi l'avait trouvé gentil ; et c'est uniquement pour cela qu'elle s'était donnée, liée pour la vie, qu'elle avait renoncé à toute autre espérance, à tous les projets entrevus, à tout l'inconnu de demain. Elle était tombée dans ce mariage, dans ce trou sans bords pour remonter dans cette misère, dans cette tristesse, dans ce désespoir, parce que, comme Rosalie, elle l'avait trouvé gentil !

La porte s'ouvrit d'une poussée furieuse. Julien parut, l'air féroce. Il avait aperçu, dans l'escalier, Rosalie gémissant et il venait savoir, comprenant qu'on tramait quelque chose, que la bonne avait parlé sans doute. La vue du prêtre le cloua sur place.

Il demanda d'une voix tremblante, mais calme : « Quoi ? qu'y a-t-il ? » Le baron, si violent tout à l'heure, n'osait rien dire, craignant l'argument du curé et son propre exemple invoqué par son gendre. Petite mère larmoyait plus fort ; mais Jeanne s'était soulevée sur ses mains, et elle regardait, haletante, celui qui la faisait si cruellement souffrir. Elle balbutia : « Il y a que nous n'ignorons plus rien, que nous savons toutes vos infamies depuis... depuis le jour où vous êtes entré dans cette maison... il y a que l'enfant de cette bonne est à vous comme... comme... le mien... ils seront frères... » Et, une surabondance de douleur lui étant venue à cette pensée, elle s'affaissa dans ses draps et pleura frénétiquement.

Il restait béant, ne sachant que dire ni que faire. Le curé intervint encore.

« Voyons, voyons, ne nous chagrinons pas tant que ça, ma jeune dame, soyez raisonnable. »

Il se leva, s'approcha du lit, et posa sa main tiède sur le front de cette désespérée. Ce simple contact l'amollit étrangement ; elle se sentit aussitôt alanguie, comme si cette forte main de rustre habituée aux gestes qui absolvent, aux caresses réconfortantes, lui eût apporté dans son toucher un apaisement mystérieux.

Le bonhomme, demeuré debout, reprit : « Madame, il faut toujours pardonner. Voilà un grand malheur qui vous arrive ; mais Dieu, dans sa miséricorde, l'a compensé par un grand bonheur, puisque vous allez être mère. Cet enfant sera votre consolation. C'est en son nom que je vous implore, que je vous adjure de pardonner l'erreur de M. Julien. Ce sera un lien nouveau entre vous, un gage de sa fidélité future. Pouvez-vous rester séparée de cœur de celui dont vous portez l'œuvre dans votre flanc ? »

Elle ne répondait point, broyée, endolorie, épuisée maintenant, sans force même pour la colère et la rancune. Ses nerfs lui semblaient lâchés, coupés doucement, elle ne vivait plus qu'à peine.

La baronne, pour qui tout ressentiment semblait impossible, et dont l'âme était incapable d'un effort prolongé, murmura : « Voyons, Jeanne. »

Alors le prêtre prit la main du jeune homme, et, l'attirant près du lit, la posa dans la main de sa femme. Il appliqua dessus une petite tape comme pour les unir d'une façon définitive ; et, quittant son ton prêcheur et professionnel, il dit, d'un air content : « Allons, c'est fait : croyez-moi, ça vaut mieux. »

Puis les deux mains, rapprochées un moment, se séparèrent aussitôt. Julien, n'osant embrasser Jeanne, baisa sa belle-mère au front, pivota sur ses talons, prit le bras du baron qui se laissa faire, heureux au fond que la chose se fût arrangée ainsi ; et ils sortirent ensemble pour fumer un cigare.

Alors la malade anéantie s'assoupit pendant que le prêtre et petite mère causaient doucement à voix basse.

L'abbé parlait, expliquant, développant ses idées ; et la baronne consentait toujours d'un signe de tête. Il dit enfin, pour conclure : « Donc, c'est entendu, vous donnez à cette fille la ferme de Barville, et je me charge de lui trouver un mari, un brave garçon rangé. Oh ! avec un bien de vingt mille francs, nous ne manquerons pas d'amateurs. Nous n'aurons que l'embarras du choix. »

Et la baronne souriait maintenant, heureuse, avec deux larmes restées en route sur ses joues, mais dont la traînée humide était déjà séchée.

Elle insistait : « C'est entendu, Barville vaut, au bas mot, vingt mille francs ; mais on placera le bien sur la tête de l'enfant ; les parents en auront la jouissance pendant leur vie. »

Et le curé se leva, serra la main de petite mère : « Ne vous dérangez point, madame la baronne, ne vous dérangez point ; je sais ce que vaut un pas. »

Comme il sortait, il rencontra tante Lison qui venait voir sa malade. Elle ne s'aperçut de rien ; on ne lui dit rien et elle ne sut rien, comme toujours.

VIII

ROSALIE avait quitté la maison et Jeanne accomplissait la période de sa grossesse douloureuse. Elle ne se sentait au cœur aucun plaisir à se savoir mère, trop de chagrins l'avaient accablée. Elle attendait son enfant sans curiosité, courbée encore sous des appréhensions de malheurs indéfinis.

Le printemps était venu tout doucement. Les arbres nus frémissaient sous la brise encore fraîche, mais dans l'herbe humide des fossés, où pourrissaient les feuilles de l'automne, les primevères jaunes commençaient à se montrer. De toute la plaine, des cours de ferme, des champs détrempés, s'élevait une senteur d'humidité, comme un goût de fermentation. Et une foule de petites pointes vertes sortaient de la terre brune et luisaient aux rayons du soleil.

Une grosse femme, bâtie en forteresse, remplaçait Rosalie et soutenait la baronne dans ses promenades monotones tout le long de son allée, où la trace de son pied plus lourd restait sans cesse humide et boueuse.

Petit père donnait le bras à Jeanne alourdie maintenant et toujours souffrante ; et tante Lison inquiète, affairée de l'événement prochain, lui tenait la main de l'autre côté, toute troublée de ce mystère qu'elle ne devait jamais connaître.

Ils allaient tous ainsi sans guère parler, pendant des heures, tandis que Julien parcourait le pays à cheval, ce goût nouveau l'ayant envahi subitement.

Rien ne vint plus troubler leur vie morne. Le baron, sa femme et le vicomte firent une visite aux Fourville que Julien semblait déjà connaître beaucoup, sans qu'on s'expliquât au juste comment. Une autre visite de cérémonie fut échangée avec les Briseville, toujours cachés en leur manoir dormant.

Un après-midi, vers quatre heures, comme deux cavaliers, l'homme et la femme, entraient au trot dans la cour précédant le château, Julien, très animé, pénétra dans la chambre de Jeanne. « Vite, vite, descends. Voici les Fourville. Ils viennent en voisins, tout simplement, sachant ton état. Dis que je suis sorti, mais que je vais rentrer. Je fais un bout de toilette. »

Jeanne, étonnée, descendit. Une jeune femme pâle, jolie, avec une figure douloureuse, des yeux exaltés, et des cheveux d'un blond mat comme s'ils n'avaient jamais été caressés d'un rayon de soleil, présenta tranquillement son mari, une sorte de géant, de croque-mitaine à grandes moustaches rousses. Puis elle ajouta : « Nous avons eu plusieurs fois l'occasion de rencontrer M. de Lamare. Nous savons par lui combien vous êtes souffrante ; et nous n'avons pas voulu tarder davantage à venir vous voir en voisins, sans cérémonie du tout. Vous le voyez, d'ailleurs, nous sommes à cheval. J'ai eu, en outre, l'autre jour, le plaisir de recevoir la visite de Mme votre mère et du baron. »

Elle parlait avec une aisance infinie, familière et distinguée. Jeanne fut séduite et l'adora tout de suite. « Voici une amie », pensa-t-elle.

Le comte de Fourville, au contraire, semblait un ours entré dans un salon. Quand il fut assis, il posa son chapeau sur la chaise voisine, hésita quelque temps sur ce qu'il ferait de ses mains, les appuya sur ses genoux, sur les bras de son fauteuil, puis enfin croisa les doigts comme pour une prière.

Tout à coup, Julien entra. Jeanne stupéfaite ne le reconnaissait plus. Il s'était rasé. Il était beau, élégant et séduisant comme aux jours de leurs fiançailles. Il serra la patte velue du comte qui sembla réveillé par sa venue, et baisa la main de la comtesse dont la joue d'ivoire rosit un peu, et dont les paupières eurent un tressaillement.

Il parla. Il fut aimable comme autrefois. Ses larges yeux, miroirs d'amour, étaient redevenus caressants ; et ses cheveux, tout à l'heure ternes et durs, avaient repris soudain sous la brosse et l'huile parfumée leurs molles et luisantes ondulations.

Au moment où les Fourville repartaient, la comtesse se tourna vers lui : « Voulez-vous, mon cher vicomte, faire jeudi une promenade à cheval ? »

Puis, pendant qu'il s'inclinait en murmurant : « Mais certainement, madame », elle prit la main de Jeanne, et d'une voix tendre et pénétrante, avec un sourire affectueux : « Oh ! quand vous serez guérie, nous galoperons tous les trois par le pays. Ce sera délicieux ; voulez-vous ? »

D'un geste aisé elle releva la queue de son amazone ; puis elle fut en selle avec une légèreté d'oiseau, tandis que son mari, après avoir gauchement salué, enfourchait sa grande bête normande, d'aplomb là-dessus comme un centaure.

Quand ils eurent disparu au tournant de la barrière, Julien, qui semblait enchanté, s'écria : « Quelles charmantes gens ! Voilà une connaissance qui nous sera utile. »

Jeanne, contente aussi sans savoir pourquoi, répondit : « La petite comtesse est ravissante, je sens que je l'aimerai ; mais le mari a l'air d'une brute. Où les as-tu donc connus ? »

Il se frottait gaiement les mains : « Je les ai rencontrés par hasard chez les Briseville. Le mari semble un peu rude. C'est un chasseur enragé, mais un vrai noble, celui-là. »

Et le dîner fut presque joyeux, comme si un bonheur caché était entré dans la maison.

Et rien de nouveau n'arriva plus jusqu'aux derniers jours de juillet.

Un mardi soir, comme ils étaient assis sous le platane, autour d'une table de bois qui portait deux petits verres et un carafon d'eau-de-vie, Jeanne soudain poussa une sorte de cri, et, devenant très pâle, porta les deux mains à son flanc. Une douleur rapide, aiguë, l'avait brusquement parcourue, puis s'était éteinte aussitôt.

Mais, au bout de dix minutes, une autre douleur la traversa qui fut plus longue, bien que moins vive. Elle eut grand-peine à rentrer, presque portée par son père et son mari. Le court trajet du platane à sa chambre lui parut interminable ; et elle geignait involontairement, demandant à s'asseoir, à s'arrêter, accablée par une sensation intolérable de pesanteur dans le ventre.

Elle n'était pas à terme, l'enfantement n'étant prévu que pour septembre ; mais, comme on craignait un accident, une carriole fut attelée, et le père Simon partit au galop pour chercher le médecin.

Il arriva vers minuit, et, du premier coup d'œil, reconnut les symptômes d'un accouchement prématuré.

Dans le lit les souffrances s'étaient un peu apaisées, mais une angoisse affreuse étreignait Jeanne, une défaillance désespérée de tout son être, quelque chose comme le pressentiment, le toucher mystérieux de la mort. Il est de ces moments où elle nous effleure de si près que son souffle nous glace le cœur.

La chambre était pleine de monde. Petite mère suffoquait, affaissée dans un fauteuil. Le baron, dont les mains tremblaient, courait de tous côtés, apportait des objets, consultait le médecin, perdait la tête. Julien marchait de long en large, la mine affairée, mais l'esprit calme ; et la veuve Dentu se tenait debout aux pieds du lit avec un visage de circonstance, un visage de femme d'expérience que rien n'étonne. Garde-malade, sage-femme et veilleuse des morts, recevant ceux qui viennent, recueillant leur premier cri, lavant de la première eau leur chair nouvelle, la roulant dans le premier linge, puis écoutant avec la même quiétude la dernière parole, le dernier râle, le dernier frisson de ceux qui partent, faisant aussi leur dernière toilette, épongeant avec du vinaigre leur corps usé, l'enveloppant du dernier drap, elle s'était fait une indifférence inébranlable à tous les accidents de la naissance ou de la mort.

La cuisinière Ludivine et tante Lison restaient discrètement cachées contre la porte du vestibule.

Et la malade, de temps en temps, poussait une faible plainte.

Pendant deux heures, on put croire que l'événement se ferait longtemps attendre ; mais vers le point du jour, les douleurs reprirent tout à coup avec violence, et devinrent bientôt épouvantables.

Et Jeanne, dont les cris involontaires jaillissaient entre ses dents serrées, pensait sans cesse à Rosalie qui n'avait point souffert, qui n'avait presque pas gémi, dont l'enfant, l'enfant bâtard, était sorti sans peine et sans tortures.

Dans son âme misérable et troublée, elle faisait entre elles une comparaison incessante ; et elle maudissait Dieu, qu'elle avait cru juste autrefois ; elle s'indignait des préférences coupables du destin, et des criminels mensonges de ceux qui prêchent la droiture et le bien.

Parfois la crise devenait tellement violente que toute idée s'éteignait en elle. Elle n'avait plus de force, de vie, de connaissance que pour souffrir.

Dans les minutes d'apaisement, elle ne pouvait détacher son œil de Julien ; et une autre douleur, une douleur de l'âme l'étreignait en se rappelant ce jour où sa bonne était tombée aux pieds de ce même lit avec son enfant entre les jambes, le frère du petit être qui lui déchirait si cruellement les entrailles. Elle retrouvait avec une mémoire sans ombres les gestes, les regards, les paroles de son mari, devant cette fille étendue ; et maintenant elle lisait en lui, comme si ses pensées eussent été écrites dans ses mouvements, elle lisait le même ennui, la même indifférence que pour l'autre, le même insouci d'homme égoïste, que la paternité irrite.

Mais une convulsion effroyable la saisit, un spasme si cruel qu'elle se dit : « Je vais mourir. Je meurs ! » Alors une révolte furieuse, un besoin de maudire emplit son âme, et une haine exaspérée contre cet homme qui l'avait perdue, et contre l'enfant inconnu qui la tuait.

Elle se tendit dans un effort suprême pour rejeter d'elle ce fardeau. Il lui sembla soudain que tout son ventre se vidait brusquement ; et sa souffrance s'apaisa.

La garde et le médecin étaient penchés sur elle, la maniaient. Ils enlevèrent quelque chose ; et bientôt ce bruit étouffé qu'elle avait entendu déjà la fit tressaillir ; puis ce petit cri douloureux, ce miaulement frêle d'enfant nouveau-né lui entra dans l'âme, dans le cœur, dans tout son pauvre corps épuisé ; et elle voulut, d'un geste inconscient, tendre les bras.

Ce fut en elle une traversée de joie, un élan vers un bonheur nouveau, qui venait d'éclore. Elle se trouvait, en une seconde, délivrée, apaisée, heureuse, heureuse comme elle ne l'avait jamais été. Son cœur et sa chair se ranimaient, elle se sentait mère !

Elle voulut connaître son enfant ! Il n'avait pas de cheveux, pas d'ongles, étant venu trop tôt, mais lorsqu'elle vit remuer cette larve, qu'elle la vit ouvrir la bouche, pousser ses vagissements, qu'elle toucha cet avorton, fripé, grimaçant, vivant, elle fut inondée d'une joie irrésistible, elle comprit qu'elle était sauvée, garantie contre tout désespoir, qu'elle tenait là de quoi aimer à ne savoir plus faire autre chose.

Dès lors elle n'eut plus qu'une pensée : son enfant. Elle devint subitement une mère fanatique, d'autant plus exaltée qu'elle avait été plus déçue dans son amour, plus trompée dans ses espérances. Il lui fallait toujours le berceau près de son lit, puis, quand elle put se lever, elle resta des journées entières assise contre la fenêtre, auprès de la couche légère qu'elle balançait.

Elle fut jalouse de la nourrice, et quand le petit être assoiffé tendait les bras vers le gros sein aux veines bleuâtres, et prenait entre ses lèvres goulues le bouton de chair brune et plissée, elle regardait, pâlie, tremblante, la forte et calme paysanne, avec un désir de lui arracher son fils, et de frapper, de déchirer de l'ongle cette poitrine qu'il buvait avidement.

Puis elle voulut broder elle-même, pour le parer, des toilettes fines, d'une élégance compliquée. Il fut enveloppé dans une brume de dentelles, et coiffé de bonnets magnifiques. Elle ne parlait plus que de cela, coupait les conversations, pour faire admirer un lange, une bavette ou quelque ruban supérieurement ouvragé, et, n'écoutant rien de ce qui se disait autour d'elle, elle s'extasiait sur des bouts de linge qu'elle tournait longtemps et retournait dans sa main levée pour mieux voir ; puis soudain elle demandait : « Croyez-vous qu'il sera beau avec ça ? »

Le baron et petite mère souriaient de cette tendresse frénétique, mais Julien, troublé dans ses habitudes, diminué dans son importance dominatrice par la venue de ce tyran braillard et tout-puissant, jaloux inconsciemment de ce morceau d'homme qui lui volait sa place dans la maison, répétait sans cesse, impatient et colère : « Est-elle assommante avec son mioche ! »

Elle fut bientôt tellement obsédée par cet amour qu'elle passait les nuits assise auprès du berceau à regarder dormir le petit. Comme elle s'épuisait dans cette contemplation passionnée et maladive, qu'elle ne prenait plus aucun repos, qu'elle s'affaiblissait, maigrissait et toussait, le médecin ordonna de la séparer de son fils.

Elle se fâcha, pleura, implora ; mais on resta sourd à ses prières. Il fut placé chaque soir auprès de sa nourrice ; et chaque nuit la mère se levait, nu-pieds, et allait coller son oreille au trou de la serrure pour écouter s'il dormait paisiblement, s'il ne se réveillait pas, s'il n'avait besoin de rien.

Elle fut trouvée là, une fois, par Julien qui rentrait tard, ayant dîné chez les Fourville ; et on l'enferma désormais à clef dans sa chambre pour la contraindre à se mettre au lit.

Le baptême eut lieu vers la fin d'août. Le baron fut parrain, et tante Lison marraine. L'enfant reçut les noms de Pierre-Simon-Paul ; Paul pour les appellations courantes.

Dans les premiers jours de septembre, tante Lison repartit sans bruit ; et son absence demeura aussi inaperçue que sa présence.

Un soir, après le dîner, le curé parut. Il semblait embarrassé, comme s'il eût porté un mystère en lui, et, après une suite de propos inutiles, il pria la

154

baronne et son mari de lui accorder quelques instants d'entretien particulier.

Ils partirent tous trois, d'un pas lent, jusqu'au bout de la grande allée, causant avec vivacité, tandis que Julien, resté seul avec Jeanne, s'étonnait, s'inquiétait, s'irritait de ce secret.

Il voulut accompagner le prêtre qui prenait congé et ils disparurent ensemble, allant vers l'église qui sonnait l'angélus.

Il faisait frais, presque froid, on rentra bientôt dans le salon. Tout le monde sommeillait un peu quand Julien revint brusquement, rouge, avec un air indigné.

De la porte, sans songer que Jeanne était là, il cria vers ses beaux-parents : « Vous êtes donc fous, nom de Dieu ! d'aller flanquer vingt mille francs à cette fille ! »

Personne ne répondit tant la surprise fut grande. Il reprit, beuglant de colère : « On n'est pas bête à ce point-là ; vous voulez donc ne pas nous laisser un sou ! »

Alors le baron, qui reprenait contenance, tenta de l'arrêter : « Taisez-vous ! Songez que vous parlez devant votre femme. »

Mais il trépignait d'exaspération : « Je m'en fiche un peu, par exemple ; elle sait bien ce qu'il en est d'ailleurs. C'est un vol à son préjudice. »

Jeanne, saisie, regardait sans comprendre. Elle balbutia : « Qu'est-ce qu'il y a donc ? »

Alors Julien se tourna vers elle, la prit à témoin, comme une associée frustrée aussi dans un bénéfice espéré. Il lui raconta brusquement le complot pour marier Rosalie, le don de la terre de Barville qui valait au moins vingt mille francs. Il répétait :

« Mais tes parents sont fous, ma chère, fous à lier !
vingt mille francs ! vingt mille francs ! mais ils ont
perdu la tête ! vingt mille francs pour un
bâtard ! »

Jeanne écoutait, sans émotion et sans colère,
s'étonnant elle-même de son calme, indifférente
maintenant à tout ce qui n'était pas son enfant.

Le baron suffoquait, ne trouvait rien à répondre.
Il finit par éclater, tapant du pied, criant : « Songez
à ce que vous dites, c'est révoltant à la fin. A qui la
faute s'il a fallu doter cette fille mère ? A qui cet
enfant ? vous auriez voulu l'abandonner maintenant ! »

Julien, étonné de la violence du baron, le considérait fixement. Il reprit d'un ton plus posé : « Mais
quinze cents francs suffisaient bien. Elles en ont
toutes, des enfants, avant de se marier. Que ce soit
à l'un ou à l'autre, ça n'y change rien, par exemple.
Au lieu qu'en donnant une de vos fermes d'une
valeur de vingt mille francs, outre le préjudice que
vous nous portez, c'est dire à tout le monde ce qui
est arrivé ; vous auriez dû, au moins, songer à notre
nom et à notre situation. »

Et il parlait d'une voix sévère, en homme fort de
son droit et de la logique de son raisonnement. Le
baron, troublé par cette argumentation inattendue,
restait béant devant lui. Alors Julien, sentant son
avantage, posa ses conclusions : « Heureusement
que rien n'est fait encore ; je connais le garçon qui
la prend en mariage, c'est un brave homme, et avec
lui tout pourra s'arranger. Je m'en charge. »

Et il sortit sur-le-champ, craignant sans doute de
continuer la discussion, heureux du silence de tous,
qu'il prenait pour un acquiescement.

Dès qu'il eut disparu, le baron s'écria, outré de surprise et frémissant : « Oh ! c'est trop fort, c'est trop fort ! »

Mais Jeanne, levant les yeux sur la figure effarée de son père, se mit brusquement à rire, de son rire clair d'autrefois, quand elle assistait à quelque drôlerie.

Elle répétait : « Père, père, as-tu entendu comme il prononçait : vingt mille francs ? »

Et petite mère, chez qui la gaieté était aussi prompte que les larmes, au souvenir de la tête furieuse de son gendre, et de ses exclamations indignées, et de son refus véhément de laisser donner à la fille, séduite par lui, de l'argent qui n'était pas à lui, heureuse aussi de la bonne humeur de Jeanne, fut secouée par son rire poussif, qui lui emplissait les yeux de pleurs. Alors, le baron partit à son tour, gagné par la contagion ; et tous trois, comme aux bons jours passés, s'amusaient à s'en rendre malades.

Quand ils furent un peu calmés, Jeanne s'étonna : « C'est curieux, ça ne me fait plus rien. Je le regarde comme un étranger maintenant. Je ne puis pas croire que je sois sa femme. Vous voyez, je m'amuse de ses... de ses... de ses indélicatesses. »

Et, sans bien savoir pourquoi, ils s'embrassèrent, encore souriants et attendris.

Mais deux jours plus tard, après le déjeuner, alors que Julien partait à cheval, un grand gars de vingt-deux à vingt-cinq ans, vêtu d'une blouse bleue toute neuve, aux plis raides, aux manches ballonnées, boutonnées aux poignets, franchit sournoisement la barrière, comme s'il eût été embusqué là depuis le matin, se glissa le long du fossé des

Couillard, contourna le château et s'approcha, à pas suspects, du baron et des deux femmes, assis toujours sous le platane.

Il avait ôté sa casquette en les apercevant, et il s'avançait en saluant, avec des mines embarrassées.

Dès qu'il fut assez près pour se faire entendre, il bredouilla : « Votre serviteur, monsieur le baron, madame et la compagnie. » Puis, comme on ne lui parlait pas, il annonça : « C'est moi que je suis Désiré Lecoq. »

Ce nom ne révélant rien, le baron demanda : « Que voulez-vous ? »

Alors le gars se troubla tout à fait devant la nécessité d'expliquer son cas. Il balbutia en baissant et en relevant les yeux coup sur coup, de sa casquette qu'il tenait aux mains au sommet du toit du château : « c'est m'sieu l'curé qui m'a touché deux mots au sujet de c't'affaire... » puis il se tut par crainte d'en trop lâcher, et de compromettre ses intérêts.

Le baron, sans comprendre, reprit : « Quelle affaire ? Je ne sais pas, moi. »

L'autre alors, baissant la voix, se décida : « Ct'affaire de vot' bonne... la Rosalie... »

Jeanne, ayant deviné, se leva et s'éloigna avec son enfant dans ses bras. Et le baron prononça : « Approchez-vous », puis il montra la chaise que sa fille venait de quitter.

Le paysan s'assit aussitôt en murmurant : « Vous êtes bien honnête. » Puis il attendit comme s'il n'avait plus rien à dire. Au bout d'un assez long silence il se décida enfin, et, levant son regard vers le ciel bleu : « En v'là du biau temps pour la saison.

158

C'est la terre, qui n'en profite pour c' qu'y'a déjà d'semé. » Et il se tut de nouveau.

Le baron s'impatientait ; il attaqua brusquement la question, d'un ton sec : « Alors, c'est vous qui épousez Rosalie ? »

L'homme aussitôt devint inquiet, troublé dans ses habitudes de cautèle normande. Il répliqua d'une voix plus vive, mis en défiance : « C'est selon, p't'être que oui, p't'être que non, c'est selon. »

Mais le baron s'irritait de ces tergiversations : « Sacrebleu ! répondez franchement : est-ce pour ça que vous venez, oui ou non ? La prenez-vous, oui ou non ? »

L'homme, perplexe, ne regardait plus que ses pieds : « Si c'est c'que dit m'sieu l'curé, j'la prends ; mais si c'est c'que dit m'sieu Julien, j'la prends point.

— Qu'est-ce que vous a dit M. Julien ?

— M'sieu Julien, i m'a dit qu'j'aurais quinze cents francs ; et m'sieu l'curé i m'a dit que j'aurais vingt mille ; j'veux ben pour vingt mille, mais j'veux point pour quinze cents. »

Alors la baronne, qui restait enfoncée en son fauteuil, devant l'attitude anxieuse du rustre, se mit à rire par petites secousses. Le paysan la regarda de coin, d'un œil mécontent, ne comprenant pas cette gaieté, et il attendit.

Le baron, que ce marchandage gênait, y coupa court. « J'ai dit à M. le curé que vous auriez la ferme de Barville, votre vie durant, pour revenir ensuite à l'enfant. Elle vaut vingt mille francs. Je n'ai qu'une parole. Est-ce fait, oui ou non ? »

L'homme sourit d'un air humble et satisfait, et devenu soudain loquace : « Oh ! pour lors, je n'dis pas non. N'y avait qu'ça qui m'opposait. Quand m'sieu l'curé m'na parlé, j'voulais ben tout d'suite, pardi, et pi j'étais ben aise d'satisfaire m'sieu l'baron, qui me r'vaudra ça, je m'le disais. C'est-i pas vrai, quand on s'oblige, entre gens, on se r'trouve toujours plus tard ; et on se r'vaut ça. Mais m'sieu Julien m'a v'nu trouver ; et c'n'était pu qu'quinze cents. J'mai dit : « Faut savoir », et j'suis v'nu. C'est pas pour dire, j'avais confiance, mais j'voulais savoir. I n'est qu'les bons comptes qui font les bons amis, pas vrai, m'sieu l'baron... »

Il fallut l'arrêter ; le baron demanda :

« Quand voulez-vous conclure le mariage ? »

Alors l'homme redevint brusquement timide, plein d'embarras. Il finit par dire, en hésitant : « J'frons-ti point d'abord un p'tit papier ? »

Le baron, cette fois, se fâcha : « Mais, nom d'un chien ! puisque vous aurez le contrat de mariage. C'est là le meilleur des papiers. »

Le paysan s'obstinait : « En attendant, j'pourrions ben en faire un bout tout d'même, ça nuit toujours pas ».

Le baron se leva pour en finir : « Répondez oui ou non, et tout de suite. Si vous ne voulez plus, dites-le, j'ai un autre prétendant. »

Alors la peur du concurrent affola le Normand rusé. Il se décida, tendit la main comme après l'achat d'une vache : « Topez-là, m'sieu l'baron, c'est fait. Couillon qui s'en dédit. »

Le baron topa, puis cria : « Ludivine ! » La cuisinière montra la tête à la fenêtre : « Apportez une bouteille de vin. » On trinqua pour arroser l'affaire conclue. — Et le gars partit d'un pied plus allègre.

160

On ne dit rien de cette visite à Julien. Le contrat fut préparé en grand secret, puis, une fois les bans publiés, la noce eut lieu un lundi matin.

Une voisine portait le mioche à l'église, derrière les nouveaux époux, comme une sûre promesse de fortune. Et personne, dans le pays, ne s'étonna ; on enviait Désiré Lecoq. Il était né coiffé, disait-on avec un sourire malin où n'entrait point d'indignation.

Julien fit une scène terrible, qui abrégea le séjour de ses beaux-parents aux Peuples. Jeanne les vit repartir sans une tristesse trop profonde, Paul étant devenu pour elle une source inépuisable de bonheur.

IX

JEANNE étant tout à fait remise de ses couches, on se résolut à aller rendre leur visite aux Fourville et à se présenter aussi chez le marquis de Coutelier.

Julien venait d'acheter dans une vente publique une nouvelle voiture, un phaéton ne demandant qu'un cheval, afin de pouvoir sortir deux fois par mois.

Elle fut attelée par un jour clair de décembre et après deux heures de route à travers les plaines normandes, on commença à descendre en un petit vallon dont les flancs étaient boisés, et le fond mis en culture.

Puis les terres ensemencées furent bientôt remplacées par des prairies, et les prairies par un marécage plein de grands roseaux secs en cette saison, et dont les longues feuilles bruissaient, pareilles à des rubans jaunes.

Tout à coup, après un brusque détour du val, le château de la Vrillette se montra, adossé d'un côté à la pente boisée et, de l'autre, trempant toute sa muraille dans un grand étang que terminait, en face, un bois de hauts sapins escaladant l'autre versant de la vallée.

Il fallut passer sur un antique pont-levis et franchir un vaste portail Louis XIII pour pénétrer dans la cour d'honneur, devant un élégant manoir de la même époque à encadrements de briques, flanqué de tourelles coiffées d'ardoises.

Julien expliquait à Jeanne toutes les parties du bâtiment, en habitué qui le connaît à fond. Il en faisait les honneurs, s'extasiait sur sa beauté : « Regarde-moi ce portail ! Est-ce grandiose une habitation comme ça, hein ! Toute l'autre façade est dans l'étang, avec un perron royal qui descend jusqu'à l'eau, et quatre barques sont amarrées au bas des marches, deux pour le comte et deux pour la comtesse. Là-bas à droite, là où tu vois le rideau de peupliers, c'est la fin de l'étang ; c'est là que commence la rivière, qui va jusqu'à Fécamp. C'est plein de sauvagine ce pays. Le comte adore chasser là-dedans. Voilà une vraie résidence seigneuriale. »

La porte d'entrée s'était ouverte, et la pâle comtesse apparut, venant au-devant des visiteurs, souriant, vêtue d'une robe traînante comme une châtelaine d'autrefois. Elle semblait bien la belle du Lac, née pour ce manoir de conte.

Le salon, à huit fenêtres, en avait quatre ouvrant sur la pièce d'eau et sur le sombre bois de pins qui remontait le coteau juste en face.

La verdure à tons noirs rendait profond, austère et lugubre l'étang ; et, quand le vent soufflait, les gémissements des arbres semblaient la voix du marais.

La comtesse prit les deux mains de Jeanne comme si elle eût été une amie d'enfance, puis elle la fit asseoir et se mit près d'elle, sur une chaise basse, tandis que Julien, en qui toutes les élégances oubliées renaissaient depuis cinq mois, causait, souriait, doux et familier.

La comtesse et lui parlèrent de leurs promenades à cheval. Elle riait un peu de sa manière de monter, l'appelant « le chevalier Trébuche », et il riait aussi, l'ayant baptisée « la reine Amazone ». Un coup de fusil parti sous les fenêtres fit pousser à Jeanne un petit cri. C'était le comte qui tuait une sarcelle.

Sa femme aussitôt l'appela. On entendit un bruit d'avirons, le choc d'un bateau contre la pierre, et il parut, énorme et botté, suivi de deux chiens trempés, rougeâtres comme lui, et qui se couchèrent sur le tapis devant la porte.

Il semblait plus à son aise, en sa demeure, et ravi de voir les visiteurs. Il fit remettre du bois au feu, apporter du vin de Madère et des biscuits ; et soudain il s'écria : « Mais vous allez dîner avec nous, c'est entendu. » Jeanne, que ne quittait jamais la pensée de son enfant, refusait ; il insista, et, comme elle s'obstinait à ne pas vouloir, Julien fit un geste brusque d'impatience. Alors elle eut peur de réveiller son humeur méchante et querelleuse ; et, bien que torturée à l'idée de ne plus revoir Paul avant le lendemain, elle accepta.

L'après-midi fut charmant. On alla visiter les sources d'abord. Elles jaillissaient au pied d'une roche moussue dans un clair bassin toujours remué comme de l'eau bouillante ; puis on fit un tour en barque à travers de vrais chemins taillés dans une forêt de roseaux secs. Le comte, assis entre ses deux chiens, qui flairaient, le nez au vent, ramait ; et chaque secousse de ses avirons soulevait la grande barque et la lançait en avant. Jeanne, parfois, laissait tremper sa main dans l'eau froide, et elle jouissait de la fraîcheur glacée qui lui courait des doigts au cœur. Tout à l'arrière du bateau, Julien et la comtesse enveloppée de châles souriaient de cet éternel sourire continuel des gens heureux à qui le bonheur ne laisse rien à désirer.

Le soir venait avec de longs frissons gelés, des souffles du nord qui passaient dans les joncs flétris. Le soleil avait plongé derrière les sapins ; et le ciel rouge, criblé de petits nuages écarlates et bizarres, donnait froid rien qu'à le regarder.

On rentra dans le vaste salon où flambait un feu gigantesque. Une sensation de chaleur et de plaisir rendait joyeux dès la porte. Alors le comte, mis en gaieté, saisit sa femme dans ses bras d'athlète, et, l'élevant comme un enfant jusqu'à sa bouche, il lui colla sur les joues deux gros baisers de brave homme satisfait.

Et Jeanne, souriante, regardait ce bon géant qu'on disait un ogre au seul aspect de ses moustaches ; et elle pensait : « Comme on se trompe, chaque jour, sur tout le monde. » Ayant alors, presque involontairement, reporté les yeux sur Julien, elle le vit debout dans l'embrasure de la porte, horriblement pâle, et l'œil fixé sur le comte. Inquiète, elle s'approcha de son mari, et, à voix basse : « Es-tu malade ? Qu'as-tu donc ? » Il répondit d'un ton courroucé : « Rien, laisse-moi tranquille. J'ai eu froid. »

Quand on passa dans la salle à manger, le comte demanda la permission de laisser entrer ses

chiens ; et ils vinrent aussitôt se planter sur leur
derrière, à droite et à gauche de leur maître. Il leur
donnait à tout moment quelque morceau et caressait leurs longues oreilles soyeuses. Les bêtes tendaient la tête, remuaient la queue, frémissaient de
contentement.

Après le dîner, comme Jeanne et Julien se dispo-
saient à partir, M. de Fourville les retint encore
pour leur montrer une pêche au flambeau.

Il les posta, ainsi que la comtesse, sur le perron
qui descendait à l'étang ; et il monta dans sa barque
avec un valet portant un épervier et une torche
allumée. La nuit était claire et piquante sous un
ciel semé d'or.

La torche faisait ramper sur l'eau des traînées de
feu étranges et mouvantes, jetait des lueurs dansan-
tes sur les roseaux, illuminait le rideau de sapins.
Et soudain, la barque ayant tourné, une ombre
colossale, fantastique, une ombre d'homme se
dressa sur cette lisière éclairée du bois. La tête
dépassait les arbres, se perdait dans le ciel, et les
pieds plongeaient dans l'étang. Puis l'être démesuré
éleva les bras comme pour prendre les étoiles. Ils
se dressèrent brusquement, ces bras immenses,
puis retombèrent ; et on entendit aussitôt un petit
bruit d'eau fouettée.

La barque alors ayant encore viré doucement, le
prodigieux fantôme sembla courir le long du bois,
qu'éclairait, en tournant, la lumière ; puis il s'enfonça dans l'invisible horizon, puis soudain il reparut, moins grand mais plus net, avec ses mouvements singuliers, sur la façade du château.

Et la grosse voix du comte cria : « Gilberte, j'en
ai huit ! »

166

Les avirons battirent l'onde. L'ombre énorme restait maintenant debout immobile sur la muraille, mais diminuant peu à peu de taille et d'ampleur ; sa tête paraissait descendre, son corps maigrir ; et quand M. de Fourville remonta les marches du perron, toujours suivi de son valet portant le feu, elle était réduite aux proportions de sa personne, et répétait tous ses gestes.

Il avait dans un filet huit gros poissons qui frétillaient.

Lorsque Jeanne et Julien furent en route tout enveloppés en des manteaux et des couvertures qu'on leur avait prêtés, Jeanne dit presque involontairement : « Quel brave homme que ce géant ! » Et Julien, qui conduisait, répliqua : « Oui, mais il ne se tient pas toujours assez devant le monde. »

Huit jours après ils se rendirent chez les Coutelier, qui passaient pour la première famille noble de la province. Leur domaine de Reminil touchait au gros bourg de Cany. Le château neuf bâti sous Louis XIV était caché dans un parc magnifique entouré de murs. On voyait, sur une hauteur, les ruines de l'ancien château. Des valets en tenue firent entrer les visiteurs dans une pièce imposante. Tout au milieu, une espèce de colonne supportant une coupe immense de la manufacture de Sèvres, et dans le socle une lettre autographe du roi, défendue par une plaque de cristal, invitait le marquis Léopold-Hervé-Joseph-Germer de Varneville, de Rollebosc de Coutelier, à recevoir ce don du souverain.

Jeanne et Julien considéraient ce présent royal quand entrèrent le marquis et la marquise. La femme était poudrée, aimable par fonction et maniérée par désir de sembler condescendante. L'homme, gros personnage à cheveux blancs relevés droit sur la tête, mettait en ses gestes, en sa voix, en toute son attitude, une hauteur qui disait son importance.

C'étaient de ces gens à étiquette dont l'esprit, les sentiments et les paroles semblent toujours sur des échasses.

Ils parlaient seuls, sans attendre les réponses, souriant d'un air indifférent, semblaient toujours accomplir la fonction imposée par leur naissance de recevoir avec politesse les petits nobles des environs.

Jeanne et Julien, perclus, s'efforçaient de plaire, gênés de rester davantage, inhabiles à se retirer ; mais la marquise termina elle-même la visite, naturellement, simplement, en arrêtant à point la conversation comme une reine polie qui donne congé.

En revenant, Julien dit : « Si tu veux, nous bornerons là nos visites ; moi, les Fourville me suffisent. » Et Jeanne fut de son avis.

Décembre s'écoulait lentement, ce mois noir, trou sombre au fond de l'année. La vie enfermée recommençait comme l'an passé. Jeanne ne s'ennuyait point cependant, toujours préoccupée de Paul que Julien regardait de côté, d'un œil inquiet et mécontent.

Souvent, quand la mère le tenait en ses bras, le caressait avec ces frénésies de tendresse qu'ont les femmes pour leurs enfants, elle le présentait au père, en lui disant : « Mais embrasse-le donc ; on dirait que tu ne l'aimes pas. » Il effleurait du bout des lèvres, d'un air dégoûté, le front glabre du marmot en décrivant un cercle de tout son corps, comme pour ne point rencontrer les petites mains remuantes et crispées. Puis il s'en allait brusquement ; on eût dit qu'une répugnance le chassait.

Le maire, le docteur et le curé venaient dîner de temps en temps ; de temps en temps c'étaient les Fourville avec qui on se liait de plus en plus.

Le comte paraissait adorer Paul. Il le tenait sur ses genoux pendant toute la durée des visites, ou même pendant des après-midi tout entiers. Il le maniait d'une façon délicate dans ses grosses mains de colosse, lui chatouillait le bout du nez avec la pointe de ses longues moustaches, puis l'embrassait par élans passionnés, à la façon des mères. Il souffrait continuellement de ce que son mariage demeurât stérile.

Mars fut clair, sec et presque doux. La comtesse Gilberte reparla de promenades à cheval que tous les quatre feraient ensemble. Jeanne, lasse un peu des longs soirs, des longues nuits, des longs jours pareils et monotones, consentit, tout heureuse de ces projets ; et pendant une semaine elle s'amusa à confectionner son amazone.

Puis ils commencèrent les excursions. Ils allaient toujours deux par deux ; la comtesse et Julien devant, le comte et Jeanne cent pas derrière. Ceux-ci causaient tranquillement, comme deux amis, car ils étaient devenus amis par le contact de leurs âmes droites, de leurs cœurs simples ; ceux-là parlaient bas souvent, riaient parfois par éclats violents, se regardaient soudain comme si leurs yeux avaient à se dire des choses que ne prononçaient pas leurs bouches ; et ils partaient brusquement au galop, poussés par un désir de fuir, d'aller plus loin, très loin.

Puis Gilberte parut devenir irritable. Sa voix vive, apportée par des souffles de brise, arrivait parfois aux oreilles des deux cavaliers attardés. Le comte alors souriait, disait à Jeanne : « Elle n'est pas tous les jours bien levée, ma femme. »

Un soir, en rentrant, comme la comtesse excitait sa jument, la piquant, puis la retenant par secousses brusques, on entendit plusieurs fois Julien lui répéter : « Prenez garde, prenez donc garde, vous allez être emportée. » Elle répliqua : « Tant pis ; ce n'est pas votre affaire », d'un ton si clair et si dur que les paroles nettes sonnèrent par la campagne comme si elles étaient suspendues dans l'air.

L'animal se cabrait, ruait, bavait. Soudain le comte inquiet cria de ses forts poumons : « Fais donc attention, Gilberte ! » Alors, comme par défi, dans un de ces énervements de femme que rien n'arrête, elle frappa brutalement de sa cravache entre les deux oreilles la bête qui se dressa, furieuse, battit l'air de ses jambes de devant, et, retombant, s'élança d'un bond formidable, et détala par la plaine de toute la vigueur de ses jarrets.

Elle franchit d'abord une prairie puis, se précipitant à travers les champs labourés, elle soulevait en poussière la terre humide et grasse, et filait si vite qu'on distinguait à peine la monture et l'amazone.

Julien, stupéfait, restait en place, appelant désespérément : « Madame, Madame ! »

Mais le comte eut une sorte de grognement, et, se courbant sur l'encolure de son pesant cheval, il le jeta en avant d'une poussée de tout son corps ; et il le lança d'une telle allure, l'excitant, l'entraînant, l'affolant avec la voix, le geste et l'éperon, que l'énorme cavalier semblait porter la lourde bête entre ses cuisses et l'enlever comme pour s'envoler. Ils allaient d'une inconcevable vitesse, se ruant droit devant eux ; Jeanne voyait là-bas les deux silhouettes de la femme et du mari, fuir, fuir, diminuer s'effacer, disparaître, comme on voit deux oiseaux se poursuivant se perdre et s'évanouir à l'horizon.

Alors Julien se rapprocha, toujours au pas, en murmurant d'un air furieux : « Je crois qu'elle est folle, aujourd'hui. »

Et tous deux partirent derrière leurs amis enfoncés maintenant dans une ondulation de la plaine.

Au bout d'un quart d'heure, ils les aperçurent qui revenaient ; et bientôt ils les joignirent.

Le comte, rouge, en sueur, riant, content, triomphant, tenait de sa poigne irrésistible le cheval frémissant de sa femme. Elle était pâle, avec un visage douloureux et crispé ; et elle se soutenait d'une main sur l'épaule de son mari comme si elle allait défaillir.

Jeanne, ce jour-là, comprit que le comte aimait éperdument.

Puis la comtesse, pendant le mois qui suivit, se montra joyeuse comme elle ne l'avait jamais été. Elle venait plus souvent aux Peuples, riait sans cesse, embrassait Jeanne avec des élans de tendresse. On eût dit qu'un mystérieux ravissement était descendu sur sa vie. Son mari, tout heureux lui-même, ne la quittait point des yeux, et tâchait à tout instant de toucher sa main, sa robe, dans un redoublement de passion.

Il disait, un soir, à Jeanne : « Nous sommes dans

le bonheur, en ce moment. Jamais Gilberte n'avait été gentille comme ça. Elle n'a plus de mauvaise humeur, plus de colère. Je sens qu'elle m'aime. Jusqu'à présent je n'en étais pas sûr. »

Julien aussi semblait changé, plus gai, sans impatiences, comme si l'amitié des deux familles avait apporté la paix et la joie dans chacune d'elles.

Le printemps fut singulièrement précoce et chaud.

Depuis les douces matinées jusqu'aux calmes et tièdes soirées, le soleil faisait germer toute la surface de la terre. C'était une brusque et puissante éclosion de tous les germes en même temps, une de ces irrésistibles poussées de sève, une de ces ardeurs à renaître que la nature montre quelquefois en des années privilégiées qui feraient croire à des rajeunissements du monde.

Jeanne se sentait vaguement troublée par cette fermentation de vie. Elle avait des alanguissements subits en face d'une petite fleur dans l'herbe, des mélancolies délicieuses, des heures de mollesse rêvassante.

Puis elle se sentit envahie par des souvenirs attendris des premiers temps de son amour ; non qu'il lui revînt au cœur un renouveau d'affection pour Julien, c'était fini, cela, bien fini pour toujours ; mais toute sa chair, caressée des brises, pénétrée des odeurs du printemps, se troublait, comme sollicitée par quelque invisible et tendre appel.

Elle se plaisait à être seule, à s'abandonner sous la chaleur du soleil, toute parcourue de sensations, de jouissances vagues et sereines qui n'éveillaient point d'idées.

172

Un matin, comme elle somnolait ainsi, une vision la traversa, une vision rapide de ce trou ensoleillé au milieu des sombres feuillages, dans le petit bois près d'Étretat. C'est là que, pour la première fois, elle avait senti frémir son corps auprès de ce jeune homme qui l'aimait alors ; c'est là qu'il avait balbutié, pour la première fois, le timide désir de son cœur ; c'est aussi là qu'elle avait cru toucher tout à coup l'avenir radieux de ses espérances.

Et elle voulait revoir ce bois, y faire une sorte de pèlerinage sentimental et superstitieux, comme si un retour à ce lieu devait changer quelque chose à la marche de sa vie.

Julien était parti dès l'aube, elle ne savait où. Elle fit donc seller le petit cheval blanc des Martin, qu'elle montait quelquefois maintenant ; et elle partit.

C'était par une de ces journées si tranquilles que rien ne remue nulle part, pas une herbe, pas une feuille ; tout semble immobile pour jusqu'à la fin des temps, comme si le vent était mort. On dirait disparus les insectes eux-mêmes.

Un calme brûlant et souverain descendait du soleil, insensiblement, en buée d'or ; et Jeanne allait au pas de son bidet, bercée, heureuse. De temps en temps elle levait les yeux pour regarder un tout petit nuage blanc, gros comme une pincée de coton, un flocon de vapeur suspendu, oublié, resté là-haut, tout seul, au milieu du ciel bleu.

Elle descendit dans la vallée qui va se jeter à la mer entre ces grandes arches de la falaise qu'on nomme les portes d'Étretat, et tout doucement elle gagna le bois. Il pleuvait de la lumière à travers la verdure encore grêle. Elle cherchait l'endroit sans le retrouver, errant par les petits chemins.

Tout à coup, en traversant une longue allée, elle aperçut tout au bout deux chevaux de selle attachés contre un arbre, et les reconnut aussitôt ; c'étaient ceux de Gilberte et de Julien. La solitude commençait à lui peser ; elle fut heureuse de cette rencontre imprévue ; et elle mit au trot sa monture.

Quand elle eut atteint les deux bêtes patientes, comme accoutumées à ces longues stations, elle appela. On ne lui répondit pas.

Un gant de femme et les deux cravaches gisaient sur le gazon foulé. Donc ils s'étaient assis là, puis éloignés, laissant leurs chevaux.

Elle attendit un quart d'heure, vingt minutes, surprise, sans comprendre ce qu'ils pouvaient faire. Comme elle avait mis pied à terre, et ne remuait plus, appuyée contre un tronc d'arbre, deux petits oiseaux, sans la voir, s'abattirent dans l'herbe tout près d'elle, l'un d'eux s'agitait, sautillait autour de l'autre, les ailes soulevées et vibrantes, saluant de la tête et pépiant ; et tout à coup ils s'accouplèrent.

Jeanne fut surprise comme si elle eût ignoré cette chose ; puis elle se dit : « C'est vrai, c'est le printemps » ; puis une autre pensée lui vint, un soupçon. Elle regarda de nouveau le gant, les cravaches, les deux chevaux abandonnés ; et elle se remit brusquement en selle avec une irrésistible envie de fuir.

Elle galopait maintenant en retournant aux Peuples. Sa tête travaillait, raisonnait, unissait les faits, rapprochait les circonstances. Comment n'avait-elle pas deviné plus tôt ? Comment n'avait-elle rien vu ? Comment n'avait-elle pas compris les absences de

Julien, le recommencement de ses élégances passées, puis l'apaisement de son humeur ? Elle se rappelait aussi les brusqueries nerveuses de Gilberte, ses câlineries exagérées, et, depuis quelque temps, cette espèce de béatitude où elle vivait, et dont le comte était heureux.

Elle remit au pas son cheval, car il lui fallait gravement réfléchir, et l'allure vive troublait ses idées.

Après la première émotion passée, son cœur était redevenu presque calme, sans jalousie et sans haine, mais soulevé de mépris. Elle ne songeait guère à Julien ; rien ne l'étonnait plus de lui ; mais la double trahison de la comtesse, de son amie, la révoltait. Tout le monde était donc perfide, menteur et faux. Et des larmes lui vinrent aux yeux. On pleure parfois les illusions avec autant de tristesse que les morts.

Elle se résolut pourtant à feindre de ne rien savoir, à fermer son âme aux affections courantes, à n'aimer plus que Paul et ses parents ; et à supporter les autres avec un visage tranquille.

Sitôt rentrée, elle se jeta sur son fils, l'emporta dans sa chambre et l'embrassa éperdument, pendant une heure sans s'arrêter.

Julien revint pour dîner, charmant et souriant, plein d'attentions aimables. Il demanda : « Père et petite mère ne viennent donc pas cette année ? »

Elle lui sut tant de gré de cette gentillesse qu'elle lui pardonna presque la découverte du bois ; et un violent désir l'envahissant tout à coup de revoir bien vite les deux êtres qu'elle aimait le plus après Paul, elle passa toute sa soirée à leur écrire, pour hâter leur arrivée.

Ils annoncèrent leur retour pour le 20 mai. On était alors au 7 de ce mois.

Elle les attendit avec une impatience grandissante, comme si elle eût éprouvé, en dehors même de son affection filiale, un besoin nouveau de frotter son cœur à des cœurs honnêtes ; de causer, l'âme ouverte, avec des gens purs, sains de toute infamie, dont la vie, et toutes les actions, et toutes les pensées, et tous les désirs avaient toujours été droits.

Ce qu'elle sentait maintenant, c'était une sorte d'isolement de sa conscience juste au milieu de toutes ces consciences défaillantes ; et bien qu'elle eût appris soudain à dissimuler, bien qu'elle accueillît la comtesse, la main tendue et la lèvre souriante, cette sensation de vide, de mépris pour les hommes, elle la sentait grandir, l'envelopper ; et chaque jour les petites nouvelles du pays lui jetaient à l'âme un dégoût plus grand, une plus haute mésestime des êtres.

La fille des Couillard venait d'avoir un enfant et le mariage allait avoir lieu. La servante des Martin, une orpheline, était grosse ; une petite voisine, âgée de quinze ans, était grosse ; une veuve, une pauvre femme boîteuse et sordide, qu'on appelait la Crotte tant sa saleté paraissait horrible, était grosse.

A tout moment on apprenait une grossesse nouvelle, ou bien quelque fredaine d'une fille, d'une paysanne mariée et mère de famille ou de quelque riche fermier respecté.

Ce printemps ardent semblait remuer les sèves chez les hommes comme chez les plantes.

Et Jeanne, dont les sens éteints ne s'agitaient plus, dont le cœur meurtri, l'âme sentimentale semblaient seuls remués par les souffles tièdes et féconds, qui rêvait, exaltée sans désirs, passionnée pour des songes et morte aux besoins charnels, s'étonnait, pleine d'une répugnance qui devenait haineuse, de cette sale bestialité.

L'accouplement des êtres l'indignait à présent comme une chose contre nature ; et, si elle en voulait à Gilberte, ce n'était point de lui avoir pris son mari, mais du fait même d'être tombée aussi dans cette fange universelle.

Elle n'était point, celle-là, de la race des rustres chez qui les bas instincts dominent. Comment avait-elle pu s'abandonner de la même façon que ces brutes ?

Le jour même où devaient arriver ses parents, Julien raviva ses répulsions en lui racontant gaiement, comme une chose toute naturelle et drôle, que le boulanger ayant entendu quelque bruit dans son four, la veille, qui n'était pas jour de cuisson, avait cru y surprendre un chat rôdeur et avait trouvé sa femme « qui n'enfournait pas du pain ».

Et il ajoutait : « Le boulanger a bouché l'ouverture ; ils ont failli étouffer là-dedans ; c'est le petit garçon de la boulangère qui a prévenu les voisins ; car il avait vu entrer sa mère avec le forgeron. »

Et Julien riait, répétant : « Ils nous font manger du pain d'amour ces farceurs-là. C'est un vrai conte de La Fontaine. »

Jeanne n'osait plus toucher au pain.

Lorsque la chaise de poste s'arrêta devant le perron et que la figure heureuse du baron parut à la vitre, ce fut dans l'âme et dans la poitrine de la jeune femme une émotion profonde, un tumultueux élan d'affection comme elle n'en avait jamais ressenti.

Mais elle demeura saisie, et presque défaillante, quand elle aperçut petite mère. La baronne, en ces six mois d'hiver, avait vieilli de dix ans. Ses joues énormes, flasques, tombantes, s'étaient empourprées, comme gonflées de sang ; son œil semblait éteint ; et elle ne remuait plus que soulevée sous les deux bras ; sa respiration pénible était devenue sifflante, et si difficile, qu'on éprouvait près d'elle une sensation de gêne douloureuse.

Le baron, l'ayant vue chaque jour, n'avait point remarqué cette décadence ; et, quand elle se plaignait de ses étouffements continus, de son alourdissement grandissant, il répondait : « Mais non, ma chère, je vous ai toujours connue comme ça. »

Jeanne, après les avoir accompagnés en leur chambre, se retira dans la sienne pour pleurer, bouleversée, éperdue. Puis, elle alla retrouver son père, et, se jetant sur son cœur, les yeux encore pleins de larmes : « Oh ! comme mère est changée ! Qu'est-ce qu'elle a, dis-moi, qu'est-ce qu'elle a ? » Il fut très surpris, et répondit : « Tu crois ? quelle idée ? mais non. Moi, qui ne l'ai point quittée, je t'assure que je ne la trouve pas mal, elle est comme toujours. »

Le soir Julien dit à sa femme : « Ta mère file un mauvais coton. Je la crois touchée. » Et, comme Jeanne éclatait en sanglots, il s'impatienta. « Allons, bon, je ne te dis pas qu'elle soit perdue. Tu es toujours follement exagérée. Elle est changée, voilà tout, c'est de son âge. »

Au bout de huit jours elle n'y songeait plus, accoutumée à la physionomie nouvelle de sa mère, et refoulant peut-être ses craintes, comme on refoule, comme on rejette toujours, par une sorte

178

d'instinct égoïste, de besoin naturel de tranquillité d'âme, les appréhensions, les soucis menaçants.

La baronne, impuissante à marcher, ne sortait plus qu'une demi-heure chaque jour. Quand elle avait accompli une seule fois le parcours de « son » allée, elle ne pouvait se mouvoir davantage et demandai¹ à s'asseoir sur « son » banc. Et, quand elle se sentait incapable même de mener jusqu'au bout sa promenade, elle disait : « Arrêtons-nous ; mon hypertrophie me casse les jambes aujourd'hui. »

Elle ne riait plus guère, souriait seulement aux choses qui l'auraient secouée tout entière l'année précédente. Mais comme ses yeux étaient demeurés excellents, elle passait des jours à relire *Corinne* ou les *Méditations* de Lamartine ; puis elle demandait qu'on lui apportât le tiroir « aux souvenirs ». Alors, ayant vidé sur ses genoux les vieilles lettres douces à son cœur, elle posait le tiroir sur une chaise à côté d'elle et remettait dedans, une à une, ses « reliques », après avoir lentement revu chacune. Et quand elle était seule, bien seule, elle en baisait certaines, comme on baise secrètement les cheveux des morts qu'on aima.

Quelquefois Jeanne, entrant brusquement, la trouvait pleurant, pleurant des larmes tristes. Elle s'écriait : « Qu'as-tu, petite mère ? » Et la baronne, après un long soupir, répondait : « Ce sont mes reliques qui m'ont fait ça. On remue des choses qui ont été si bonnes et qui sont finies ! Et puis, il y a des personnes auxquelles on ne pensait plus guère et qu'on retrouve tout d'un coup. On croit les voir, et les entendre, et ça vous produit un effet épouvantable. Tu connaîtras ça, plus tard. »

Quand le baron survenait en ces instants de mélancolie, il murmurait : « Jeanne, ma chérie, si tu m'en crois, brûle tes lettres, toutes tes lettres, celles de ta mère, les miennes, toutes. Il n'y a rien de plus terrible, quand on est vieux, que de remettre le nez dans sa jeunesse. » Mais Jeanne aussi gardait sa correspondance, préparait sa « boîte aux reliques », obéissant, bien qu'elle différât en tout de sa mère, à une sorte d'instinct héréditaire de sentimentalité rêveuse.

Le baron, après quelques jours, eut à s'absenter pour une affaire, et il partit.

La saison était magnifique. Les nuits douces, fourmillantes d'astres, succédaient aux calmes soirées, les soirs sereins aux jours radieux, et les jours radieux aux aurores éclatantes. Petite mère se trouva bientôt mieux portante ; et Jeanne, oubliant les amours de Julien et la perfidie de Gilberte, se sentait presque complètement heureuse. Toute la campagne était fleurie et parfumée ; et la grande mer toujours pacifique resplendissait du matin au soir, sous le soleil.

Jeanne, un après-midi, prit Paul en ses bras, et s'en alla par les champs. Elle regardait tantôt son fils, tantôt l'herbe criblée de fleurs le long de la route, s'attendrissant dans une félicité sans bornes. De minute en minute elle baisait l'enfant, le serrait passionnément contre elle ; puis, frôlée par quelque savoureuse odeur de campagne, elle se sentait défaillante, anéantie dans un bien-être infini. Puis elle rêva d'avenir pour lui. Que serait-il ? Tantôt elle le voulait grand homme, renommé, puissant. Tantôt elle le préférait humble et restant près d'elle, dévoué, tendre, les bras toujours ouverts pour maman. Quand elle l'aimait avec son cœur égoïste de mère, elle désirait qu'il restât son fils, rien que son fils ; mais, quand elle l'aimait avec sa raison passionnée, elle ambitionnait qu'il devînt quelqu'un par le monde.

Elle s'assit au bord d'un fossé, et se mit à le regarder. Il lui semblait qu'elle ne l'avait jamais vu. Et elle s'étonna brusquement à la pensée que ce petit être serait grand, qu'il marcherait d'un pas ferme, qu'il aurait de la barbe aux joues et parlerait d'une voix sonore.

Au loin, quelqu'un l'appelait. Elle leva la tête. C'était Marius accourant. Elle pensa qu'une visite l'attendait, et elle se dressa, mécontente d'être troublée. Mais le gamin arrivait à toutes jambes, et, quand il fut assez près, il cria : « Madame, c'est Mme la baronne qu'est bien mal. »

Elle sentit comme une goutte d'eau froide qui lui descendait le long du dos ; et elle repartit à grands pas, la tête égarée.

Elle aperçut, de loin, des gens en tas sous le platane. Elle s'élança et, le groupe s'étant ouvert, elle vit sa mère étendue par terre, la tête soutenue par deux oreillers. La figure était toute noire, les yeux fermés, et sa poitrine, qui depuis vingt ans haletait, ne bougeait plus. La nourrice saisit l'enfant dans les bras de la jeune femme, et l'emporta.

Jeanne, hagarde, demandait : « Qu'est-il arrivé ? Comment est-elle tombée ? Qu'on aille chercher le médecin. » Et comme elle se retournait, elle aperçut le curé, prévenu on ne sait comment. Il offrit ses soins, s'empressa en relevant les manches de sa soutane. Mais le vinaigre, l'eau de Cologne, les frictions demeurèrent inefficaces. « Il faudrait la dévêtir et la coucher », dit le prêtre.

Le fermier Joseph Couillard se trouvait là ainsi que le père Simon et Ludivine. Aidés de l'abbé Picot, ils voulurent emporter la baronne ; mais, quand ils la soulevèrent, la tête s'abattit en arrière, et la robe qu'ils avaient saisie se déchirait, tant sa grosse personne était pesante et difficile à remuer. Alors Jeanne se mit à crier d'horreur. On reposa par terre le corps énorme et mou.

Il fallut prendre un fauteuil du salon ; et, quand on l'eut assise dedans, on put enfin l'enlever. Pas à pas ils gravirent le perron, puis l'escalier ; et, parvenus dans la chambre, la déposèrent sur le lit.

Comme la cuisinière n'en finissait pas d'enlever ses vêtements, la veuve Dentu se trouva là juste à point, venue soudain, ainsi que le prêtre, comme s'ils avaient « senti la mort », selon le mot des domestiques.

Jacques Couillard partit à franc étrier pour prévenir le docteur et comme le prêtre se disposait à aller chercher les saintes huiles, la garde lui souffla dans l'oreille : « Ne vous dérangez point, monsieur le curé, je m'y connais, elle a passé. »

Jeanne, affolée, implorait, ne savait que faire, que tenter, quel remède employer. Le curé, à tout hasard, prononça l'absolution.

Pendant deux heures on attendit auprès de ce corps violet et sans vie. Tombée maintenant à genoux, Jeanne sanglotait, dévorée d'angoisse et de douleur.

Lorsque la porte s'ouvrit et que le médecin parut il lui sembla voir entrer le salut, la consolation, l'espérance ; et elle s'élança vers lui, balbutiant tout ce qu'elle savait de l'accident : « Elle se promenait comme tous les jours... elle allait bien... très bien même... elle avait mangé un bouillon et deux œufs au déjeuner... elle est tombée tout d'un coup... elle est devenue noire comme vous la voyez... et elle n'a plus remué... nous avons essayé de tout pour la ranimer... de tout... » Elle se tut, saisie par un geste discret de la garde au médecin pour signifier que c'était fini, bien fini. Alors, se refusant à comprendre, elle interrogea anxieusement, répétant : « Est-ce grave ? croyez-vous que ce soit grave ? »

Il dit enfin : « J'ai bien peur que ce soit... que ce soit... fini. Ayez du courage, un grand courage. »

Et Jeanne, ouvrant les bras, se jeta sur sa mère.

Julien rentrait. Il demeura stupéfait, visiblement contrarié, sans cri de douleur ni désespoir apparent, pris à l'improviste trop brusquement pour se faire d'un seul coup le visage et la contenance qu'il fallait. Il murmura : « Je m'y attendais, je sentais bien que c'était la fin. » Puis il tira son mouchoir, s'essuya les yeux, s'agenouilla, se signa, marmotta quelque chose, et, se relevant, voulut aussi relever sa femme. Mais elle tenait à pleins bras le cadavre et le baisait, presque couchée sur lui. Il fallut qu'on l'emportât. Elle semblait folle.

Au bout d'une heure on la laissa revenir. Aucun espoir ne subsistait. L'appartement était arrangé maintenant en chambre mortuaire. Julien et le prêtre parlaient bas près d'une fenêtre. La veuve Dentu, assise dans un fauteuil, d'une façon confortable, en femme habituée aux veilles et qui se sent chez elle dans une maison dès que la mort vient d'y entrer, paraissait assoupie déjà.

183

La nuit tombait. Le curé s'avança vers Jeanne, lui prit les mains, l'encouragea, déversant, sur ce cœur inconsolable, l'onde onctueuse des consolations ecclésiastiques. Il parla de la trépassée, la célébra en termes sacerdotaux, et, triste de cette fausse tristesse de prêtre pour qui les cadavres sont bienfaisants, il s'offrit à passer la nuit en prières auprès du corps.

Mais Jeanne, à travers ses larmes convulsives, refusa. Elle voulait être seule, toute seule en cette nuit d'adieux. Julien s'avança : « Mais ce n'est pas possible, nous resterons tous les deux. » Elle faisait « non » de la tête, incapable de parler davantage. Elle put dire enfin : « C'est ma mère, ma mère. Je veux être seule à la veiller. » Le médecin murmura : « Laissez-la faire à sa guise, la garde pourra rester dans la chambre à côté. »

Le prêtre et Julien consentirent, songeant à leur lit. Puis l'abbé Picot s'agenouilla à son tour, pria, se releva et sortit en prononçant : « C'était une sainte », sur le ton dont il disait : « *Dominus vobiscum.* »

Alors le vicomte, de sa voix ordinaire, demanda : « Vas-tu prendre quelque chose ? » Jeanne ne répondit point, ignorant qu'il s'adressait à elle. Il reprit : « Tu ferais peut-être bien de manger un peu pour te soutenir. » Elle répliqua d'un air égaré : « Envoie tout de suite chercher papa. » Et il sortit pour expédier un cavalier à Rouen.

Elle demeura abîmée dans une sorte de douleur immobile, comme si elle eût attendu, pour s'abandonner au flot montant des regrets désespérés, l'heure du dernier tête-à-tête.

Les ombres avaient envahi la chambre, voilant la

184

morte de ténèbres. La veuve Dentu se mit à rôder, de son pas léger, cherchant et disposant des objets invisibles avec des mouvements silencieux de garde-malade. Puis elle alluma deux bougies qu'elle posa doucement sur la table de nuit couverte d'une serviette blanche à la tête du lit.

Jeanne ne semblait rien voir, rien sentir, rien comprendre. Elle attendait d'être seule. Julien rentra ; il avait dîné ; et, de nouveau, il demanda : « Tu ne veux rien prendre ? » Sa femme fit « non » de la tête.

Il s'assit, d'un air résigné plutôt que triste, et demeura sans parler.

Ils restaient tous trois, éloignés l'un de l'autre, sans un mouvement, sur leurs sièges.

Par moments la garde s'endormant ronflait un peu, puis se réveillait brusquement.

Julien à la fin se leva, et, s'approchant de Jeanne : « Veux-tu rester seule maintenant ? » Elle lui prit la main, dans un élan involontaire : « Oh ! oui, laissez-moi. »

Il l'embrassa sur le front, en murmurant : « Je viendrai te voir de temps en temps. » Et il sortit avec la veuve Dentu qui roula son fauteuil dans la chambre voisine.

Jeanne ferma la porte, puis alla ouvrir toutes grandes les deux fenêtres. Elle reçut en pleine figure la tiède caresse d'un soir de fenaison. Les foins de la pelouse, fauchés la veille, étaient couchés sous le clair de lune.

Cette douce sensation lui fit mal, la navra comme une ironie.

Elle revint auprès du lit, prit une des mains inertes et froides et se mit à considérer sa mère.

Elle n'était plus enflée comme au moment de l'attaque ; elle semblait dormir à présent plus paisiblement qu'elle n'avait jamais fait ; et la flamme pâle des bougies qu'agitaient des souffles déplaçait à tout moment les ombres de son visage, la faisait vivante comme si elle eût remué.

Jeanne la regardait avidement ; et du fond des lointains de sa petite jeunesse une foule de souvenirs accourait.

Elle se rappelait les visites de petite mère au parloir du couvent, la façon dont elle lui tendait le sac de papier plein de gâteaux, une multitude de petits détails, de petits faits, de petites tendresses, des paroles, des intonations, des gestes familiers, les plis de ses yeux quand elle riait, son grand soupir essoufflé quand elle venait de s'asseoir.

Et elle restait là, contemplant, se répétant dans une sorte d'hébétement : « Elle est morte » et toute l'horreur de ce mot lui apparut.

Celle couchée là, — maman — petite mère — Mme Adélaïde, était morte ? Elle ne remuerait plus, ne parlerait plus, ne rirait plus, ne dînerait plus jamais en face de petit père ; elle ne dirait plus : « Bonjour, Jeannette. » Elle était morte !

On allait la clouer dans une caisse et l'enfouir, et ce serait fini. On ne la verrait plus. Était-ce possible ? Comment ? elle n'aurait plus sa mère ? Cette chère figure si familière, vue dès qu'on a ouvert les yeux, aimée dès qu'on a ouvert les bras, ce grand déversoir d'affection, cet être unique, la mère, plus important pour le cœur que tout le reste des êtres, était disparu. Elle n'avait plus que quelques heures à regarder son visage, ce visage immobile et

186

sans pensée ; et puis rien, plus rien, un souvenir.

Et elle s'abattit sur les genoux dans une crise horrible de désespoir ; et les mains crispées sur la toile qu'elle tordait, la bouche collée sur le lit, elle cria d'une voix déchirante, étouffée dans les draps et les couvertures : « Oh ! maman, ma pauvre maman, maman ! »

Puis, comme elle se sentait devenir folle, folle ainsi qu'elle avait été dans cette nuit de fuite à travers la neige, elle se releva et courut à la fenêtre pour se rafraîchir, boire de l'air nouveau qui n'était point l'air de cette couche, l'air de cette morte.

Les gazons coupés, les arbres, la lande, la mer là-bas se reposaient dans une paix silencieuse, endormis, sous le charme tendre de la lune. Un peu de cette douceur calmante pénétra Jeanne et elle se mit à pleurer lentement.

Puis elle revint auprès du lit et s'assit en reprenant dans sa main la main de petite mère, comme si elle l'eût veillée malade.

Un gros insecte était entré, attiré par les bougies. Il battait les murs comme une balle, allait d'un bout à l'autre de la chambre. Jeanne, distraite par son vol ronflant, levait les yeux pour le voir ; mais elle n'apercevait jamais que son ombre errante sur le blanc du plafond.

Puis elle ne l'entendit plus. Alors elle remarqua le tic-tac léger de la pendule et un autre petit bruit, ou plutôt un bruissement presque imperceptible. C'était la montre de petite mère qui continuait à marcher, oubliée dans la robe jetée sur une chaise aux pieds du lit. Et soudain un vague rapprochement entre cette morte et cette mécanique qui ne s'était point arrêtée raviva la douleur aiguë au cœur de Jeanne.

Elle regarda l'heure. Il était à peine dix heures et demie ; et elle fut prise d'une peur horrible de cette nuit entière à passer là.

D'autres souvenirs lui revenaient : ceux de sa propre vie — Rosalie, Gilberte — les amères désillusions de son cœur. Tout n'était donc que misère, chagrin, malheur et mort. Tout trompait, tout mentait, tout faisait souffrir et pleurer. Où trouver un peu de repos et de joie ? Dans une autre existence sans doute. Quand l'âme était délivrée de l'épreuve de la terre. L'âme ! Elle se mit à rêver sur cet insondable mystère, se jetant brusquement en des convictions poétiques que d'autres hypothèses non moins vagues renversaient immédiatement. Où donc était, maintenant, l'âme de sa mère ? l'âme de ce corps immobile et glacé ? Très loin peut-être. Quelque part dans l'espace ? Mais où ? Évaporée comme un invisible oiseau échappé de sa cage ?

Rappelée à Dieu ? ou éparpillée au hasard des créations nouvelles, mêlée aux germes près d'éclore ?

Très proche peut-être ? Dans cette chambre, autour de cette chair inanimée qu'elle avait quittée ! Et brusquement Jeanne crut sentir un souffle l'effleurer, comme le contact d'un esprit. Elle eut peur, une peur atroce, si violente qu'elle n'osait plus remuer, ni respirer, ni se retourner pour regarder derrière elle. Son cœur battait comme dans les épouvantes.

Et soudain l'invisible insecte reprit son vol et se remit à heurter les murs en tournoyant. Elle frissonna des pieds à la tête, puis, rassurée tout à coup quand elle eut reconnu le ronflement de la bête ailée, elle se leva, et se retourna. Ses yeux tombèrent sur le secrétaire aux têtes de sphinx, le meuble aux reliques.

Et une idée tendre et singulière l'envahit ; c'était de lire, en cette dernière veillée, comme elle aurait fait d'un livre pieux, les vieilles lettres chères à la morte. Il lui sembla qu'elle allait remplir un devoir délicat et sacré, quelque chose de vraiment filial, qui ferait plaisir, dans l'autre monde, à petite mère.

C'était l'ancienne correspondance de son grand-père et de sa grand-mère, qu'elle n'avait point connus. Elle voulait leur tendre les bras par-dessus le corps de leur fille, aller vers eux en cette nuit funèbre comme s'ils eussent souffert aussi, former une sorte de chaîne mystérieuse de tendresse entre ceux-là morts autrefois, celle qui venait de disparaître à son tour, et elle-même restée encore sur la terre.

Elle se leva, abattit la tablette du secrétaire et prit dans le tiroir du bas une dizaine de petits paquets de papiers jaunes, ficelés avec ordre et rangés côte à côte.

Elle les déposa tous sur le lit, entre les bras de la baronne, par une sorte de raffinement sentimental, et elle se mit à lire.

C'étaient ces vieilles épîtres qu'on retrouve dans les antiques secrétaires de famille, ces épîtres qui sentent un autre siècle.

La première commençait par « Ma chérie ». Une autre par « Ma belle petite-fille », puis c'étaient « Ma chère petite », — « Ma mignonne », — « Ma fille adorée », puis « Ma chère enfant », — « Ma

189

chère Adélaïde », — « Ma chère fille », selon qu'elles s'adressaient à la fillette, à la jeune fille, et, plus tard, à la jeune femme.

Et tout cela était plein de tendresses passionnées et puériles, de mille petites choses intimes, de ces grands et simples événements du foyer, si mesquins pour les indifférents : « Père a la grippe ; la bonne Hortense s'est brûlée au doigt ; le chat « Croquerat » est mort ; on a abattu le sapin à droite de la barrière ; mère a perdu son livre de messe en revenant de l'église, elle pense qu'on le lui a volé. »

On y parlait aussi de gens inconnus à Jeanne, mais dont elle se rappelait vaguement avoir entendu prononcer le nom, autrefois, dans son enfance.

Elle s'attendrissait à ces détails qui lui semblaient des révélations ; comme si elle fût entrée tout à coup dans toute la vie passée, secrète, la vie du cœur de petite mère. Elle regardait le corps gisant ; et, brusquement, elle se mit à lire tout haut, à lire pour la morte, comme pour la distraire, la consoler.

Et le cadavre immobile semblait heureux.

Une à une elle rejetait les lettres sur les pieds du lit ; et elle pensa qu'il faudrait les mettre dans le cercueil, comme on y dépose des fleurs.

Elle délia un autre paquet. C'était une écriture nouvelle. Elle commença : « Je ne peux plus me passer de tes caresses. Je t'aime à devenir fou. »

Rien de plus ; pas de nom.

Elle retourna le papier sans comprendre. L'adresse portait bien « Madame la baronne Le Perthuis des Vauds. »

Alors elle ouvrit la suivante : « Viens ce soir, dès qu'il sera sorti. Nous aurons une heure. Je t'adore. »

Dans une autre : « J'ai passé une nuit de délire à te désirer vainement. J'avais ton corps dans mes bras, ta bouche sous mes lèvres, tes yeux sous mes yeux. Et puis je me sentais des rages à me jeter par la fenêtre en songeant qu'à cette heure-là même tu dormais à son côté, qu'il te possédait à son gré... »

Jeanne, interdite, ne comprenait pas.

Qu'était-ce que cela ? A qui, pour qui, de qui ces paroles d'amour ?

Elle continua, retrouvant toujours des déclarations éperdues, des rendez-vous avec des recommandations de prudence, puis toujours, à la fin, ces quatre mots : « Surtout brûle cette lettre. »

Enfin elle ouvrit un billet banal, une simple acceptation à dîner, mais de la même écriture, et signée « Paul d'Ennemare », celui que le baron appelait, quand il parlait encore de lui : « Mon pauvre vieux Paul », et dont la femme avait été la meilleure amie de la baronne.

Alors Jeanne, brusquement, fut effleurée d'un doute qui devint tout de suite une certitude. Sa mère l'avait eu pour amant.

Et soudain, la tête éperdue, elle rejeta d'une secousse ces papiers infâmes, comme elle eût rejeté quelque bête venimeuse montée sur elle, et elle courut à la fenêtre, et elle se mit à pleurer affreusement avec des cris involontaires qui lui déchiraient la gorge ; puis, tout son être se brisant, elle s'affaissa au pied de la muraille, et, cachant son visage pour qu'on n'entendît point ses gémissements, elle sanglota abîmée dans un désespoir insondable.

Elle serait restée peut-être ainsi toute la nuit ; mais un bruit de pas dans la pièce voisine la fit se redresser d'un bond. C'était son père, peut-être ? Et toutes les lettres gisaient sur le lit et sur le plancher ! Il lui suffirait d'en ouvrir une ! Et il saurait cela ? lui !

Elle s'élança, et, saisissant à poignées tous les vieux papiers jaunes, ceux des grands-parents et ceux de l'amant, et ceux qu'elle n'avait point dépliés, et ceux qui se trouvaient encore ficelés dans les tiroirs du secrétaire, elle les jetait en tas dans la cheminée. Puis elle prit une des bougies qui brûlaient sur la table de nuit et mit le feu à ce monceau de lettres. Une grande flamme jaillit qui éclaira la chambre, la couche et le cadavre d'une lueur vive et dansante, dessinant en noir sur le rideau blanc du fond du lit le profil tremblotant du visage rigide et les lignes du corps énorme sous le drap.

Quand il n'y eut plus qu'un amas de cendres au fond du foyer, elle retourna s'asseoir auprès de la fenêtre ouverte comme si elle n'eût plus osé rester auprès de la morte, et elle se remit à pleurer, la figure dans ses mains, et gémissant d'un ton navré, d'un ton de plainte désolée : « Oh ! ma pauvre maman, oh ! ma pauvre maman ! »

Et une atroce réflexion lui vint : si petite mère n'était pas morte, par hasard, si elle n'était qu'endormie d'un sommeil léthargique, si elle allait soudain se lever, parler ? — La connaissance de l'affreux secret n'amoindrirait-elle pas son amour filial ? L'embrasserait-elle des mêmes lèvres pieuses ? La chérirait-elle de la même affection sacrée ? Non. Ce n'était pas possible ! Et cette pensée lui déchira le cœur.

La nuit s'effaçait ; les étoiles pâlissaient ; c'était l'heure fraîche qui précède le jour. La lune descendue allait s'enfoncer dans la mer qu'elle nacrait sur toute sa surface.

Et le souvenir saisit Jeanne de cette nuit passée à la fenêtre lors de son arrivée aux Peuples. Comme c'était loin, comme tout était changé, comme l'avenir lui semblait différent !

Et voilà que le ciel devint rose, d'un rose joyeux, amoureux, charmant. Elle regarda, surprise maintenant comme devant un phénomène, cette radieuse éclosion du jour, se demandant s'il était possible que sur cette terre où se levaient de pareilles aurores, il n'y eût ni joie ni bonheur.

Un bruit de porte la fit tressaillir. C'était Julien. Il demanda : « Eh bien ? tu n'es pas trop fatiguée ? »

Elle balbutia « Non », heureuse de n'être plus seule. « A présent, va te reposer », dit-il. Elle embrassa lentement sa mère, d'un baiser lent, douloureux et navré ; puis elle rentra dans sa chambre.

La journée s'écoula dans ces tristes occupations que réclame un mort. La baron arriva le soir. Il pleura beaucoup.

L'enterrement eut lieu le lendemain.

Après qu'elle eut, pour la dernière fois, appuyé ses lèvres sur le front glacé, qu'elle eut fait la dernière toilette, et vu clouer le corps dans le cercueil, Jeanne se retira. Les invités allaient arriver.

Gilberte arriva la première, et se jeta en sanglotant sur le cœur de son amie.

On voyait par la fenêtre les voitures tourner à la grille, s'en venant au trot. Et des voix résonnaient dans le grand vestibule. Des femmes en noir entraient peu à peu dans la chambre, des femmes que Jeanne ne connaissait point. La marquise de Coutelier et la vicomtesse de Briseville l'embrassèrent.

Elle s'aperçut tout à coup que tante Lison se glissait derrière elle. Et elle l'étreignit avec tendresse, ce qui fit presque défaillir la vieille fille.

Julien entra, en grand noir, élégant, affairé, satisfait de cette affluence. Il parla bas à sa femme pour un conseil qu'il demandait. Il ajouta d'un ton confidentiel : « Toute la noblesse est venue, ce sera très bien. » Et il repartit en saluant gravement les dames.

Tante Lison et la comtesse Gilberte restèrent seules auprès de Jeanne pendant que s'accomplissait la cérémonie funèbre. La comtesse l'embrassait sans cesse en répétant : « Ma pauvre chérie, ma pauvre chérie ! »

Quand le comte de Fourville revint chercher sa femme, il pleurait lui-même comme s'il avait perdu sa propre mère.

X

LES jours furent bien tristes qui suivirent, ces jours mornes dans une maison qui semble vide par l'absence de l'être familier disparu pour toujours, ces jours criblés de souffrance à chaque rencontre de tout objet que maniait incessamment la morte. D'instant en instant un souvenir vous tombe sur le cœur et le meurtrit. Voici son fauteuil, son ombrelle restée dans le vestibule, son verre que la bonne n'a point serré ! Et dans toutes les chambres on retrouve des choses traînant : ses ciseaux, un gant, le volume dont les feuillets sont usés par ses doigts alourdis, et mille riens qui prennent une signification douloureuse parce qu'ils rappellent mille petits faits.

Et sa voix vous poursuit ; on croit l'entendre ; on voudrait fuir n'importe où, échapper à la hantise de cette maison. Il faut rester parce que d'autres sont là qui restent et souffrent aussi.

Et puis Jeanne demeurait écrasée sous le souvenir de ce qu'elle avait découvert. Cette pensée

pesait sur elle ; son cœur broyé ne se ^{guérissait pas.}
Sa solitude d'à présent s'augmentait ^{secret}
horrible ; sa dernière confiance était to^{re} ^{avec}
sa dernière croyance.

Père, au bout de quelque temps, s'en all^{va..}
besoin de remuer, de changer d'air, de so^{du}
noir chagrin où il s'enfonçait de plus en plus

Et la grande maison, qui voyait ainsi de temps
temps disparaître un de ses maîtres, reprit sa
calme et régulière.

Et puis Paul tomba malade. Jeanne en perdit la
raison, resta douze jours sans dormir, presque sans
manger.

Il guérit ; mais elle demeura épouvantée par cette
idée qu'il pouvait mourir. Alors que ferait-elle ? que
deviendrait-elle ? Et tout doucement se glissa dans
son cœur le vague besoin d'avoir un autre enfant.
Bientôt elle en rêva, reprise tout entière par son
ancien désir de voir autour d'elle deux petits êtres,
un garçon et une fille. Et ce fut une obsession.

Mais depuis l'affaire de Rosalie elle vivait séparée
de Julien. Un rapprochement semblait même
impossible dans les situations où ils se trouvaient.
Julien aimait ailleurs ; elle le savait ; et la seule
pensée de subir de nouveau ses caresses la faisait
frémir de répugnance.

Elle s'y serait pourtant résignée, tant l'envie
d'être encore mère la harcelait ; mais elle se
demandait comment pourraient recommencer
leurs baisers ? Elle serait morte d'humiliation plutôt que de laisser deviner ses intentions ; et il ne
paraissait plus songer à elle.

Elle y eût renoncé peut-être ; mais voilà que,
chaque nuit, elle se mit à rêver d'une fille ; et elle la

voyait jouant avec Paul sous le platane ; et parfois elle sentait une sorte de démangeaison de se lever, et d'aller, sans prononcer un mot, trouver son mari dans sa chambre. Deux fois même elle se glissa jusqu'à sa porte ; puis elle revint vivement, le cœur battant de honte.

Le baron était parti ; petite mère était morte ; Jeanne maintenant n'avait plus personne qu'elle pût consulter, à qui elle pût confier ses intimes secrets.

Alors elle se résolut à aller trouver l'abbé Picot, et à lui dire, sous le sceau de la confession, les difficiles projets qu'elle avait.

Elle arriva comme il lisait son bréviaire dans son petit jardin planté d'arbres fruitiers.

Après avoir causé quelque minutes de choses et d'autres, elle balbutia, en rougissant : « Je voudrais me confesser, monsieur l'abbé. »

Il demeura stupéfait, et releva ses lunettes pour la bien considérer ; puis il se mit à rire. « Vous ne devez pourtant pas avoir de gros péchés sur la conscience. » Elle se troubla tout à fait, et reprit : « Non, mais j'ai un conseil à vous demander, un conseil si... si... si pénible que je n'ose pas vous en parler comme ça. »

Il quitta instantanément son aspect bonhomme, et prit son air sacerdotal : « Eh bien, mon enfant, je vous écouterai dans le confessionnal, allons. »

Mais elle le retint, hésitante, arrêtée tout à coup par une sorte de scrupule de parler de ces choses un peu honteuses dans le recueillement d'une église vide.

« Ou bien, non..., monsieur le curé... je puis... je puis... si vous le voulez vous dire ici ce qui m'amène. Tenez, nous allons nous asseoir là-bas sous votre petite tonnelle. »

Ils y allèrent à pas lents. Elle cherchait comment s'exprimer, comment débuter. Ils s'assirent.

Alors, comme si elle se fût confessée, elle commença : « Mon père... » puis elle hésita, répéta de nouveau : « Mon père... » et se tut, tout à fait troublée.

Il attendait, les mains croisées sur son ventre. Voyant son embarras, il l'encouragea : « Eh bien, ma fille, on dirait que vous n'osez pas ; voyons, prenez courage. »

Elle se décida, comme un poltron qui se jette au danger : « Mon père, je voudrais un autre enfant. » Il ne répondit rien, ne comprenant pas. Alors elle s'expliqua, perdant les mots, effarée.

« Je suis seule dans la vie maintenant ; mon père et mon mari ne s'entendent guère ; ma mère est morte ; et... et... » Elle prononça tout bas en frissonnant... : « L'autre jour j'ai failli perdre mon fils ! Que serais-je devenue alors ?... »

Elle se tut. Le prêtre dérouté la regardait.

« Voyons, arrivez au fait. »

Elle répéta : « Je voudrais un autre enfant. »

Alors il sourit, habitué aux grosses plaisanteries des paysans qui ne se gênaient guère devant lui, et il répondit avec un hochement de tête malin :

« Eh bien, il me semble qu'il ne tient qu'à vous. »

Elle leva vers lui ses yeux candides, puis, bégayant de confusion : « Mais... mais... vous comprenez que depuis ce... ce que... ce que vous savez de... de cette bonne... mon mari et moi

198

nous vivons... nous vivons tout à fait séparés. »

Accoutumé aux promiscuités et aux mœurs sans dignité des campagnes, il fut étonné de cette révélation ; puis tout à coup il crut deviner le désir véritable de la jeune femme. Il la regarda de coin, plein de bienveillance et de sympathie pour sa détresse : « Oui, je saisis parfaitement. Je comprends que votre... votre veuvage vous pèse. Vous êtes jeune, bien portante. Enfin, c'est naturel, trop naturel. »

Il se remettait à sourire, emporté par sa nature grivoise de prêtre campagnard ; et il tapotait doucement la main de Jeanne : « Ça vous est permis, bien permis même, par les commandements. — L'œuvre de chair ne désireras qu'en mariage seulement. — Vous êtes mariée, n'est-ce pas ? Ce n'est point pour piquer des raves. »

A son tour elle n'avait pas compris d'abord ses sous-entendus ; mais, sitôt qu'elle les pénétra, elle s'empourpra, toute saisie, avec des larmes aux yeux.

« Oh ! monsieur le curé, que dites-vous ? que pensez-vous ? Je vous jure... Je vous jure... » Et les sanglots l'étouffèrent.

Il fut surpris ; et il la consolait : « Allons, je n'ai pas voulu vous faire de peine. Je plaisantais un peu ; ça n'est pas défendu quand on est honnête. Mais comptez sur moi ; vous pouvez compter sur moi. Je verrai M. Julien. »

Elle ne savait plus que dire. Elle voulait maintenant refuser cette intervention qu'elle craignait maladroite et dangereuse, mais elle n'osait point ; et elle se sauva après avoir balbutié : « Je vous remercie, monsieur le curé. »

Huit jours se passèrent. Elle vivait dans une angoisse d'inquiétude.

Un soir, au dîner, Julien la regarda d'une façon singulière avec un certain pli souriant des lèvres qu'elle lui connaissait en ses heures de gouaillerie. Il eut même à son égard une sorte de galanterie imperceptiblement ironique ; et comme ils se promenaient ensuite dans la grande avenue de petite mère, il lui dit tout bas dans l'oreille : « Il paraît que nous sommes raccommodés. »

Elle ne répondit rien. Elle regardait par terre une sorte de ligne droite presque invisible à présent, l'herbe ayant repoussé. C'était la trace du pied de la baronne qui s'effaçait, comme s'efface un souvenir. Et Jeanne se sentait le cœur crispé, noyé de tristesse ; elle se sentait perdue dans la vie, si loin de tout le monde.

Julien reprit : « Moi, je ne demande pas mieux. Je craignais de te déplaire. »

Le soleil se couchait, l'air était doux. Une envie de pleurer oppressait Jeanne, un de ces besoins d'expansion vers un cœur ami, un besoin d'étreindre, en murmurant ses peines. Un sanglot lui montait à la gorge. Elle ouvrit les bras et tomba sur le cœur de Julien.

Et elle pleura. Surpris, il la regardait dans les cheveux, ne pouvant voir le visage caché sur sa poitrine. Il pensa qu'elle l'aimait encore et déposa sur son chignon un baiser condescendant.

Puis ils rentrèrent sans dire un mot. Il la suivit en sa chambre, et passa la nuit avec elle.

Et leurs rapports anciens recommencèrent. Il les accomplissait comme un devoir qui cependant ne lui déplaisait pas ; elle les subissait comme une nécessité écœurante et pénible, avec la résolution de les arrêter pour toujours dès qu'elle se sentirait enceinte de nouveau.

Mais elle remarqua bientôt que les caresses de son mari semblaient différentes de jadis. Elles étaient plus raffinées peut-être, mais moins complètes. Il la traitait comme un amant discret, et non plus comme un époux tranquille.

Elle s'étonna, observa, et s'aperçut bientôt que toutes ses étreintes s'arrêtaient avant qu'elle pût être fécondée.

Alors une nuit, la bouche sur la bouche, elle murmura : « Pourquoi ne te donnes-tu plus à moi tout entier comme autrefois ? »

Il se mit à ricaner : « Parbleu, pour ne pas t'engrosser. »

Elle tressaillit : « Pourquoi donc ne veux-tu plus d'enfants ? »

Il demeura perclus de surprise : « Hein ? tu dis ? mais tu es folle ? Un autre enfant ? Ah ! mais non, par exemple ! C'est déjà trop d'un pour piailler, occuper tout le monde et coûter de l'argent. Un autre enfant : merci ! »

Elle le saisit dans ses bras, le baisa, l'enveloppa d'amour, et, tout bas : « Oh ! je t'en supplie, rends-moi mère encore une fois. »

Mais il se fâcha comme si elle l'eût blessé : « Ça vraiment, tu perds la tête. Fais-moi grâce de tes bêtises, je te prie. »

Elle se tut et se promit de le forcer par ruse à lui donner le bonheur qu'elle rêvait.

Alors elle essaya de prolonger ses baisers, jouant la comédie d'une ardeur délirante, le liant à elle de ses deux bras crispés en des transports qu'elle simulait. Elle usa de tous les subterfuges ; mais il restait maître de lui ; et pas une fois il ne s'oublia.

Alors, travaillée de plus en plus par son désir acharné, poussée à bout, prête à tout braver, à tout oser, elle retourna chez l'abbé Picot.

Il achevait son déjeuner ; il était fort rouge, ayant toujours des palpitations après ses repas. Dès qu'il la vit entrer, il s'écria : « Eh bien ? » désireux de savoir le résultat de ses négociations.

Résolue maintenant et sans timidité pudique, elle répondit immédiatement : « Mon mari ne veut plus d'enfants. » L'abbé se retourna vers elle, intéressé tout à fait, prêt à fouiller avec une curiosité de prêtre dans ces mystères du lit qui lui rendaient plaisant le confessionnal. Il demanda : « Comment ça ? » Alors, malgré sa détermination, elle se troubla pour expliquer : « Mais il... il... il refuse de me rendre mère. »

L'abbé comprit, il connaissait ces choses ; et il se mit à interroger avec des détails précis et minutieux, une gourmandise d'homme qui jeûne.

Puis il réfléchit quelques instants, et, d'une voix tranquille, comme s'il eût parlé de la récolte qui venait bien, il lui traça un plan de conduite habile, réglant tous les points : « Vous n'avez qu'un moyen, ma chère enfant, c'est de lui faire accroire que vous êtes grosse. Il ne s'observera plus ; et vous le deviendrez pour de vrai. »

Elle rougit jusqu'aux yeux ; mais, déterminée à tout, elle insista. « Et... et s'il ne me croit pas ? »

Le curé savait bien les ressources pour conduire et tenir les hommes : « Annoncez votre grossesse à tout le monde, dites-la partout ; il finira par y croire lui-même. »

Puis il ajouta comme pour s'absoudre de ce stratagème : « C'est votre droit, l'Église ne tolère les rapports entre homme et femme que dans le but de la procréation. »

Elle suivit le conseil rusé et, quinze jours plus tard, elle annonçait à Julien qu'elle se croyait grosse. Il eut un sursaut. « Pas possible ! ce n'est pas vrai. »

Elle indiqua aussitôt la raison de ses soupçons. Mais il se rassura. « Bah ! attends un peu. Tu verras. »

Alors chaque matin, il demanda : « Eh bien ? » Et toujours elle répondait : « Non, pas encore. Je serai bien trompée si je n'étais pas enceinte. »

Il s'inquiétait à son tour furieux et désolé, autant que surpris. Il répétait : « Je n'y comprends rien, mais rien. Si je sais comment cela s'est fait ! je veux bien être pendu. »

Au bout d'un mois elle annonçait de tous les côtés la nouvelle sauf à la comtesse Gilberte, par une sorte de pudeur compliquée et délicate.

Depuis sa première inquiétude, Julien ne l'approchait plus ; puis il prit, en rageant, son parti, et déclara : « En voilà un qui n'était pas demandé. » Et il recommença à pénétrer dans la chambre de sa femme.

Ce qu'avait prévu le prêtre se réalisa complètement. Elle était grosse.

Alors, inondée d'une joie délirante, elle ferma sa porte chaque soir, se vouant, dans un élan de reconnaissance vers la vague divinité qu'elle adorait, à une chasteté éternelle.

Elle se sentait de nouveau presque heureuse, s'étonnant de la promptitude avec laquelle s'était adoucie sa douleur après la mort de sa mère. Elle s'était crue inconsolable ; et voilà qu'en deux mois à peine cette plaie vive se fermait. Il ne lui restait plus qu'une mélancolie attendrie, comme un voile de chagrin jeté sur sa vie. Aucun événement ne lui paraissait plus possible. Ses enfants grandiraient, l'aimeraient ; elle vieillirait tranquille, contente, sans s'occuper de son mari.

Vers la fin du mois de septembre, l'abbé Picot vint faire une visite de cérémonie avec une soutane neuve qui ne portait encore que huit jours de taches ; et il présenta son successeur, l'abbé Tolbiac. C'était un tout jeune prêtre maigre, fort petit, à la parole emphatique, et dont les yeux, cerclés de noir et caves, indiquaient une âme violente.

Le vieux curé était nommé doyen de Goderville.

Jeanne ressentit une vraie tristesse de ce départ. La figure du bonhomme était liée à tous ses souvenirs de jeune femme. Il l'avait mariée, il avait baptisé Paul, et enterré la baronne. Elle ne se figurait pas Étouvent sans la bedaine de l'abbé Picot passant le long des cours des fermes ; et elle l'aimait parce qu'il était joyeux et naturel.

Malgré son avancement il ne semblait pas gai. Il disait : « Ça me coûte, ça me coûte, madame la comtesse. Voilà dix-huit ans que je suis ici. Oh ! la commune rapporte peu et ne vaut point grand-chose. Les hommes n'ont pas plus de religion qu'il ne faut, et les femmes, les femmes, voyez-vous, n'ont guère de conduite. Les filles ne passent à l'église pour le mariage qu'après avoir fait un pèlerinage à Notre-Dame du Gros-Ventre, et la fleur d'oranger ne vaut pas cher dans le pays. Tant pis, je l'aimais, moi. »

Le nouveau curé faisait des gestes d'impatience, et devenait rouge. Il dit brusquement : « Avec moi, il faudra que tout cela change. » Il avait l'air d'un enfant rageur, tout frêle et tout maigre dans sa soutane usée déjà, mais propre.

L'abbé Picot le regarda de biais, comme il faisait en ses moments de gaieté, et il reprit : « Voyez-vous, l'abbé, pour empêcher ces choses-là, il faudrait enchaîner vos paroissiens, et encore ça ne servirait de rien. »

Le petit prêtre répondit d'un ton cassant : « Nous verrons bien. » Et le vieux curé sourit en humant sa prise : « L'âge vous calmera, l'abbé, et l'expérience aussi ; vous éloignerez de l'église vos derniers fidèles ; et voilà tout. Dans ce pays-ci, on est croyant, mais tête de chien : prenez garde. Ma foi, quand je vois entrer au prône une fille qui me paraît un peu grasse, je me dis : « C'est un paroissien de plus « qu'elle m'amène » ; — et je tâche de la marier. Vous ne les empêcherez pas de fauter, voyez-vous ; mais vous pouvez aller trouver le garçon et l'empêcher d'abandonner la mère. Mariez-les, l'abbé, mariez-les, ne vous occupez pas d'autre chose. »

Le nouveau curé répondit avec rudesse : « Nous pensons différemment ; il est inutile d'insister. » Et l'abbé Picot se remit à regretter son village, la mer qu'il voyait des fenêtres du presbytère, les petites vallées en entonnoir où il allait réciter son bréviaire, en regardant au loin passer les bateaux.

Et les deux prêtres prirent congé. Le vieux embrassa Jeanne, qui faillit pleurer.

Huit jours plus tard, l'abbé Tolbiac revint. Il parla des réformes qu'il accomplissait comme aurait pu le faire un prince prenant possession d'un royaume. Puis il pria la comtesse de ne point manquer l'office du dimanche, et de communier à toutes les fêtes. « Vous et moi, disait-il, nous sommes la tête du pays ; nous devons le gouverner et nous montrer toujours comme un exemple à suivre. Il faut que nous soyons unis pour être puissants et respectés. L'église et le château se donnant la main, la chaumière nous craindra et nous obéira. »

La religion de Jeanne était toute de sentiment ; elle avait cette foi rêveuse que garde toujours une femme ; et, si elle accomplissait à peu près ses devoirs, c'était surtout par habitude gardée du couvent, la philosophie frondeuse du baron ayant depuis longtemps jeté bas ses convictions.

L'abbé Picot se contentait du peu qu'elle pouvait lui donner et ne la gourmandait jamais. Mais son successeur, ne l'ayant point vue à l'office du précédent dimanche, était accouru inquiet et sévère.

Elle ne voulut point rompre avec le presbytère et promit, se réservant de ne se montrer assidue que par complaisance dans les premières semaines.

Mais peu à peu elle prit l'habitude de l'église et subit l'influence de ce frêle abbé intègre et dominateur. Mystique, il lui plaisait par ses exaltations et ses ardeurs. Il faisait vibrer en elle la corde de poésie religieuse que toutes les femmes ont dans l'âme. Son austérité intraitable, son mépris du monde et des sensualités, son dégoût des préoccupations humaines, son amour de Dieu, son inexpérience juvénile et sauvage, sa parole dure, sa volonté inflexible donnaient à Jeanne l'impression de ce que devaient être les martyrs ; et elle se laissait séduire, elle, cette souffrante déjà désabusée, par le fanatisme rigide de cet enfant, ministre du Ciel.

Il la menait au Christ consolateur, lui montrant comment les joies pieuses de la religion apaiseraient toutes ses souffrances ; et elle s'agenouillait au confessionnal, s'humiliant, se sentant petite et faible devant ce prêtre qui semblait avoir quinze ans.

Mais il fut bientôt détesté par toute la campagne.

D'une inflexible sévérité pour lui-même, il se montrait pour les autres d'une implacable intolérance. Une chose surtout le soulevait de colère et d'indignation, l'amour. Il en parlait dans ses prêches avec emportement, en termes crus, selon l'usage ecclésiastique, jetant sur cet auditoire de rustres des périodes tonnantes contre la concupiscence ; et il tremblait de fureur, trépignait, l'esprit hanté des images qu'il évoquait dans ses fureurs.

Les grands gars et les filles se coulaient des regards sournois à travers l'église ; et les vieux paysans, qui aiment toujours à plaisanter sur ces choses-là, désapprouvaient l'intolérance du petit curé en retournant à la ferme après l'office, à côté du fils en blouse bleue et de la fermière en mante noire. Et toute la contrée était en émoi.

On se racontait tout bas ses sévérités au confessionnal, les pénitences sévères qu'il infligeait ; et, comme il s'obstinait à refuser l'absolution aux filles dont la chasteté avait subi des atteintes, la moquerie s'en mêla. On riait aux grand-messes des fêtes quand on voyait des jeunesses rester à leurs bancs au lieu d'aller communier avec les autres.

Bientôt il épia les amoureux pour empêcher leurs rencontres, comme fait un garde poursuivant les braconniers. Il les chassait le long des fossés, derrière les granges, par les soirs de lune, et dans les touffes de joncs marins sur le versant des petites côtes.

Une fois il en découvrit deux qui ne se désunirent pas devant lui ; ils se tenaient par la taille, et marchaient en s'embrassant dans un ravin rempli de pierres.

L'abbé cria : « Voulez-vous bien finir, manants que vous êtes ! »

Et le gars, s'étant retourné, lui répondit : « Mêlez-vous d'vos affaires, m'sieu l'curé, celles-là n'vous r'gardent pas. »

Alors l'abbé ramassa des cailloux et les leur jeta comme on fait aux chiens.

Ils s'enfuirent en riant tous deux ; et, le dimanche suivant, il les dénonça par leurs noms en pleine église.

Tous les garçons du pays cessèrent d'aller aux offices.

Le curé dînait au château tous les jeudis, et venait souvent en semaine causer avec sa pénitente. Elle s'exaltait comme lui, discutait sur les choses immatérielles, maniait tout l'arsenal antique et compliqué des controverses religieuses.

Ils se promenaient tous deux le long de la grande allée de la baronne en parlant du Christ et des Apôtres, et de la Vierge et des Pères de l'Église, comme s'ils les eussent connus. Ils s'arrêtaient parfois pour se poser des questions profondes qui les faisaient divaguer mystiquement, elle, se perdant en des raisonnements poétiques qui montaient au ciel comme des fusées, lui plus précis, arguant comme un avoué monomane qui démontrerait mathématiquement la quadrature du cercle.

Julien traitait le nouveau curé avec un grand respect, répétant sans cesse : « Il me va, ce prêtre-là, il ne pactise pas. » Et il se confessait et communiait à volonté, donnant l'exemple prodigalement.

Il allait maintenant presque chaque jour chez les Fourville, chassant avec le mari qui ne pouvait plus se passer de lui, et montant à cheval avec la comtesse, malgré les pluies et les gros temps. Le comte disait : « Ils sont enragés avec leur cheval, mais cela fait du bien à ma femme. »

Le baron revint vers la mi-novembre. Il était changé, vieilli, éteint, baigné dans une tristesse noire qui avait pénétré son esprit. Et tout de suite l'amour qui le liait à sa fille sembla accru comme si ces quelques mois de morne solitude eussent exaspéré son besoin d'affection, de confiance et de tendresse.

Jeanne ne lui confia point ses idées nouvelles, son intimité avec l'abbé Tolbiac, et son ardeur religieuse ; mais, la première fois qu'il vit le prêtre, il sentit s'éveiller contre lui une inimitié véhémente.

Et quand la jeune femme lui demanda, le soir : « Comment le trouves-tu ? » il répondit : « Cet homme-là, c'est un inquisiteur ! Il doit être très dangereux. »

Puis quand il eut appris par les paysans dont il était l'ami les sévérités du jeune prêtre, ses violences, cette espèce de persécution qu'il exerçait contre les lois et les instincts innés, ce fut une haine qui éclata dans son cœur.

Il était, lui, de la race des vieux philosophes adorateurs de la nature, attendri dès qu'il voyait deux animaux s'unir, à genoux devant une espèce de Dieu panthéiste et hérissé devant la conception catholique d'un Dieu à intentions bourgeoises, à colères jésuitiques et à vengeances de tyran, un Dieu qui lui rapetissait la création entrevue, fatale, sans limites, toute-puissante, la création vie, lumière, terre, pensée, plante, roche, homme, air, bête, étoile, Dieu, insecte en même temps, créant parce qu'elle est création, plus forte qu'une volonté, plus vaste qu'un raisonnement, produisant sans but, sans raison et sans fin dans tous les sens et dans toutes les formes à travers l'espace infini, suivant les nécessités du hasard et le voisinage des soleils chauffant les mondes.

La création contenait tous les germes, la pensée et la vie se développant en elle comme des fleurs et des fruits sur les arbres.

Pour lui donc, la reproduction était la grande loi générale, l'acte sacré, respectable, divin, qui accomplit l'obscure et constante volonté de l'Etre Universel. Et il commença de ferme en ferme une campagne ardente contre le prêtre intolérant, persécuteur de la vie.

Jeanne, désolée, priait le Seigneur, implorait son père ; mais il répondait toujours : « Il faut combattre ces hommes-là, c'est notre droit et notre devoir. Ils ne sont pas humains. » Il répétait, en secouant ses longs cheveux blancs : « Ils ne sont pas humains ; ils ne comprennent rien, rien, rien. Ils agissent dans un rêve fatal ; ils sont anti-physiques. » Et il criait « Anti-physiques ! » comme s'il eût jeté une malédiction.

Le prêtre sentait bien l'ennemi, mais, comme il tenait à rester maître du château et de la jeune femme, il temporisait, sûr de la victoire finale.

Puis une idée fixe le hantait ; il avait découvert par hasard les amours de Julien et de Gilberte, et il les voulait interrompre à tout prix.

Il s'en vint un jour trouver Jeanne et, après un long entretien mystique, il lui demanda de s'unir à lui pour combattre, pour tuer le mal dans sa propre famille, pour sauver deux âmes en danger.

Elle ne comprit pas et voulut savoir. Il répondit : « L'heure n'est pas venue, je vous reverrai bientôt. » Et il partit brusquement.

L'hiver alors touchait à sa fin, un hiver pourri, comme on dit aux champs, humide et tiède.

L'abbé revint quelques jours plus tard et parla en termes obscurs d'une de ces liaisons indignes entre gens qui devraient être irréprochables. Il appartenait, disait-il, à ceux qui avaient connaissance de ces faits, de les arrêter par tous les moyens. Puis il entra en des considérations élevées, puis, prenant la main de Jeanne, il l'adjura d'ouvrir les yeux, de comprendre et de l'aider.

Elle avait compris, cette fois, mais elle se taisait épouvantée à la pensée de tout ce qui pouvait survenir de pénible dans sa maison tranquille à présent et elle feignit de ne pas savoir ce que l'abbé voulait dire. Alors il n'hésita plus et parla clairement.

« C'est un devoir pénible que je vais accomplir,

madame la comtesse, mais je ne puis faire autrement. Le ministère que je remplis m'ordonne de ne pas vous laisser ignorer ce que vous pouvez empêcher. Sachez donc que votre mari entretient une amitié criminelle avec Mme de Fourville. »

Elle baissa la tête, résignée et sans force.

Le prêtre reprit : « Que comptez-vous faire, maintenant ? »

Alors elle balbutia : « Que voulez-vous que je fasse, monsieur l'abbé ? »

Il répondit violemment : « Vous jeter en travers de cette passion coupable. »

Elle se mit à pleurer ; et d'une voix navrée : « Mais il m'a déjà trompée avec une bonne ; mais il ne m'écoute pas ; il ne m'aime plus ; il me maltraite sitôt que je manifeste un désir qui ne lui convient pas. Que puis-je ? »

Le curé, sans répondre directement, s'écria : « Alors, vous vous inclinez ! Vous vous résignez ! Vous consentez ! L'adultère est sous votre toit ; et vous le tolérez ! Le crime s'accomplit sous vos yeux, et vous détournez le regard ? Êtes-vous une épouse ? une chrétienne ? une mère ? »

Elle sanglotait : « Que voulez-vous que je fasse ? »

Il répliqua : « Tout plutôt que de permettre cette infamie. Tout, vous dis-je. Quittez-le. Fuyez cette maison souillée. »

Elle dit : « Mais je n'ai pas d'argent, monsieur l'abbé ; et puis je suis sans courage, maintenant ; et puis comment partir sans preuves ? Je n'en ai même pas le droit. »

Le prêtre se leva, frémissant : « C'est la lâcheté qui vous conseille, madame, je vous croyais autre.

Vous êtes indigne de la miséricorde de Dieu ! »

Elle tomba à ses genoux : « Oh ! je vous en prie, ne m'abandonnez pas, conseillez-moi ! »

Il prononça d'une voix brève : « Ouvrez les yeux de M. de Fourville. C'est à lui qu'il appartient de rompre cette liaison. »

A cette pensée une épouvante la saisit : « Mais il les tuerait, monsieur l'abbé ! Et je commettrais une dénonciation ! Oh ! pas cela, jamais ! »

Alors, il leva la main comme pour la maudire, tout soulevé de colère : « Restez dans votre honte et dans votre crime ; car vous êtes plus coupable qu'eux. Vous êtes l'épouse complaisante ! Je n'ai plus rien à faire ici. »

Et il s'en alla, si furieux que tout son corps tremblait.

Elle le suivit éperdue, prête à céder, commençant à promettre. Mais il demeurait vibrant d'indignation, marchant à pas rapides en secouant de rage son grand parapluie bleu presque aussi haut que lui.

Il aperçut Julien debout près de la barrière, dirigeant des travaux d'ébranchage ; alors il tourna à gauche pour traverser la ferme des Couillard ; et il répétait : « Laissez-moi, madame, je n'ai plus rien à vous dire. »

Juste sur son chemin, au milieu de la cour, un tas d'enfants, ceux de la maison et ceux des voisins attroupés autour de la loge de la chienne Mirza, contemplaient curieusement quelque chose, avec une attention concentrée et muette. Au milieu d'eux le baron, les mains derrière le dos, regardait aussi avec curiosité. On eût dit un maître d'école. Mais, quand il vit de loin le prêtre, il s'en alla pour éviter de le rencontrer, de le saluer, de lui parler.

Jeanne disait, suppliante : « Laissez-moi quelques jours, monsieur l'abbé, et revenez au château. Je vous raconterai ce que j'aurai pu faire, et ce que j'aurai préparé ; et nous aviserons. »

Ils arrivaient alors auprès du groupe des enfants ; et le curé s'approcha pour voir ce qui les intéressait ainsi. C'était la chienne qui mettait bas. Devant sa niche cinq petits grouillaient déjà autour de la mère qui les léchait avec tendresse, étendue sur le flanc, tout endolorie. Au moment où le prêtre se penchait, la bête crispée s'allongea et un sixième petit toutou parut. Tous les galopins alors, saisis de joie, se mirent à crier en battant des mains : « En v'là encore un, en v'là encore un ! » C'était un jeu pour eux, un jeu naturel où rien d'impur n'entrait. Ils contemplaient cette naissance comme ils auraient regardé tomber des pommes.

L'abbé Tolbiac demeura d'abord stupéfait, puis, saisi d'une fureur irrésistible, il leva son grand parapluie et se mit à frapper dans le tas des enfants sur les têtes, de toute sa force. Les galopins effarés s'enfuirent à toutes jambes ; et il se trouva subitement en face de la chienne en gésine qui s'efforçait de se lever. Mais il ne la laissa pas même se dresser sur ses pattes, et, la tête perdue, il commença à l'assommer à tour de bras. Enchaînée, elle ne pouvait s'enfuir, et gémissait affreusement en se débattant sous les coups. Il cassa son parapluie. Alors, les mains vides, il monta dessus, la piétinant avec frénésie, la pilant, l'écrasant. Il lui fit mettre au monde un dernier petit qui jaillit sous la pression ; et il acheva, d'un talon forcené, le corps

saignant qui remuait encore au milieu des nou-
veau-nés piaulants, aveugles et lourds, cherchant
déjà les mamelles.

Jeanne s'était sauvée ; mais le prêtre soudain se
sentit pris au cou, un soufflet fit sauter son tricorne ; et le baron, exaspéré, l'emporta jusqu'à la
barrière et le jeta sur la route.

Quand M. Le Perthuis se retourna, il aperçut sa
fille à genoux, sanglotant au milieu des petits
chiens et les recueillant dans sa jupe. Il revint vers
elle à grands pas, en gesticulant, et il criait : « Le
voilà, le voilà, l'homme en soutane ! L'as-tu vu,
maintenant ? »

Les fermiers étaient accourus, tout le monde
regardait la bête éventrée ; et la mère Couillard
déclara : « C'est-il possible d'être sauvage comme
ça ! »

Mais Jeanne avait ramassé les sept petits et
prétendait les élever.

On essaya de leur donner du lait ; trois mouru-
rent le lendemain. Alors le père Simon courut le
pays pour découvrir une chienne allaitant. Il n'en
trouva pas, mais il rapporta une chatte en affirmant
qu'elle ferait l'affaire. On tua donc trois autres
petits et on confia le dernier à cette nourrice d'une
autre race. Elle l'adopta immédiatement, et lui
tendit sa mamelle en se couchant sur le côté.

Pour qu'il n'épuisât point sa mère adoptive, on
sevra le chien quinze jours après, et Jeanne se
chargea de le nourrir elle-même au biberon. Elle
l'avait nommé Toto. Le baron changea son nom
d'autorité, et le baptisa « Massacre ».

Le prêtre ne revint pas, mais, le dimanche suivant, il lança du haut de la chaire des imprécations,

des malédictions et des menaces contre le château, disant qu'il faut porter le fer rouge dans les plaies, anathématisant le baron qui s'en amusa, et marquant d'une allusion voilée, encore timide, les nouvelles amours de Julien. Le vicomte fut exaspéré, mais la crainte d'un scandale affreux éteignit sa colère.

Alors, de prône en prône, le prêtre continua l'annonce de sa vengeance, prédisant que l'heure de Dieu approchait, que tous ses ennemis seraient frappés.

Julien écrivit à l'archevêque une lettre respectueuse mais énergique. L'abbé Tolbiac fut menacé d'une disgrâce. Il se tut.

On le rencontrait maintenant faisant de longues courses solitaires, à pas allongés, avec un air exalté. Gilberte et Julien dans leurs promenades à cheval l'apercevaient à tout moment, parfois au loin comme un point noir au bout d'une plaine ou sur le bord de la falaise, parfois lisant son bréviaire dans quelque étroit vallon où ils allaient entrer. Ils tournaient bride alors pour ne point passer près de lui.

Le printemps était venu, ravivant leur amour, les jetant chaque jour aux bras l'un de l'autre, tantôt ici, tantôt là, sous tout abri où les portaient leurs courses.

Comme les feuilles des arbres étaient encore claires, et l'herbe humide, et qu'ils ne pouvaient, ainsi qu'au cœur de l'été, s'enfoncer dans les taillis des bois, ils avaient adopté le plus souvent, pour cacher leurs étreintes, la cabane ambulante d'un berger, abandonnée depuis l'automne au sommet de la côte de Vaucotte.

Elle restait là toute seule, haute sur ses roues, à

cinq cents mètres de la falaise, juste au point où commençait la descente rapide du vallon. Ils ne pouvaient être surpris dedans, car ils dominaient la plaine ; et les chevaux attachés aux brancards attendaient qu'ils fussent las de baisers.

Mais voilà qu'un jour, au moment où ils quittaient ce refuge, ils aperçurent l'abbé Tolbiac assis presque caché dans les joncs marins de la côte. « Il faudra laisser nos chevaux dans le ravin, dit Julien, ils pourraient nous dénoncer de loin. » Et ils prirent l'habitude d'attacher les bêtes dans un repli du val plein de broussailles.

Puis un soir, comme ils rentraient tous deux à la Vrillette où ils devaient dîner avec le comte, ils rencontrèrent le curé d'Étouvent qui sortait du château. Il se rangea pour les laisser passer ; et salua sans qu'ils rencontrassent ses yeux.

Une inquiétude les saisit qui se dissipa bientôt.

Or Jeanne, un après-midi, lisait auprès du feu par un grand coup de vent (c'était au commencement de mai), quand elle aperçut soudain le comte de Fourville qui s'en venait à pied et si vite qu'elle crut un malheur arrivé.

Elle descendit vivement pour le recevoir et, quand elle fut en face de lui, elle le pensa devenu fou. Il était coiffé d'une grosse casquette fourrée qu'il ne portait que chez lui, vêtu de sa blouse de chasse, et si pâle que sa moustache rousse, qui ne tranchait point d'ordinaire sur son teint coloré, semblait une flamme. Et ses yeux étaient hagards, roulaient, comme vides de pensée.

Il balbutia : « Ma femme est ici, n'est-ce pas ? » Jeanne, perdant la tête, répondit : « Mais non, je ne l'ai point vue aujourd'hui. »

217

Alors il s'assit, comme si ses jambes se fussent brisées, il ôta sa coiffure et s'essuya le front avec son mouchoir, plusieurs fois, par un geste machinal ; puis se relevant d'une secousse, il s'avança vers la jeune femme, les deux mains tendues, la bouche ouverte, prêt à parler, à lui confier quelque affreuse douleur ; puis il s'arrêta, la regarda fixement, prononça dans une sorte de délire : « Mais c'est votre mari... vous aussi... » Et il s'enfuit du côté de la mer.

Jeanne courut pour l'arrêter, l'appelant, l'implorant, le cœur crispé de terreur, pensant : « Il sait tout ! que va-t-il faire ? Oh ! pourvu qu'il ne les trouve point ! »

Mais elle ne le pouvait atteindre, et il ne l'écoutait pas. Il allait devant lui sans hésiter, sûr de son but. Il franchit le fossé, puis enjambant les joncs marins à pas de géant, il gagna la falaise.

Jeanne, debout sur le talus planté d'arbres, le suivit longtemps des yeux ; puis, le perdant de vue, elle rentra, torturée d'angoisse.

Il avait tourné vers la droite, et s'était mis à courir. La mer houleuse roulait ses vagues ; les gros nuages tout noirs arrivaient d'une vitesse folle, passaient, suivis par d'autres ; et chacun d'eux criblait la côte d'une averse furieuse. Le vent sifflait, geignait, rasait l'herbe, couchait les jeunes récoltes, emportait, pareils à des flocons d'écume, de grands oiseaux blancs qu'il entraînait au loin dans les terres.

Les grains, qui se succédaient, fouettaient le visage du comte, trempaient ses joues et ses moustaches où l'eau glissait, emplissaient de bruit ses oreilles et son cœur de tumulte.

Là-bas, devant lui, le val de Vaucotte ouvrait sa gorge profonde. Rien jusque-là qu'une hutte de berger auprès d'un parc à moutons vide. Deux chevaux étaient attachés aux brancards de la maison roulante. — Que pouvait-on craindre par cette tempête ?

Dès qu'il les eut aperçus, le comte se coucha contre terre, puis il se traîna sur les mains et sur les genoux, semblable à une sorte de monstre avec son grand corps souillé de boue et sa coiffure en poil de bête. Il rampa jusqu'à la cabane solitaire et se cacha dessous pour n'être point découvert par les fentes des planches.

Les chevaux, l'ayant vu, s'agitaient. Il coupa lentement leurs brides avec son couteau qu'il tenait ouvert à la main et une bourrasque étant survenue, les animaux s'enfuirent harcelés par la grêle qui cinglait le toit penché de la maison de bois, la faisant trembler sur ses roues.

Le comte alors, redressé sur les genoux, colla son œil au bas de la porte, en regardant dedans.

Il ne bougeait plus ; il semblait attendre. Un temps assez long s'écoula ; et tout à coup il se releva, fangeux de la tête aux pieds. Avec un geste forcené il poussa le verrou qui fermait l'auvent au-dehors, et, saisissant les brancards, il se mit à secouer cette niche comme s'il eût voulu la briser en pièces. Puis soudain, il s'attela, pliant sa haute taille dans un effort désespéré, tirant comme un bœuf, et haletant ; et il entraîna, vers la pente rapide, la maison voyageuse et ceux qu'elle enfermait.

Ils criaient là-dedans, heurtant la cloison du poing, ne comprenant pas ce qui leur arrivait.

Lorsqu'il fut en haut de la descente, il lâcha la légère demeure qui se mit à rouler sur la côte inclinée.

Elle précipitait sa course, emportée follement, allant toujours plus vite, sautant, trébuchant comme une bête, battant la terre de ses brancards.

Un vieux mendiant, blotti dans un fossé, la vit passer d'un élan sur sa tête ; et il entendit des cris affreux poussés dans le coffre de bois.

Tout à coup elle perdit une roue arrachée d'un heurt, s'abattit sur le flanc et se remit à dévaler comme une boule, comme une maison déracinée dégringolerait du sommet d'un mont. Puis, arrivant au rebord du dernier ravin, elle bondit en décrivant une courbe, et, tombant au fond, s'y creva comme un œuf.

Dès qu'elle se fut brisée sur le sol de pierre, le vieux mendiant, qui l'avait vue passer, descendit à petits pas à travers les ronces ; et, mû par sa prudence de paysan, n'osant approcher du coffre éventré, il alla jusqu'à la ferme voisine annoncer l'accident.

On accourut ; on souleva les débris ; on aperçut deux corps. Ils étaient meurtris, broyés, saignants. L'homme avait le front ouvert et toute la face écrasée. La mâchoire de la femme pendait, détachée dans un choc ; et leurs membres cassés étaient mous comme s'il n'y avait plus d'os sous la chair.

On les reconnut cependant ; et on se mit à raisonner longuement sur les causes de ce malheur.

« Qué qui faisaient dans c'té cahute ? » dit une

femme. Alors, le vieux pauvre raconta qu'ils s'étaient apparemment réfugiés là-dedans pour se mettre à l'abri d'une bourrasque, et que le vent furieux avait dû chavirer et précipiter la cabane. Et il expliquait que lui-même allait s'y cacher quand il avait vu les chevaux attachés aux brancards, et compris par là que la place était occupée.

Il ajouta d'un air satisfait : « Sans ça, c'est moi qu'j'y passais. » Une voix dit : « Ça aurait-il pas mieux valu ? » Alors, le bonhomme se mit dans une colère terrible : « Pourquoi qu'ça aurait mieux valu ? Parce qu'je sieus pauvre et qu'i sont riches ! Guettez-les, à c't'heure... » Et, tremblant, déguenillé, ruisselant d'eau, sordide avec sa barbe mêlée et ses longs cheveux coulant du chapeau défoncé, il montrait les deux cadavres du bout de son bâton crochu ; et il déclara : « J'sommes tous égaux, là devant. »

Mais d'autres paysans étaient venus, et regardaient de coin, d'un œil inquiet, sournois, effrayé, égoïste et lâche. Puis on délibéra sur ce qu'on ferait ; et il fut décidé, dans l'espoir d'une récompense, que les corps seraient reportés aux châteaux. On attela donc deux carrioles. Mais une nouvelle difficulté surgit. Les uns voulaient simplement garnir de paille le fond des voitures ; les autres étaient d'avis d'y placer des matelas par convenance.

La femme qui avait déjà parlé cria : « Mais y s'ront pleins d'sang, ces matelas, qu'y faudra les r'laver à l'ieau de javelle. »

Alors, un gros fermier à face réjouie répondit : « Y les paieront donc. Plus qu'ça vaudra, plus qu'ça sera cher. » L'argument fut décisif.

Et les deux carrioles, haut perchées sur des roues sans ressorts, partirent au trot, l'une à droite, l'autre à gauche, secouant et ballottant à chaque cahot des grandes ornières ces restes d'êtres qui s'étaient étreints et qui ne se rencontreraient plus.

Le comte, dès qu'il avait vu rouler la cabane sur la dure descente, s'était enfui de toute la vitesse de ses jambes à travers la pluie et les bourrasques. Il courut ainsi pendant plusieurs heures, coupant les routes, sautant les talus, crevant les haies ; et il était rentré chez lui à la tombée du jour, sans savoir comment.

Les domestiques effarés l'attendaient et lui annoncèrent que les deux chevaux venaient de revenir sans cavaliers, celui de Julien ayant suivi l'autre.

Alors M. de Fourville chancela ; et d'une voix entrecoupée : « Il leur sera arrivé quelque accident par ce temps affreux. Que tout le monde se mette à leur recherche. »

Il repartit lui-même ; mais, dès qu'il fut hors de vue, il se cacha sous une ronce, guettant la route par où allait revenir morte, ou mourante, ou peut-être estropiée, défigurée à jamais, celle qu'il aimait encore d'une passion sauvage.

Et bientôt, une carriole passa devant lui, qui portait quelque chose d'étrange.

Elle s'arrêta devant le château, puis entra. C'était cela, oui, c'était Elle ; mais une angoisse effroyable le cloua sur place, une peur horrible de savoir, une épouvante de la vérité ; et il ne remuait plus, blotti comme un lièvre, tressaillant au moindre bruit.

Il attendit une heure, deux heures peut-être. La carriole ne sortait pas. Il se dit que sa femme expirait ; et la pensée de la voir, de rencontrer son regard, l'emplit d'une telle horreur, qu'il craignit soudain d'être découvert dans sa cachette et forcé de rentrer pour assister à cette agonie, et qu'il s'enfuit encore jusqu'au milieu du bois. Alors, tout à coup, il réfléchit qu'elle avait peut-être besoin de secours, que personne sans doute ne pouvait la soigner ; et il revint en courant éperdument.

Il rencontra, en rentrant, son jardinier et lui cria : « Eh bien ? » L'homme n'osait pas répondre. Alors, M. de Fourville hurlant presque : « Est-elle morte ? » Et le serviteur balbutia : « Oui, monsieur le comte. »

Il ressentit un soulagement immense. Un calme brusque entra dans son sang et dans ses muscles vibrants ; et il monta d'un pas ferme les marches de son grand perron.

L'autre carriole avait gagné les Peuples. Jeanne de loin l'aperçut, vit le matelas, devina qu'un corps gisait dessus, et comprit tout. Son émotion fut si vive qu'elle s'affaissa sans connaissance.

Quand elle reprit ses sens, son père lui tenait la tête et lui mouillait les tempes de vinaigre. Il demanda en hésitant : « Tu sais ?... » Elle murmura : « Oui, père. » Mais, quand elle voulut se lever, elle ne le put tant elle souffrait.

Le soir même elle accoucha d'un enfant mort : d'une fille.

Elle ne vit rien de l'enterrement de Julien ; elle n'en sut rien. Elle s'aperçut seulement au bout d'un jour ou deux que tante Lison était revenue ; et, dans les cauchemars fiévreux qui la hantaient, elle cherchait obstinément à se rappeler depuis quand la vieille fille était repartie des Peuples, à quelle époque, dans quelles circonstances. Elle n'y pouvait parvenir, même en ses heures de lucidité, sûre seulement qu'elle l'avait vue après la mort de petite mère.

XI

ELLE demeura trois mois dans sa chambre, devenue si faible et si pâle qu'on la croyait et qu'on la disait perdue. Puis peu à peu elle se ranima. Petit père et tante Lison ne la quittaient pas, installés tous deux aux Peuples. Elle avait gardé de cette secousse une maladie nerveuse ; le moindre bruit la faisait défaillir, et elle tombait en de longues syncopes provoquées par les causes les plus insignifiantes.

Jamais elle n'avait demandé de détails sur la mort de Julien. Que lui importait ? N'en savait-elle pas assez ? Tout le monde croyait à un accident, mais elle ne s'y trompait pas ; et elle gardait en son cœur ce secret qui la torturait : la connaissance de l'adultère, et la vision de cette brusque et terrible visite du comte, le jour de la catastrophe.

Voilà que maintenant son âme était pénétrée par des souvenirs attendris, doux et mélancoliques, des courtes joies d'amour que lui avait autrefois données son mari. Elle tressaillait à tout moment à des réveils inattendus de sa mémoire ; et elle le revoyait tel qu'il avait été en ces jours de fiançailles, et tel aussi qu'elle l'avait chéri en ses seules heures de passion écloses sous le grand soleil de la Corse. Tous les défauts diminuaient, toutes les duretés disparaissaient, les infidélités elles-mêmes s'atténuaient maintenant dans l'éloignement grandissant du tombeau fermé. Et Jeanne, envahie par une sorte de vague gratitude posthume pour cet homme qui l'avait tenue en ses bras, pardonnait les souffrances passées pour ne songer qu'aux moments heureux. Puis le temps marchant toujours et les mois tombant sur les mois poudrèrent d'oubli, comme d'une poussière accumulée, toutes ses réminiscences et ses douleurs ; et elle se donna tout entière à son fils.

Il devint l'idole, l'unique pensée des trois êtres réunis autour de lui ; et il régnait en despote. Une sorte de jalousie se déclara même entre ces trois esclaves qu'il avait, Jeanne regardant nerveusement les grands baisers donnés au baron après les séances de cheval sur un genou. Et tante Lison négligée par lui comme elle l'avait toujours été par tout le monde, traitée parfois en bonne par ce maître qui ne parlait guère encore, s'en allait pleurer dans sa chambre en comparant les insignifiantes caresses mendiées par elle et obtenues à peine aux étreintes qu'il gardait pour sa mère et pour son grand-père.

Deux années tranquilles, sans aucun événement, passèrent dans la préoccupation incessante de l'enfant. Au commencement du troisième hiver, on décida qu'on irait habiter Rouen jusqu'au printemps ; et toute la famille émigra. Mais, en arrivant dans l'ancienne maison abandonnée et humide,

Paul eut une bronchite si grave qu'on craignit une pleurésie ; et les trois parents éperdus déclarèrent qu'il ne pouvait se passer de l'air des Peuples. On l'y ramena dès qu'il fut guéri.

Alors commença une série d'années monotones et douces.

Toujours ensemble autour du petit, tantôt dans sa chambre, tantôt dans le grand salon, tantôt dans le jardin, ils s'extasiaient sur ses bégaiements, sur ses expressions drôles, sur ses gestes.

Sa mère l'appelait Paulet par câlinerie, il ne pouvait articuler ce mot et le prononçait Poulet, ce qui éveillait des rires interminables. Le surnom de Poulet lui resta. On ne le désignait plus autrement.

Comme il grandissait vite, une des passionnantes occupations des trois parents que le baron appelait « ses trois mères » était de mesurer sa taille.

On avait tracé sur le lambris contre la porte du salon une série de petits traits au canif indiquant de mois en mois le progrès de sa croissance. Cette échelle, baptisée « échelle de Poulet », tenait une place considérable dans l'existence de tout le monde.

Puis un nouvel individu vint jouer un rôle important dans la famille, le chien « Massacre », négligé par Jeanne préoccupée uniquement de son fils. Nourri par Ludivine et logé dans un vieux baril devant l'écurie, il vivait solitaire, toujours à la chaîne.

Paul un matin le remarqua, et se mit à crier pour aller l'embrasser. On l'y conduisit avec des craintes infinies. Le chien fit fête à l'enfant qui beugla quand on voulut les séparer. Alors Massacre fut lâché et installé dans la maison.

Il devint l'inséparable de Paul, l'ami de tous les instants. Ils se roulaient ensemble, dormaient côte à côte sur le tapis. Puis bientôt Massacre coucha dans le lit de son camarade qui ne consentait plus à le quitter. Jeanne se désolait parfois à cause des puces ; et tante Lison en voulait au chien de prendre une si grosse part de l'affection du petit, de l'affection volée par cette bête, lui semblait-il, de l'affection qu'elle aurait tant désirée.

De rares visites étaient échangées avec les Briseville et les Coutelier. Le maire et le médecin troublaient seuls régulièrement la solitude du vieux château. Jeanne, depuis le meurtre de la chienne et les soupçons que lui avait inspirés le prêtre lors de la mort horrible de la comtesse et de Julien, n'entrait plus à l'église, irritée contre le Dieu qui pouvait avoir de pareils ministres.

L'abbé Tolbiac, de temps à autre, anathématisait en des allusions directes le château hanté par l'Esprit du Mal, l'Esprit d'Éternelle Révolte, l'Esprit d'Erreur et de Mensonge, l'Esprit d'Iniquité, l'Esprit de Corruption et d'Impureté. Il désignait ainsi le baron.

Son église d'ailleurs était désertée ; et, quand il allait le long des champs où les laboureurs poussaient leur charrue, les paysans ne s'arrêtaient pas pour lui parler, ne se détournaient point pour le saluer. Il passait en outre pour sorcier, parce qu'il avait chassé le démon d'une femme possédée. Il connaissait, disait-on, des paroles mystérieuses pour écarter les sorts, qui n'étaient, selon lui, que des espèces de farces de Satan. Il imposait les mains aux vaches qui donnaient du lait bleu ou qui portaient la queue en cercle, et par quelques mots inconnus il faisait retrouver les objets perdus.

Son esprit étroit et fanatique s'adonnait avec passion à l'étude des livres religieux contenant l'histoire des apparitions du Diable sur la terre, les diverses manifestations de son pouvoir, ses influences occultes et variées, toutes les ressources qu'il avait, et les tours ordinaires de ses ruses. Et comme il se croyait appelé particulièrement à combattre cette Puissance mystérieuse et fatale, il avait appris toutes les formules d'exorcisme indiquées dans les manuels ecclésiastiques.

Il croyait sans cesse sentir errer dans l'ombre le Malin Esprit ; et la phrase latine revenait à tout moment sur ses lèvres : *Sicut leo rugiens circuit quaerens quem devoret.*

Alors une crainte se répandit, une terreur de sa force cachée. Ses confrères eux-mêmes, prêtres ignorants des campagnes, pour qui Belzébuth est article de foi, qui, troublés par les prescriptions minutieuses des rites en cas de manifestation de cette puissance du mal, en arrivent à confondre la religion avec la magie, considéraient l'abbé Tolbiac comme un peu sorcier ; et ils le respectaient autant pour le pouvoir obscur qu'ils lui supposaient que pour l'inattaquable austérité de sa vie.

Quand il rencontrait Jeanne, il ne la saluait pas.

Cette situation inquiétait et désolait tante Lison, qui ne comprenait point, en son âme craintive de vieille fille, qu'on n'allât pas à l'église. Elle était pieuse sans doute, sans doute elle se confessait et communiait ; mais personne ne le savait, ne cherchait à le savoir.

Quand elle se trouvait seule, toute seule avec

Paul, elle lui parlait, tout bas, du bon Dieu. Il l'écoutait à peu près quand elle lui racontait les histoires miraculeuses des premiers temps du monde ; mais, quand elle lui disait qu'il faut aimer, beaucoup, beaucoup le bon Dieu, il répondait parfois : « Où qu'il est, tante ? » Alors elle montrait le ciel avec son doigt : « Là-haut, Poulet, mais il ne faut pas le dire. » Elle avait peur du baron.

Mais un jour Poulet lui déclara : « Le bon Dieu, il est partout, mais il est pas dans l'église. » Il avait parlé à son grand-père des révélations mystérieuses de tante.

L'enfant prenait dix ans ; sa mère semblait en avoir quarante. Il était fort, turbulent, hardi pour grimper dans les arbres, mais il ne savait pas grand-chose. Les leçons l'ennuyant, il les interrompait tout de suite. Et, toutes les fois que le baron le retenait un peu longtemps devant un livre, Jeanne aussitôt arrivait, disant : « Laisse-le donc jouer maintenant. Il ne faut pas le fatiguer, il est si jeune. » Pour elle, il avait toujours six mois ou un an. C'est à peine si elle se rendait compte qu'il marchait, courait, parlait comme un petit homme ; et elle vivait dans une peur constante qu'il ne tombât, qu'il n'eût froid, qu'il n'eût chaud en s'agitant, qu'il ne mangeât trop pour son estomac, ou trop peu pour sa croissance.

Quand il eut douze ans, une grosse difficulté surgit ; celle de la première communion.

Lise un matin vint trouver Jeanne et lui représenta qu'on ne pouvait laisser plus longtemps le petit sans instruction religieuse et sans remplir ses premiers devoirs. Elle argumenta de toutes les façons, invoquant mille raisons, et, avant tout, l'opinion des gens qu'ils voyaient. La mère, troublée, indécise, hésitait, affirmant qu'on pouvait attendre encore.

Mais un mois plus tard, comme elle rendait une visite à la vicomtesse de Briseville, cette dame lui demanda par hasard : « C'est cette année sans doute que votre Paul va faire sa première communion. » Et Jeanne, prise au dépourvu, répondit : « Oui, madame. » Ce simple mot la décida, et, sans en rien confier à son père, elle pria Lise de conduire l'enfant au catéchisme.

Pendant un mois tout alla bien ; mais Poulet revint un soir avec la gorge enrouée. Et le lendemain il toussait. Sa mère affolée l'interrogea, et elle apprit que le curé l'avait envoyé attendre la fin de la leçon à la porte de l'église dans le courant d'air du porche, parce qu'il s'était mal tenu.

Elle le garda donc chez elle, et lui fit apprendre elle-même cet alphabet de la religion. Mais l'abbé Tolbiac, malgré les supplications de Lison, refusa de l'admettre parmi les communiants, comme étant insuffisamment instruit.

Il en fut de même l'an suivant. Alors le baron exaspéré jura que l'enfant n'avait pas besoin de croire à cette niaiserie, à ce symbole puéril de la transsubstantiation, pour être un honnête homme ; et il fut décidé qu'il serait élevé en chrétien, mais non pas en catholique pratiquant, et qu'à sa majorité il demeurerait libre de devenir ce qu'il lui plairait.

Et Jeanne, quelque temps après, ayant fait une visite aux Briseville, n'en reçut point en retour. Elle s'étonna, connaissant la méticuleuse politesse de ses voisins ; mais la marquise de Coutelier lui

231

révéla avec hauteur la raison de cette abstention.

Se regardant, par la situation de son mari, et par son titre bien authentique, et par sa fortune considérable, comme une sorte de reine de la noblesse normande, la marquise gouvernait en vraie reine, parlait en liberté, se montrait gracieuse ou cassante, selon les occasions, admonestait, redressait, félicitait à tout propos. Jeanne donc s'étant présentée chez elle, cette dame, après quelques paroles glaciales, prononça d'un ton sec : « La société se divise en deux classes : les gens qui croient en Dieu et ceux qui n'y croient pas. Les uns, même les plus humbles, sont nos amis, nos égaux ; les autres ne sont rien pour nous. »

Jeanne, sentant l'attaque, répliqua : « Mais ne peut-on croire à Dieu sans fréquenter les églises ? »

La marquise répondit : « Non, madame ; les fidèles vont prier Dieu dans son église comme on va trouver les hommes en leurs demeures. »

Jeanne blessée reprit : « Dieu est partout, madame. Quant à moi qui crois, du fond du cœur, à sa bonté, je ne le sens plus présent quand certains prêtres se trouvent entre lui et moi. »

La marquise se leva : « Le prêtre porte le drapeau de l'Église, madame ; quiconque ne suit pas le drapeau est contre lui, et contre nous. »

Jeanne s'était levée à son tour, frémissante : « Vous croyez, madame, au Dieu d'un parti. Moi, je crois au Dieu des honnêtes gens. »

Elle salua et sortit.

Les paysans aussi la blâmaient entre eux de n'avoir point fait faire à Poulet sa première communion. Ils n'allaient point aux offices, n'approchaient point des sacrements, ou bien ne les recevaient qu'à Pâques selon les prescriptions formelles de l'Église ; mais pour les mioches, c'était autre chose ; et tous auraient reculé devant l'audace d'élever un enfant hors de cette loi commune, parce que la Religion, c'est la Religion.

Elle vit bien cette réprobation, et s'indigna en son âme de toutes ces pactisations, de ces arrangements de conscience, de cette universelle peur de tout, de la grande lâcheté gîtée au fond de tous les cœurs, et parée, quand elle se montre, de tant de masques respectables.

Le baron prit la direction des études de Paul, et le mit au latin. La mère n'avait plus qu'une recommandation : « Surtout ne le fatigue pas » ; et elle rôdait, inquiète, près de la chambre aux leçons, petit père lui en ayant interdit l'entrée parce qu'elle interrompait à tout instant l'enseignement pour demander : « Tu n'as pas froid aux pieds, Poulet ? » Ou bien : « Tu n'as pas mal à la tête, Poulet ? » Ou bien pour arrêter le maître : « Ne le fais pas tant parler, tu vas lui fatiguer la gorge. »

Dès que le petit était libre, il descendait jardiner avec mère et tante. Ils avaient maintenant un grand amour pour la culture de la terre ; et tous trois plantaient des jeunes arbres au printemps, semaient des graines dont l'éclosion et la poussée les passionnaient, taillaient des branches, coupaient des fleurs pour faire des bouquets.

Le plus grand souci du jeune homme était la production des salades. Il dirigeait quatre grands carrés du potager où il élevait avec un soin extrême Laitues, Romaines, Chicorées, Barbes-de-capucin, Royales, toutes les espèces connues de ces feuilles comestibles. Il bêchait, arrosait, sarclait, repiquait, aidé de ses deux mères qu'il faisait travailler comme des femmes de journée. On les voyait pendant des heures entières à genoux dans les plates-bandes, maculant leurs robes et leurs mains occupées à introduire la racine des jeunes plantes en des trous qu'elles creusaient d'un seul doigt piqué d'aplomb dans la terre.

Poulet devenait grand, il atteignait quinze ans ; et l'échelle du salon marquait un mètre cinquante-huit. Mais il restait enfant d'esprit, ignorant, niais, étouffé entre ces deux jupes et ce vieil homme aimable qui n'était plus du siècle.

Un soir enfin le baron parla du collège ; et Jeanne aussitôt se mit à sangloter. Tante Lison effarée se tenait dans un coin sombre.

La mère répondait : « Qu'a-t-il besoin de tant savoir. Nous en ferons un homme des champs, un gentilhomme campagnard. Il cultivera ses terres comme font beaucoup de nobles. Il vivra et vieillira heureux dans cette maison où nous aurons vécu avant lui, où nous mourrons. Que peut-on demander de plus ? »

Mais le baron hochait la tête. « Que répondras-tu s'il vient te dire, lorsqu'il aura vingt-cinq ans : Je ne suis rien, je ne sais rien par ta faute, par la faute de ton égoïsme maternel. Je me sens incapable de travailler, de devenir quelqu'un, et pourtant je n'étais pas fait pour la vie obscure, humble, et triste à mourir, à laquelle ta tendresse imprévoyante m'a condamné. »

Elle pleurait toujours, implorant son fils. « Dis, Poulet, tu ne me reprocheras jamais de t'avoir trop aimé, n'est-ce pas ? »

Et le grand enfant surpris promettait : « Non, maman. »

« Tu me le jures ?

— Oui, maman.

— Tu veux rester ici, n'est-ce pas ?

— Oui, maman. »

Alors le baron parla ferme et haut : « Jeanne, tu n'as pas le droit de disposer de cette vie. Ce que tu fais là est lâche et presque criminel ; tu sacrifies ton enfant à ton bonheur particulier. »

Elle cacha sa figure dans ses mains, poussant des sanglots précipités, et elle balbutiait dans ses larmes : « J'ai été si malheureuse... si malheureuse ! Maintenant que je suis tranquille avec lui, on me l'enlève... Qu'est-ce que je deviendrai... toute seule... à présent ?... »

Son père se leva, vint s'asseoir auprès d'elle, la prit dans ses bras. « Et moi, Jeanne ? » Elle le saisit brusquement par le cou, l'embrassa avec violence, puis, toute suffoquée encore, elle articula au milieu d'étranglements : « Oui. Tu as raison... peut-être... petit père. J'étais folle, mais j'ai tant souffert. Je veux bien qu'il aille au collège. »

Et, sans trop comprendre ce qu'on allait faire de lui, Poulet, à son tour, se mit à larmoyer.

Alors ses trois mères l'embrassant, le câlinant, l'encouragèrent. Et lorsqu'on monta se coucher, tous avaient le cœur serré et tous pleurèrent dans leurs lits, même le baron qui s'était contenu.

Il fut décidé qu'à la rentrée on mettrait le jeune homme au collège du Havre ; et il eut, pendant tout l'été, plus de gâteries que jamais.

Sa mère gémissait souvent à la pensée de la séparation. Elle prépara son trousseau comme s'il allait entreprendre un voyage de dix ans ; puis, un matin d'octobre, après une nuit sans sommeil, les deux femmes et le baron montèrent avec lui dans la calèche qui partit au trot des deux chevaux.

On avait déjà choisi, dans un autre voyage, sa place au dortoir et sa place en classe. Jeanne, aidée de tante Lison, passa tout le jour à ranger les hardes dans la petite commode. Comme le meuble ne contenait pas le quart de ce qu'on avait apporté, elle alla trouver le proviseur pour en obtenir un second. L'économe fut appelé ; il représenta que tant de linges et d'effets ne feraient que gêner sans servir jamais ; et il refusa, au nom du règlement, de céder une autre commode. La mère désolée se résolut alors à louer une chambre dans un petit hôtel voisin en recommandant à l'hôtelier d'aller lui-même porter à Poulet tout ce dont il aurait besoin, au premier appel de l'enfant.

Puis on fit un tour sur la jetée pour regarder sortir et entrer les navires.

Le triste soir tomba sur la ville qui s'illuminait peu à peu. On entra pour dîner dans un restaurant. Aucun d'eux n'avait faim ; et ils se regardaient d'un œil humide pendant que les plats défilaient devant eux et s'en retournaient presque pleins.

Puis on se mit en marche lentement vers le collège. Des enfants de toutes les tailles arrivaient de tous les côtés, conduits par leurs familles ou par des domestiques. Beaucoup pleuraient. On entendait un bruit de larmes dans la grande cour à peine éclairée.

Jeanne et Poulet s'étreignirent longtemps. Tante Lison restait derrière, oubliée tout à fait et la figure dans son mouchoir. Mais le baron, qui s'attendrissait, abrégea les adieux en entraînant sa fille. La calèche attendait devant la porte ; ils montèrent dedans tous trois et s'en retournèrent dans la nuit vers les Peuples.

Parfois un gros sanglot passait dans l'ombre.

Le lendemain Jeanne pleura jusqu'au soir. Le jour suivant elle fit atteler le phaéton et partit pour Le Havre. Poulet semblait avoir déjà pris son parti de la séparation. Pour la première fois de sa vie il avait des camarades ; et le désir de jouer le faisait frémir sur sa chaise au parloir.

Jeanne revint ainsi tous les deux jours, et le dimanche pour les sorties. Ne sachant que faire pendant les classes, entre les récréations, elle demeurait assise au parloir, n'ayant ni la force ni le courage de s'éloigner du collège. Le proviseur la fit prier de monter chez lui, et il lui demanda de venir moins souvent. Elle ne tint pas compte de cette recommandation.

Il la prévint alors que, si elle continuait à empêcher son fils de jouer pendant les heures d'ébats, et de travailler en le troublant sans cesse, on se verrait forcé de le lui rendre ; et le baron fut prévenu par un mot. Elle demeura donc gardée à vue aux Peuples, comme une prisonnière.

Elle attendait chaque vacance avec plus d'anxiété que son enfant.

Et une inquiétude incessante agitait son âme. Elle se mit à rôder par le pays, se promenant seule avec le chien Massacre pendant des jours entiers, en rêvassant dans le vide. Parfois elle restait assise durant tout un après-midi à regarder la mer du haut de la falaise ; parfois, elle descendait jusqu'à Yport à travers le bois, refaisant des promenades anciennes dont le souvenir la poursuivait. Comme c'était loin, comme c'était loin, le temps où elle parcourait ce même pays, jeune fille, et grise de rêves.

Chaque fois qu'elle revoyait son fils, il lui semblait qu'ils avaient été séparés pendant dix ans. Il devenait homme de mois en mois ; de mois en mois elle devenait une vieille femme. Son père paraissait son frère, et tante Lison, qui ne vieillissait point, restée fanée dès son âge de vingt-cinq ans, avait l'air d'une sœur aînée.

Poulet ne travaillait guère ; il doubla sa quatrième. La troisième alla tant bien que mal ; mais il fallut recommencer la seconde ; et il se trouva en rhétorique alors qu'il atteignait vingt ans.

Il était devenu un grand garçon blond, avec des favoris déjà touffus et une apparence de moustaches. C'était lui maintenant qui venait aux Peuples chaque dimanche. Comme il prenait depuis longtemps des leçons d'équitation, il louait simplement un cheval et faisait la route en deux heures.

Dès le matin Jeanne partait au-devant de lui avec la tante et le baron qui se courbait peu à peu et marchait ainsi qu'un petit vieux, les mains rejointes derrière son dos comme pour s'empêcher de tomber sur le nez.

Ils allaient tout doucement le long de la route, s'asseyant parfois sur le fossé, et regardant au loin si on n'apercevait pas encore le cavalier. Dès qu'il apparaissait comme un point noir sur la ligne blanche, les trois parents agitaient leurs mouchoirs ; et il mettait son cheval au galop pour arriver comme un ouragan, ce qui faisait palpiter de peur Jeanne et Lison et s'exalter le grand-père qui criait « Bravo » dans un enthousiasme d'impotent.

Bien que Paul eût la tête de plus que sa mère, elle le traitait toujours comme un marmot, lui demandant encore : « Tu n'as pas froid aux pieds, Poulet ? » et, quand il se promenait devant le perron, après déjeuner, en fumant une cigarette, elle ouvrait la fenêtre pour lui crier : « Ne sors pas nu-tête, je t'en supplie, tu vas attraper un rhume de cerveau. »

Et elle frémissait d'inquiétude quand il repartait à cheval dans la nuit : « Surtout ne va pas trop vite, mon petit Poulet, sois prudent, pense à ta pauvre mère qui serait désespérée s'il t'arrivait quelque chose. »

Mais voilà qu'un samedi matin elle reçut une lettre de Paul annonçant qu'il ne viendrait pas le lendemain parce que des amis avaient organisé une partie de plaisir à laquelle il était invité.

Elle fut torturée d'angoisse pendant toute la journée du dimanche comme sous la menace d'un malheur puis, le jeudi, n'y tenant plus, elle partit pour Le Havre.

Il lui parut changé sans qu'elle se rendît compte en quoi. Il semblait animé, parlait d'une voix plus mâle. Et soudain il lui dit, comme une chose toute naturelle : « Sais-tu, maman, puisque tu es venue aujourd'hui, je n'irai pas aux Peuples dimanche prochain, parce que nous recommençons notre fête. »

Elle resta toute saisie, suffoquée comme s'il eût annoncé qu'il partait pour le Nouveau Monde ; puis, quand elle put enfin parler : « Oh ! Poulet, qu'as-tu ? dis-moi, que se passe-t-il ? » Il se mit à rire et l'embrassa : « Mais rien de rien, maman. Je vais m'amuser, avec des amis, c'est de mon âge. »

Elle ne trouva pas un mot à répondre, et, quand elle fut toute seule dans la voiture, des idées singulières l'assaillirent. Elle ne l'avait plus reconnu son Poulet, son petit Poulet de jadis. Pour la première fois elle s'apercevait qu'il était grand, qu'il n'était plus à elle, qu'il allait vivre de son côté sans s'occuper des vieux. Il lui semblait qu'en un jour il s'était transformé. Quoi ! c'était son fils, son pauvre petit enfant qui lui faisait autrefois repiquer des salades, ce fort garçon barbu dont la volonté s'affirmait !

Et pendant trois mois Paul ne vint voir ses parents que de temps en temps, toujours hanté d'un désir évident de repartir au plus vite, cherchant chaque soir à gagner une heure. Jeanne s'effrayait, et le baron sans cesse la consolait répétant : « Laisse-le faire ; il a vingt ans, ce garçon. »

Mais, un matin, un vieil homme assez mal vêtu demanda en français d'Allemagne : « Matame la vicomtesse. » Et, après beaucoup de saluts cérémonieux, il tira de sa poche un portefeuille sordide en déclarant : « Ché un bétit bapier bour fous » ; et il tendit, en le dépliant, un morceau de papier graisseux. Elle lut, relut, regarda le Juif, relut encore et demanda : « Qu'est-ce que cela veut dire ? »

L'homme, obséquieux, expliqua : « Ché fé fous tire. Votre fils il afé pesoin d'un peu d'archent, et comme ché safais que fous êtes une ponne mère, che lui prêté quelque betite chose bour son pesoin. »

Elle tremblait. « Mais pourquoi ne m'en a-t-il pas demandé à moi ? » Le Juif expliqua longuement

240

qu'il s'agissait d'une dette de jeu devant être payée le lendemain avant midi, que Paul n'étant pas encore majeur, personne ne lui aurait rien prêté et que son « honneur été gombromise » sans le « bétit service obligeant » qu'il avait rendu à ce jeune homme.

Jeanne voulait appeler le baron, mais elle ne pouvait se lever tant l'émotion la paralysait. Enfin elle dit à l'usurier : « Voulez-vous avoir la complaisance de sonner ? »

Il hésitait, craignant une ruse. Il balbutia : « Si che fous chêne, che refiendrai. » Elle remua la tête pour dire non. Elle sonna ; et ils attendirent, muets, l'un en face de l'autre.

Quand le baron fut arrivé, il comprit tout de suite la situation. Le billet était de quinze cents francs. Il en paya mille en disant à l'homme entre les yeux : « Surtout ne revenez pas. » L'autre remercia, salua, et disparut.

Le grand-père et la mère partirent aussitôt pour Le Havre ; mais en arrivant au collège, ils apprirent que depuis un mois Paul n'y était point venu. Le principal avait reçu quatre lettres signées de Jeanne pour annoncer un malaise de son élève, et ensuite pour donner des nouvelles. Chaque lettre était accompagnée d'un certificat de médecin ; le tout faux, naturellement. Ils furent atterrés, et ils restaient là, se regardant.

Le principal, désolé, les conduisit chez le commissaire de police. Les deux parents couchèrent à l'hôtel.

Le lendemain on retrouva le jeune homme chez une fille entretenue de la ville. Son grand-père et sa mère l'emmenèrent aux Peuples sans qu'un mot fût échangé entre eux tout le long de la route. Jeanne pleurait, la figure dans son mouchoir. Paul regardait la campagne d'un air indifférent.

En huit jours on découvrit que pendant les trois derniers mois il avait fait quinze mille francs de dettes. Les créanciers ne s'étaient point montrés d'abord, sachant qu'il serait bientôt majeur.

Aucune explication n'eut lieu. On voulait le reconquérir par la douceur. On lui faisait manger des mets délicats, on le choyait, on le gâtait. C'était au printemps ; on lui loua un bateau à Yport, malgré les terreurs de Jeanne, pour qu'il pût faire à son gré des promenades en mer.

On ne lui laissait point de cheval de crainte qu'il n'allât au Havre.

Il demeurait désœuvré, irritable, parfois brutal. Le baron s'inquiétait de ses études incomplètes. Jeanne, affolée à la pensée d'une séparation, se demandait cependant ce qu'on allait faire de lui.

Un soir il ne rentra pas. On apprit qu'il était sorti en barque avec deux matelots. Sa mère éperdue descendit nu-tête jusqu'à Yport, dans la nuit.

Quelques hommes attendaient sur la plage la rentrée de l'embarcation.

Un petit feu apparut au large ; il approchait en se balançant. Paul ne se trouvait plus à bord. Il s'était fait conduire au Havre.

La police eut beau le rechercher, elle ne le retrouva pas. La fille qui l'avait caché une première fois avait aussi disparu, sans laisser de traces, son mobilier vendu, et son terme payé. Dans la chambre de Paul, aux Peuples, on découvrit deux lettres de cette créature qui paraissait folle d'amour pour lui. Elle parlait d'un voyage en Angleterre, ayant trouvé les fonds nécessaires, disait-elle.

Et les trois habitants du château vécurent silencieux et sombres dans l'enfer morne des tortures morales. Les cheveux de Jeanne, gris déjà, étaient devenus blancs. Elle se demandait naïvement pourquoi la destinée la frappait ainsi.

Elle reçut une lettre de l'abbé Tolbiac : « Madame, la main de Dieu s'est appesantie sur vous. Vous Lui avez refusé votre enfant ; Il vous l'a pris à son tour pour le jeter à une prostituée. N'ouvrirez-vous pas les yeux à cet enseignement du Ciel ? La miséricorde du Seigneur est infinie. Peut-être vous pardonnera-t-il si vous revenez vous agenouiller devant Lui. Je suis son humble serviteur, je vous ouvrirai la porte de sa demeure quand vous y viendrez frapper. »

Elle demeura longtemps avec cette lettre sur les genoux. C'était vrai, peut-être, ce que disait ce prêtre. Et toutes les incertitudes religieuses se mirent à déchirer sa conscience. Dieu pouvait-il être vindicatif et jaloux comme les hommes ? mais s'il ne se montrait pas jaloux, personne ne le craindrait, personne ne l'adorerait plus. Pour se faire mieux connaître à nous, sans doute, il se manifestait aux humains avec leurs propres sentiments. Et le doute lâche, qui pousse aux églises les hésitants, les troublés, entrant en elle, elle courut furtivement, un soir, à la nuit tombante, jusqu'au presbytère, et, s'agenouillant aux pieds du maigre abbé, sollicita l'absolution.

Il lui promit un demi-pardon, Dieu ne pouvant déverser toutes ses grâces sur un toit qui recouvrait un homme comme le baron : « Vous sentirez bien-

tôt, affirma-t-il, les effets de la Divine Mansué-
tude. »

Elle reçut, en effet, deux jours plus tard, une
lettre de son fils et elle la considéra, dans l'affolement de sa peine, comme le début des soulage-
ments promis par l'abbé.

« Ma chère maman, n'aie pas d'inquiétude. Je suis
à Londres, en bonne santé, mais j'ai grand besoin
d'argent. Nous n'avons plus un sou et nous ne
mangeons pas tous les jours. Celle qui m'accompa-
gne et que j'aime de toute mon âme a dépensé tout
ce qu'elle avait pour ne pas me quitter : cinq mille
francs ; et tu comprends que je suis engagé d'honneur à lui rendre cette somme d'abord. Tu serais
donc bien aimable de m'avancer une quinzaine de
mille francs sur l'héritage de papa, puisque je vais
être bientôt majeur ; tu me tireras d'un grand
embarras.

« Adieu, ma chère maman, je t'embrasse de tout
mon cœur, ainsi que grand-père et tante Lison.
J'espère te revoir bientôt.

                « Ton fils,

                        « Vicomte Paul de LAMARE. »

Il lui avait écrit ! Donc il ne l'oubliait pas. Elle ne
songea point qu'il demandait de l'argent. On lui en
enverrait puisqu'il n'en avait plus. Qu'importait
l'argent ! Il lui avait écrit !

Et elle courut, en pleurant, porter cette lettre au
baron. Tante Lison fut appelée ; et on relut, mot à
mot, ce papier qui parlait de lui. On en discuta
chaque terme.

Jeanne, sautant de la complète désespérance à

244

une sorte d'enivrement d'espoir, défendait Paul :
« Il reviendra, il va revenir puisqu'il écrit. »

Le baron, plus calme, prononça : « C'est égal, il
nous a quittés pour cette créature. Il l'aime donc
mieux que nous, puisqu'il n'a pas hésité. »

Une douleur subite et épouvantable traversa le
cœur de Jeanne ; et tout de suite une haine s'alluma
en elle contre cette maîtresse qui lui volait son fils,
une haine inapaisable, sauvage, une haine de mère
jalouse. Jusqu'alors toute sa pensée avait été pour
Paul. A peine songeait-elle qu'une drôlesse était la
cause de ses égarements. Mais soudain cette
réflexion du baron avait évoqué cette rivale, lui
avait révélé sa puissance fatale ; et elle sentit qu'entre cette femme et elle une lutte commençait,
acharnée, et elle sentait aussi qu'elle aimerait
mieux perdre son fils que de le partager avec
l'autre.

Ils envoyèrent les quinze mille francs et ne reçurent plus de nouvelles pendant cinq mois.

Puis un homme d'affaires se présenta pour régler
les détails de la succession de Julien. Jeanne et le
baron rendirent les comptes sans discuter, aban-
donnant même l'usufruit qui revenait à la mère. Et,
rentré à Paris, Paul toucha cent vingt mille francs.
Il écrivit alors quatre lettres en six mois, donnant
de ses nouvelles en style concis et terminant par de
froides protestations de tendresse : « Je travaille,
affirmait-il ; j'ai trouvé une position à la Bourse.
J'espère aller vous embrasser quelque jour aux
Peuples, mes chers parents. »

Il ne disait pas un mot de sa maîtresse ; et ce
silence signifiait plus que s'il eût parlé d'elle durant
quatre pages. Jeanne, dans ces lettres glacées, sen-

tait cette femme, embusquée, implacable, l'ennemie éternelle des mères, la fille.

Les trois solitaires discutaient sur ce qu'on pouvait faire pour sauver Paul ; et ils ne trouvaient rien. Un voyage à Paris ? A quoi bon ?

Le baron disait : « Il faut laisser s'user sa passion. Il nous reviendra tout seul. »

Et leur vie était lamentable.

Jeanne et Lison allaient ensemble à l'église en se cachant du baron.

Un temps assez long s'écoula sans nouvelles, puis, un matin, une lettre désespérée les terrifia.

« Ma pauvre maman, je suis perdu, je n'ai plus qu'à me brûler la cervelle si tu ne viens pas à mon secours. Une spéculation qui présentait pour moi toutes les chances de succès vient d'échouer ; et je dois quatre-vingt-cinq mille francs. C'est le déshonneur si je ne paie pas, la ruine, l'impossibilité de rien faire désormais. Je suis perdu. Je te le répète, je me brûlerai la cervelle plutôt que de survivre à cette honte. Je l'aurais peut-être fait déjà sans les encouragements d'une femme dont je ne parle jamais et qui est ma Providence.

« Je t'embrasse du fond du cœur, ma chère maman ; c'est peut-être pour toujours. Adieu.

« Paul. »

Des liasses de papiers d'affaires joints à cette lettre donnaient des explications détaillées sur le désastre.

Le baron répondit poste pour poste qu'on allait aviser. Puis il partit pour Le Havre afin de se

246

renseigner ; et il hypothéqua des terres pour se procurer l'argent qui fut envoyé à Paul.

Le jeune homme répondit trois lettres de remerciements enthousiastes et de tendresses passionnées, annonçant sa venue immédiate pour embrasser ses chers parents.

Il ne vint pas.

Une année entière s'écoula.

Jeanne et le baron allaient partir pour Paris afin de le trouver et de tenter un dernier effort quand on apprit par un mot qu'il était à Londres de nouveau, montant une entreprise de paquebots à vapeur, sous la raison sociale « PAUL DELAMARE ET Cie ». Il écrivait : « C'est la fortune assurée pour moi, peut-être la richesse. Et je ne risque rien. Vous voyez d'ici tous les avantages. Quand je vous reverrai, j'aurai une belle position dans le monde. Il n'y a que les affaires pour se tirer d'embarras aujourd'hui. »

Trois mois plus tard, la compagnie de paquebots était mise en faillite et le directeur poursuivi pour irrégularités dans les écritures commerciales. Jeanne eut une crise de nerfs qui dura plusieurs heures ; puis elle prit le lit.

Le baron repartit au Havre, s'informa, vit des avocats, des hommes d'affaires, des avoués, des huissiers, constata que le déficit de la société *Delamare* était de deux cent trente-cinq mille francs, et il hypothéqua de nouveau ses biens. Le château des Peuples et les deux fermes furent grevés pour une grosse somme.

Un soir, comme il réglait les dernières formalités dans le cabinet d'un homme d'affaires, il roula sur le parquet, frappé d'une attaque d'apoplexie.

Jeanne fut prévenue par un cavalier. Quand elle arriva, il était mort.

Elle le ramena aux Peuples, tellement anéantie que sa douleur était plutôt de l'engourdissement que du désespoir.

L'abbé Tolbiac refusa au corps l'entrée de l'église, malgré les supplications éperdues des deux femmes. Le baron fut enterré à la nuit tombante, sans cérémonie aucune.

Paul connut l'événement par un des agents liquidateurs de sa faillite. Il était encore caché en Angleterre. Il écrivit pour s'excuser de n'être point venu, ayant appris trop tard le malheur. « D'ailleurs, maintenant que tu m'as tiré d'affaire, ma chère maman, je rentre en France, et je t'embrasserai bientôt. »

Jeanne vivait dans un tel affaissement d'esprit qu'elle semblait ne plus rien comprendre.

Et vers la fin de l'hiver tante Lison, âgée alors de soixante-huit ans, eut une bronchite qui dégénéra en fluxion de poitrine ; et elle expira doucement en balbutiant : « Ma pauvre petite Jeanne, je vais demander au bon Dieu qu'il ait pitié de toi. »

Jeanne la suivit au cimetière, vit tomber la terre sur le cercueil, et, comme elle s'affaissait avec l'envie au cœur de mourir aussi, de ne plus souffrir, de ne plus penser, une forte paysanne la saisit dans ses bras et l'emporta comme elle eût fait d'un petit enfant.

En rentrant au château, Jeanne qui venait de passer cinq nuits au chevet de la vieille fille, se laissa mettre au lit sans résistance par cette campagnarde inconnue qui la maniait avec douceur et

autorité ; et elle tomba dans un sommeil d'épuise-
ment, accablée de fatigue et de souffrance.

Elle s'éveilla vers le milieu de la nuit. Une veilleuse brûlait sur la cheminée. Une femme dormait
dans un fauteuil. Qui était cette femme ? Elle ne la
reconnaissait pas, et elle cherchait, s'étant penchée
au bord de sa couche, pour bien distinguer ses
traits sous la lueur tremblotante de la mèche flot-
tant sur l'huile dans un verre de cuisine.

Il lui semblait pourtant qu'elle avait vu cette
figure. Mais quand ? Mais où ? La femme dormait
paisiblement, la tête inclinée sur l'épaule, le bonnet
tombé par terre. Elle pouvait avoir quarante ou
quarante-cinq ans. Elle était forte, colorée, carrée,
puissante. Ses larges mains pendaient des deux
côtés du siège. Ses cheveux grisonnaient. Jeanne la
regardait obstinément dans ce trouble d'esprit du
réveil après le sommeil fiévreux qui suit les grands
malheurs.

Certes elle avait vu ce visage ! Était-ce autrefois ?
Était-ce récemment ? Elle n'en savait rien, et cette
obsession l'agitait, l'énervait. Elle se leva doucement pour regarder de plus près la dormeuse, et
elle s'approcha sur la pointe des pieds. C'était la
femme qui l'avait relevée au cimetière, puis couchée. Elle se rappelait cela confusément.

Mais l'avait-elle rencontrée ailleurs, à une autre
époque de sa vie ? Ou bien la croyait-elle reconnaître seulement dans le souvenir obscur de la dernière journée ? Et puis comment était-elle là, dans
sa chambre ? Pourquoi ?

La femme souleva sa paupière, aperçut Jeanne et
se dressa brusquement. Elles se trouvaient face à
face, si près que leurs poitrines se frôlaient. L'in-

connue grommela : « Comment ! vous v'là d'bout ! Vous allez attraper du mal à c't'heure. Voulez-vous bien vous r'coucher ! »

Jeanne demanda : « Qui êtes-vous ? »

Mais la femme, ouvrant les bras, la saisit, l'enleva de nouveau, et la reporta sur son lit avec la force d'un homme. Et comme elle la reposait doucement sur ses draps, penchée, presque couchée sur Jeanne, elle se mit à pleurer en l'embrassant éperdument sur les joues, dans les cheveux, sur les yeux, lui trempant la figure de ses larmes, et balbutiant : « Ma pauvre maîtresse, mam'zelle Jeanne, ma pauvre maîtresse, vous ne me reconnaissez donc point ? »

Et Jeanne s'écria : « Rosalie, ma fille. » Et, lui jetant les deux bras au cou, elle l'étreignit en la baisant ; et elles sanglotaient toutes les deux, enlacées étroitement, mêlant leurs pleurs, ne pouvant plus desserrer leurs bras.

Rosalie se calma la première : « Allons, faut être sage, dit-elle, et ne pas attraper froid. » Et elle ramassa les couvertures, reborda le lit, replaça l'oreiller sous la tête de son ancienne maîtresse qui continuait à suffoquer, toute vibrante de vieux souvenirs surgis en son âme.

Elle finit par demander : « Comment es-tu revenue, ma pauvre fille ? »

Rosalie répondit : « Pardi, est-ce que j'allais vous laisser comme ça, toute seule, maintenant ! »

Jeanne reprit : « Allume donc une bougie que je te voie. » Et, quand la lumière fut apportée sur la table de nuit, elles se considérèrent longtemps sans dire un mot. Puis Jeanne tendant la main à sa vieille bonne murmura : « Je ne t'aurai jamais reconnue, ma fille, tu es bien changée, sais-tu, mais pas tant que moi, encore. »

Et Rosalie, contemplant cette femme à cheveux blancs, maigre et fanée, qu'elle avait quittée jeune, belle et fraîche, répondit : « Ça c'est vrai que vous êtes changée, madame Jeanne, et plus que de raison. Mais songez aussi que v'là vingt-quatre ans que nous nous sommes pas vues. »

Elles se turent, réfléchissant de nouveau, Jeanne, enfin, balbutia : « As-tu été heureuse, au moins ? »

Et Rosalie, hésitant dans la crainte de réveiller quelque souvenir trop douloureux, bégayait : « Mais... oui..., oui..., madame. J'ai pas trop à me plaindre, j'ai été plus heureuse que vous... pour sûr. Il n'y a qu'une chose qui m'a toujours gâté le cœur, c'est de ne pas être restée ici... » Puis elle se tut brusquement, saisie d'avoir touché à cela sans y songer. Mais Jeanne reprit avec douceur : « Que veux-tu, ma fille, on ne fait pas toujours ce qu'on veut. Tu es veuve aussi, n'est-ce pas ? » Puis une angoisse fit trembler sa voix, et elle continua : « As-tu d'autres... d'autres enfants ?

— Non, madame.

— Et, lui, ton... ton fils, qu'est-ce qu'il est devenu ? En es-tu satisfaite ?

— Oui, madame, c'est un bon gars qui travaille d'attaque. Il s'est marié v'là six mois, et il prend ma ferme, donc, puisque me v'là revenue avec vous. »

Jeanne, tremblant d'émotion, murmura : « Alors, tu ne me quitteras plus, ma fille ? »

Et Rosalie, d'un ton brusque : « Pour sûr, madame, que j'ai pris mes dispositions pour ça. »

Puis elles ne parlèrent pas de quelque temps. Jeanne, malgré elle, se remettait à comparer leurs existences, mais sans amertume au cœur, résignée maintenant aux cruautés injustes du sort. Elle dit :

« Ton mari, comment a-t-il été pour toi ?

— Oh ! c'était un brave homme, madame, et pas feignant, qui a su amasser du bien. Il est mort du mal de poitrine. »

Alors Jeanne, s'asseyant sur son lit, envahie d'un besoin de savoir : « Voyons, raconte-moi tout, ma fille, toute ta vie. Cela me fera du bien, aujourd'hui. »

Et Rosalie, approchant une chaise, s'assit et se mit à parler d'elle, de sa maison, de son monde, entrant dans les menus détails chers aux gens de campagne, décrivant sa cour, riant parfois de choses anciennes déjà qui lui rappelaient de bons moments passés, haussant le ton peu à peu en fermière habituée à commander. Elle finit par déclarer : « Oh ! j'ai du bien au soleil, aujourd'hui. Je ne crains rien. » Puis elle se troubla encore et reprit plus bas : « C'est à vous que je dois ça tout de même : aussi vous savez que je n'veux pas de gages. Ah ! mais non. Ah ! mais non ! Et puis, si vous n'voulez point, je m'en vas. »

Jeanne reprit : « Tu ne prétends pourtant pas me servir pour rien ?

— Ah ! mais que oui, madame. De l'argent ! Vous me donneriez de l'argent ! Mais j'en ai quasiment autant que vous. Savez-vous seulement c'qui vous reste avec tous vos gribouillis d'hypothèques et d'empruntages, et d'intérêts qui n'sont pas payés et qui s'augmentent à chaque terme ? Savez-vous ? non, n'est-ce pas ? Eh bien, je vous promets que vous n'avez seulement plus dix mille livres de

252

revenu. Pas dix mille, entendez-vous. Mais je vais vous régler tout ça, et vite encore. »

Elle s'était remise à parler haut, s'emportant, s'indignant de ces intérêts négligés, de cette ruine menaçante. Et comme un vague sourire attendri passait sur la figure de sa maîtresse, elle s'écria, révoltée :

« Il ne faut pas rire de ça, madame, parce que sans argent, il n'y a plus que des manants. »

Jeanne lui reprit les mains et les garda dans les siennes ; puis elle prononça lentement, toujours poursuivie par la pensée qui l'obsédait : « Oh ! moi, je n'ai pas eu de chance. Tout a mal tourné pour moi. La fatalité s'est acharnée sur ma vie. »

Mais Rosalie hocha la tête : « Faut pas dire ça, madame, faut pas dire ça. Vous avez mal été mariée, v'là tout. On n'se marie pas comme ça aussi, sans seulement connaître son prétendu. »

Et elles continuèrent à parler d'elles ainsi qu'auraient fait deux vieilles amies.

Le soleil se leva comme elles causaient encore.

XII

Rosalie, en huit jours, eut pris le gouvernement
absolu des choses et des gens du château. Jeanne,
résignée, obéissait passivement. Faible et traînant
les jambes comme jadis petite mère, elle sortait au
bras de sa servante qui la promenait à pas lents,
la sermonnait, la réconfortait avec des paroles
brusques et tendres, la traitant comme une enfant
malade.

Elles causaient toujours d'autrefois, Jeanne avec
des larmes dans la gorge, Rosalie avec le ton
tranquille des paysans impassibles. La vieille bonne
revint plusieurs fois sur les questions d'intérêts en
souffrance, puis elle exigea qu'on lui livrât les
papiers que Jeanne, ignorante de toute affaire, lui
cachait par honte pour son fils.

Alors, pendant une semaine, Rosalie fit chaque
jour un voyage à Fécamp pour se faire expliquer
les choses par un notaire qu'elle connaissait.

Puis un soir, après avoir mis au lit sa maîtresse,
elle s'assit à son chevet, et brusquement : « Main-

tenant que vous v'là couchée, madame, nous allons causer. »

Et elle exposa la situation.

Lorsque tout serait réglé, il resterait environ sept à huit mille francs de rentes. Rien de plus.

Jeanne répondit : « Que veux-tu, ma fille ? Je sens bien que je ne ferai pas de vieux os ; j'en aurai toujours assez. »

Mais Rosalie se fâcha : « Vous, madame, c'est possible ; mais M. Paul, vous ne lui laisserez rien alors ?

Jeanne frissonna. « Je t'en prie, ne me parle jamais de lui. Je souffre trop quand j'y pense.

— Je veux vous en parler au contraire, parce que vous n'êtes pas brave, voyez-vous, madame Jeanne. Il fait des bêtises ; eh bien, il n'en fera pas toujours : et puis il se mariera ; il aura des enfants. Il faudra de l'argent pour les élever. Écoutez-moi bien : Vous allez vendre les Peuples !... »

Jeanne, d'un sursaut, s'assit dans son lit : « Vendre les Peuples ! Y penses-tu ? Oh ! jamais, par exemple ! »

Mais Rosalie ne se troubla pas. « Je vous dis que vous les vendrez, moi, madame, parce qu'il le faut. »

Et elle expliqua ses calculs, ses projets, ses raisonnements.

Une fois les Peuples et les deux fermes attenantes vendues à un amateur qu'elle avait trouvé, on garderait quatre fermes situées à Saint-Léonard, et qui, dégrevées de toute hypothèque, constitueraient un revenu de huit mille trois cents francs. On mettrait de côté treize cents francs par an pour les réparations et l'entretien des biens ; il resterait donc sept mille francs sur lesquels on prendrait cinq mille pour les dépenses de l'année ; et on en réserverait deux mille pour former une caisse de prévoyance.

Elle ajouta : « Tout le reste est mangé, c'est fini. Et puis c'est moi qui garderai la clef, vous entendez ; et quant à M. Paul, il n'aura plus rien, mais rien ; il vous prendrait jusqu'au dernier sou. »

Jeanne, qui pleurait en silence, murmura :

« Mais s'il n'a pas de quoi manger ?

— Il viendra manger chez nous, donc, s'il a faim. Il y aura toujours un lit et du fricot pour lui. Croyez-vous qu'il aurait fait toutes ces bêtises-là si vous ne lui aviez pas donné un sou du commencement ?

— Mais il avait des dettes, il aurait été déshonoré.

— Quand vous n'aurez plus rien, ça l'empêchera-t-il d'en faire ? Vous avez payé, c'est bien ; mais vous ne paierez plus, c'est moi qui vous le dis. Maintenant, bonsoir, madame. »

Et elle s'en alla.

Jeanne ne dormit point, bouleversée à la pensée de vendre les Peuples, de s'en aller, de quitter cette maison où toute sa vie était attachée.

Quand elle vit entrer Rosalie dans sa chambre, le lendemain, elle lui dit : « Ma pauvre fille, je ne pourrai jamais me décider à m'éloigner d'ici. »

Mais la bonne se fâcha : « Faut que ça soit comme ça pourtant, madame. Le notaire va venir tantôt avec celui qui a envie du château. Sans ça, dans quatre ans, vous n'auriez plus un radis. »

Jeanne restait anéantie, répétant : « Je ne pourrai pas ; je ne pourrai jamais. »

Une heure plus tard, le facteur lui remit une lettre de Paul qui demandait encore dix mille francs. Que faire ? Éperdue, elle consulta Rosalie qui leva les bras : « Qu'est-ce que je vous disais, madame ? Ah ! vous auriez été propres tous les deux si je n'étais pas revenue ! » Et Jeanne, pliant sous la volonté de sa bonne, répondit au jeune homme :

« Mon cher fils, je ne puis plus rien pour toi. Tu m'as ruinée ; je me vois même forcée de vendre les Peuples. Mais n'oublie point que j'aurai toujours un abri quand tu voudras te réfugier auprès de ta vieille mère que tu as fait bien souffrir.

« JEANNE. »

Et lorsque le notaire arriva avec M. Jeoffrin, ancien raffineur de sucre, elle les reçut elle-même et les invita à tout visiter en détail.

Un mois plus tard, elle signait le contrat de vente, et achetait en même temps une petite maison bourgeoise sise auprès de Goderville, sur la grand-route de Montivilliers, dans le hameau de Batteville.

Puis, jusqu'au soir elle se promena toute seule dans l'allée de petite mère, le cœur déchiré et l'esprit en détresse, adressant à l'horizon, aux arbres, au banc vermoulu sous le platane, à toutes ces choses si connues qu'elles semblaient entrées dans ses yeux et dans son âme, au bosquet, au talus devant la lande où elle s'était si souvent assise, d'où elle avait vu courir vers la mer le comte de Fourville en ce jour terrible de la mort de Julien, à un vieil orme sans tête contre lequel elle s'appuyait souvent, à tout ce jardin familier, des adieux désespérés et sanglotants.

Rosalie la vint prendre par le bras pour la forcer à rentrer.

Un grand paysan de vingt-cinq ans attendait devant la porte. Il la salua d'un ton amical comme s'il la connaissait de longtemps. « Bonjour, madame Jeanne, ça va bien ? La mère m'a dit de venir pour le déménagement. Je voudrais savoir c'que vous emporterez, vu que je ferais ça de temps en temps pour ne pas nuire aux travaux de la terre. »

C'était le fils de sa bonne, le fils de Julien, le frère de Paul.

Il lui sembla que son cœur s'arrêtait ; et pourtant elle aurait voulu embrasser ce garçon.

Elle le regardait, cherchant s'il ressemblait à son mari, s'il ressemblait à son fils. Il était rouge, vigoureux, avec les cheveux blonds et les yeux bleus de sa mère. Et pourtant il ressemblait à Julien. En quoi ? Par quoi ? Elle ne le savait pas trop ; mais il avait quelque chose de lui dans l'ensemble de la physionomie.

Le gars reprit : « Si vous pouviez me montrer ça tout de suite, ça m'obligerait. »

Mais elle ne savait pas encore ce qu'elle se déciderait à enlever, sa nouvelle maison étant fort petite, et elle le pria de revenir au bout de la semaine.

Alors son déménagement la préoccupa, apportant une distraction triste dans sa vie morne et sans attentes.

Elle allait de pièce en pièce, cherchant les meubles qui lui rappelaient des événements, ces meubles amis qui font partie de notre vie, presque de notre être, connus depuis la jeunesse et auxquels sont attachés des souvenirs de joies ou de tristesses, des dates de notre histoire, qui ont été les compagnons muets de nos heures douces ou sombres, qui ont vieilli, qui se sont usés à côté de nous, dont l'étoffe est crevée par places et la doublure déchirée, dont les articulations branlent, dont la couleur s'est effacée.

Elle les choisissait un à un, hésitant souvent, troublée comme avant de prendre des déterminations capitales, revenant à tout instant sur sa décision, balançant les mérites de deux fauteuils ou de quelque vieux secrétaire comparé à une ancienne table à ouvrage.

Elle ouvrait les tiroirs, cherchait à se rappeler des faits ; puis, quand elle s'était bien dit : « Oui, je prendrai ceci », on descendait l'objet dans la salle à manger.

Elle voulut garder tout le mobilier de sa chambre, son lit, ses tapisseries, sa pendule, tout.

Elle prit quelques sièges du salon, ceux dont elle avait aimé les dessins dès sa petite enfance : le renard et la cigogne, le renard et le corbeau, la cigale et la fourmi, et le héron mélancolique.

Puis, en rôdant par tous les coins de cette demeure qu'elle allait abandonner, elle monta, un jour, dans le grenier.

Elle demeura saisie d'étonnement ; c'était un fouillis d'objets de toute nature, les uns brisés, les autres salis seulement, les autres montés là on ne sait pourquoi, parce qu'ils ne plaisaient plus, parce qu'ils avaient été remplacés. Elle apercevait mille bibelots connus jadis, et disparus tout à coup sans qu'elle y eût songé, des riens qu'elle avait maniés, ces vieux petits objets insignifiants qui avaient traîné quinze ans à côté d'elle, qu'elle avait vus chaque jour sans les remarquer, et qui, tout à coup, retrouvés là, dans ce grenier, à côté d'autres plus anciens dont elle se rappelait parfaitement les places aux premiers temps de son arrivée, prenaient une importance soudaine de témoins oubliés, d'amis retrouvés. Ils lui faisaient l'effet de ces gens qu'on a fréquentés longtemps sans qu'ils se soient jamais révélés et qui soudain, un soir, à propos de rien, se mettent à bavarder sans fin, à raconter toute leur âme qu'on ne soupçonnait pas.

Elle allait de l'un à l'autre avec des secousses au cœur, se disant : « Tiens, c'est moi qui ai fêlé cette tasse de Chine, un soir, quelques jours avant mon mariage. — Ah ! voici la petite lanterne de mère et la canne que petit père a cassée en voulant ouvrir la barrière dont le bois était gonflé par la pluie. »

Il y avait aussi là-dedans beaucoup de choses qu'elle ne connaissait pas, qui ne lui rappelaient rien, venues de ses grands-parents, ou de ses arrière-grands-parents, de ces choses poudreuses qui ont l'air exilées dans un temps qui n'est plus le leur, et qui semblent tristes de leur abandon, dont personne ne sait l'histoire, les aventures, personne n'ayant vu ceux qui les ont choisies, achetées, possédées, aimées, personne n'ayant connu les mains qui les maniaient familièrement et les yeux qui les regardaient avec plaisir.

Jeanne les touchait, les retournait, marquant ses doigts dans la poussière accumulée ; et elle demeurait là au milieu de ces vieilleries, sous le jour terne qui tombait par quelques petits carreaux de verre encastrés dans la toiture.

Elle examinait minutieusement des chaises à trois pieds, cherchant si elles ne lui rappelaient rien, une bassinoire en cuivre, une chaufferette défoncée qu'elle croyait reconnaître et un tas d'ustensiles de ménage hors de service.

Puis elle fit un lot de ce qu'elle voulait emporter, et, redescendant, elle envoya Rosalie le chercher. La bonne indignée refusait de descendre « ces saletés ». Mais Jeanne, qui n'avait cependant plus aucune volonté, tint bon cette fois ; et il fallut obéir.

Un matin le jeune fermier, fils de Julien, Denis Lecoq, s'en vint avec sa charrette pour faire un premier voyage. Rosalie l'accompagna afin de veiller au déchargement et de déposer les meubles aux places qu'ils devaient occuper.

Restée seule, Jeanne se mit à errer par les chambres du château, saisie d'une crise affreuse de désespoir, embrassant, en des élans d'amour exalté, tout ce qu'elle ne pouvait prendre avec elle, les grands oiseaux blancs des tapisseries du salon, des vieux flambeaux, tout ce qu'elle rencontrait. Elle allait d'une pièce à l'autre, affolée, les yeux ruisselants de larmes ; puis elle sortit pour « dire adieu » à la mer.

C'était vers la fin de septembre, un ciel bas et gris semblait peser sur le monde ; les flots tristes et jaunâtres s'étendaient à perte de vue. Elle resta longtemps debout sur la falaise, roulant en sa tête des pensées torturantes. Puis, comme la nuit tombait, elle rentra, ayant souffert en ce jour autant qu'en ses plus grands chagrins.

Rosalie était revenue et l'attendait, enchantée de la nouvelle maison, la déclarant bien plus gaie que ce grand coffre de bâtiment qui n'était seulement pas au bord d'une route.

Jeanne pleura toute la soirée.

Depuis qu'ils savaient le château vendu, les fermiers n'avaient pour elle que bien juste les égards qu'ils lui devaient, l'appelant entre eux « la Folle », sans trop savoir pourquoi, sans doute parce qu'ils devinaient, avec leur instinct de brutes, sa sentimentalité maladive et grandissante, ses rêvasseries exaltées, tout le désordre de sa pauvre âme secouée par le malheur.

La veille de son départ, elle entra, par hasard, dans l'écurie. Un grognement la fit tressaillir. C'était Massacre auquel elle n'avait plus guère songé depuis des mois. Aveugle et paralytique, parvenu à un âge que ces animaux n'atteignent guère, il vivait encore sur un lit de paille, soigné par Lucienne qui ne l'oubliait pas. Elle le prit dans ses bras, l'embrassa et l'emporta dans la maison. Gros comme une tonne, il se traîna à peine sur ses pattes écartées et raides, et il aboya à la façon des chiens de bois qu'on donne aux enfants.

Le dernier jour enfin se leva. Jeanne avait couché dans l'ancienne chambre de Julien, la sienne étant démeublée.

Elle sortit de son lit, exténuée et haletante, comme si elle eût fait une grande course. La voiture contenant les malles et le reste du mobilier était déjà chargée dans la cour. Une autre carriole à deux roues était attelée derrière, qui devait emporter la maîtresse et la bonne.

Le père Simon et Ludivine resteraient seuls jusqu'à l'arrivée du nouveau propriétaire ; puis ils se retireraient chez des parents, Jeanne leur ayant constitué une petite rente. Ils avaient des économies d'ailleurs. C'étaient maintenant de très vieux serviteurs, inutiles et bavards. Marius, ayant pris femme, avait depuis longtemps quitté la maison.

Vers huit heures, la pluie se mit à tomber, une pluie fine et glacée que chassait une légère brise de mer. Il fallut tendre des couvertures sur la charrette. Les feuilles s'envolaient déjà les arbres.

Sur la table de la cuisine, des tasses de café au lait fumaient. Jeanne s'assit devant la sienne et la but à petites gorgées, puis, se levant : « Allons ! » dit-elle.

Elle mit son chapeau, son châle, et, pendant que Rosalie la chaussait de caoutchoucs, elle prononça, la gorge serrée : « Te rappelles-tu, ma fille, comme il pleuvait quand nous sommes parties de Rouen pour venir ici... »

Elle eut une sorte de spasme, porta ses deux mains sur sa poitrine et s'abattit sur le dos, sans connaissance.

Pendant plus d'une heure, elle demeura comme morte ; puis elle rouvrit les yeux, et des convulsions la saisirent accompagnées d'un débordement de larmes.

Quand elle se fut un peu calmée, elle se sentit si faible qu'elle ne pouvait plus se lever. Mais Rosalie, qui redoutait d'autres crises si on retardait le départ, alla chercher son fils. Ils la prirent, l'enlevèrent, l'emportèrent, la déposèrent dans la carriole, sur le banc de bois garni de cuir ciré ; et la vieille bonne, montée à côté de Jeanne, enveloppa ses jambes, lui couvrit les épaules d'un gros manteau, puis, tenant ouvert un parapluie au-dessus de sa tête, elle s'écria : « Vite, Denis, allons-nous-en. »

Le jeune homme grimpa près de sa mère, et s'asseyant sur une seule cuisse, faute de place, il lança au grand trot son cheval dont l'allure saccadée faisait sauter les deux femmes.

Quand on tourna au coin du village, on aperçut quelqu'un marchant de long en large sur la route, c'était l'abbé Tolbiac qui semblait guetter ce départ.

Il s'arrêta pour laisser passer la voiture. Il tenait d'une main sa soutane relevée par crainte de l'eau du chemin, et ses jambes maigres, vêtues de bas noirs, finissaient en d'énormes souliers fangeux.

Jeanne baissa les yeux pour ne pas rencontrer son regard ; et Rosalie, qui n'ignorait rien, devint furieuse. Elle murmurait : « Manant, manant ! » puis, saisissant la main de son fils : « Fiches-y donc un coup de fouet. »

Mais le jeune homme, au moment où il passait contre le prêtre, fit tomber brusquement dans l'ornière la roue de sa guimbarde lancée à toute vitesse, et un flot de boue, jaillissant, couvrit l'ecclésiastique des pieds à la tête.

Et Rosalie radieuse se retourna pour lui montrer le poing, pendant que le prêtre s'essuyait avec son grand mouchoir.

Ils allaient depuis cinq minutes quand Jeanne soudain s'écria : « Massacre que nous avons oublié ! »

Il fallut s'arrêter, et Denis, descendant, courut

chercher le chien, tandis que Rosalie tenait les
guides.

Le jeune homme enfin reparut portant en ses
bras la grosse bête informe et pelée qu'il déposa
entre les jupes des deux femmes.

XIII

XIII

La voiture s'arrêta deux heures plus tard devant une petite maison de briques bâtie au milieu d'un verger planté de poiriers en quenouilles, sur le bord de la grand-route.

Quatre tonnelles en treillage habillées de chèvre-feuilles et de clématites formaient les quatre coins de ce jardin disposé par petits carrés à légumes que séparaient d'étroits chemins bordés d'arbres fruitiers.

Une haie vive très élevée entourait de partout cette propriété, qu'un champ séparait de la ferme voisine. Une forge la précédait de cent pas sur la route. Les autres habitations les plus proches se trouvaient distantes d'un kilomètre.

La vue alentour s'étendait sur la plaine du pays de Caux, toute parsemée de fermes qu'envelop-paient les quatre doubles lignes de grands arbres enfermant la cour à pommiers.

Jeanne, aussitôt arrivée, voulait se reposer, mais Rosalie ne le lui permit pas, craignant qu'elle ne se remît à rêvasser.

Le menuisier de Goderville était là, venu pour l'installation; et on commença tout de suite l'emménagement des meubles apportés déjà, en attendant la dernière voiture.

Ce fut un travail considérable, exigeant de longues réflexions et de grands raisonnements.

Puis la charrette au bout d'une heure apparut à la barrière et il fallut la décharger sous la pluie.

La maison, quand le soir tomba, était dans un complet désordre, pleine d'objets empilés au hasard; et Jeanne harassée s'endormit aussitôt qu'elle fut au lit.

Les jours suivants elle n'eut pas le temps de s'attendrir tant elle se trouva accablée de besogne. Elle prit même un certain plaisir à faire jolie sa nouvelle demeure, la pensée que son fils y reviendrait la poursuivant sans cesse. Les tapisseries de son ancienne chambre furent tendues dans la salle à manger, qui servait en même temps de salon; et elle organisa avec un soin particulier une des deux pièces du premier qui prit en sa pensée le nom « d'appartement de Poulet ».

Elle se réserva la seconde, Rosalie habitant au-dessus, à côté du grenier.

La petite maison arrangée avec soin était gentille et Jeanne s'y plut dans les premiers temps, bien que quelque chose lui manquât dont elle ne se rendait pas bien compte.

Un matin, le clerc de notaire de Fécamp lui apporta trois mille six cents francs, prix des meubles laissés aux Peuples et estimés par un tapissier. Elle ressentit, en recevant cet argent, un frémissement de plaisir; et, dès que l'homme fut parti, elle s'empressa de mettre son chapeau, voulant gagner

Goderville au plus vite pour faire tenir à Paul cette somme inespérée.

Mais, comme elle se hâtait sur la grand-route, elle rencontra Rosalie qui revenait du marché. La bonne eut un soupçon sans deviner tout de suite la vérité ; puis, quand elle l'eût découverte, car Jeanne ne lui savait plus rien cacher, elle posa son panier par terre pour se fâcher tout à son aise.

Et elle cria, les poings sur les hanches ; puis elle prit sa maîtresse du bras droit, son panier du bras gauche, et, toujours furieuse, elle se remit en marche vers la maison.

Dès qu'elles furent rentrées, la bonne exigea la remise de l'argent. Jeanne le donna en gardant les six cents francs ; mais sa ruse fut vite percée par la servante mise en défiance ; et elle dut livrer le tout.

Rosalie consentit cependant à ce que ce reliquat fût envoyé au jeune homme.

Il remercia au bout de quelques jours. « Tu m'as rendu un grand service, ma chère maman, car nous étions dans une profonde misère. »

Jeanne cependant ne s'accoutumait guère à Batteville ; il lui semblait sans cesse qu'elle ne respirait plus comme autrefois, qu'elle était plus seule encore, plus abandonnée, plus perdue. Elle sortait pour faire un tour, gagnait le hameau de Verneuil, revenait par les Trois-Mares, puis une fois rentrée, se relevait, prise d'une envie de ressortir comme si elle eût oublié d'aller là justement où elle devait se rendre, où elle avait envie de se promener.

Et cela, tous les jours, recommençait sans qu'elle comprît la raison de cet étrange besoin. Mais, un soir, une phrase lui vint inconsciemment qui lui révéla le secret de ses inquiétudes. Elle dit, en s'asseyant, pour dîner : « Oh ! comme j'ai envie de voir la mer ! »

Ce qui lui manquait si fort, c'était la mer, sa grande voisine depuis vingt-cinq ans, la mer avec son air salé, ses colères, sa voix grondeuse, ses souffles puissants, la mer que chaque matin elle voyait de sa fenêtre des Peuples, qu'elle respirait jour et nuit, qu'elle sentait près d'elle, qu'elle s'était mise à aimer comme une personne sans s'en douter.

Massacre vivait également dans une extrême agitation. Il s'était installé, dès le soir de son arrivée, dans le bas du buffet de la cuisine, sans qu'il fût possible de l'en déloger. Il restait là tout le jour, presque immobile, se retournant seulement de temps en temps avec un grognement sourd.

Mais, aussitôt que venait la nuit, il se levait et se traînait vers la porte du jardin, en heurtant les murs. Puis, quand il avait passé dehors les quelques minutes qu'il lui fallait, il rentrait, s'asseyait sur son derrière devant le fourneau encore chaud, et, dès que ses deux maîtresses étaient parties se coucher, il se mettait à hurler.

Il hurlait ainsi toute la nuit, d'une voix plaintive et lamentable, s'arrêtant parfois une heure pour reprendre sur un ton plus déchirant encore. On l'attacha devant la maison dans un baril. Il hurla sous les fenêtres. Puis comme il était infirme et bien près de mourir, on le remit à la cuisine.

Le sommeil devenait impossible pour Jeanne qui entendait le vieil animal gémir et gratter sans cesse, cherchant à se reconnaître dans cette maison nouvelle, comprenant bien qu'il n'était plus chez lui.

Rien ne le pouvait calmer. Assoupi le long du jour, comme si, ses yeux éteints, la conscience de son infirmité, l'eussent empêché de se mouvoir, alors que tous les êtres vivent et s'agitent, il se mettait à rôder sans repos dès que tombait le soir, comme s'il n'eût plus osé vivre et remuer que dans les ténèbres, qui font tous les êtres aveugles.

On le trouva mort un matin. Ce fut un grand soulagement.

L'hiver s'avançait ; et Jeanne se sentait envahie par une invincible désespérance. Ce n'était pas une de ces douleurs aiguës qui semblent tordre l'âme, mais une morne et lugubre tristesse.

Aucune distraction ne la réveillait. Personne ne s'occupait d'elle. La grand-route devant sa porte se déroulait à droite et à gauche presque toujours vide. De temps en temps un tilbury passait au trot, conduit par un homme à figure rouge dont la blouse, gonflée au vent de la course, faisait une sorte de ballon bleu ; parfois c'était une charrette lente, ou bien on voyait venir de loin deux paysans, l'homme et la femme, tout petits à l'horizon, puis grandissant, puis, quand ils avaient dépassé la maison, rediminuant, devenant gros comme deux insectes, là-bas, tout au bout de la ligne blanche qui s'allongeait à perte de vue, montant et descendant selon les molles ondulations du sol.

Quand l'herbe se remit à pousser, une fillette en jupe courte passait tous les matins devant la barrière, conduisant deux vaches maigres qui broutaient le long des fossés de la route. Elle revenait le soir, de la même allure endormie, faisant un pas toutes les dix minutes derrière ses bêtes.

Jeanne, chaque nuit, rêvait qu'elle habitait encore les Peuples.

Elle s'y retrouvait comme autrefois avec père et petite mère, et parfois même avec tante Lison. Elle refaisait des choses oubliées et finies, s'imaginait soutenir Mme Adélaïde voyageant dans son allée. Et chaque réveil était suivi de larmes.

Elle pensait toujours à Paul, se demandant : « Que fait-il ? Comment est-il maintenant ? Songe-t-il à moi quelquefois ? » En se promenant lentement dans les chemins creux entre les fermes, elle roulait dans sa tête toutes ces idées qui la martyrisaient ; mais elle souffrait surtout d'une jalousie inapaisable contre cette femme inconnue qui lui avait ravi son fils. Cette haine seule la retenait, l'empêchait d'agir, d'aller le chercher, de pénétrer chez lui. Il lui semblait voir la maîtresse debout sur la porte et demandant : « Que voulez-vous ici, madame ? » Sa fierté de mère se révoltait dans la possibilité de cette rencontre ; et son orgueil hautain de femme toujours pure, sans défaillances et sans tache, l'exaspérait de plus en plus contre toutes ces lâchetés de l'homme asservi par les sales pratiques de l'amour charnel qui rend lâches les cœurs eux-mêmes. L'humanité lui semblait immonde quand elle songeait à tous les secrets malpropres des sens, aux caresses qui avilissent, à tous les mystères devinés des accouplements indissolubles.

Le printemps et l'été passèrent encore.

Mais quand l'automne revint avec les longues pluies, le ciel grisâtre, les nuages sombres, une telle lassitude de vivre ainsi la saisit, qu'elle se résolut à tenter un grand effort pour reprendre son Poulet.

La passion du jeune homme devait être usée à présent.

Elle lui écrivit une lettre[1] éplorée.

« Mon cher enfant, je viens te supplier de revenir auprès de moi. Songe donc que je suis vieille et malade, toute seule, toute l'année, avec une bonne. J'habite maintenant une petite maison auprès de la route. C'est bien triste. Mais si tu étais là tout changerait pour moi. Je n'ai que toi au monde et je ne t'ai pas vu depuis sept ans ! Tu ne sauras jamais comme j'ai été malheureuse et combien j'avais reposé mon cœur sur toi. Tu étais ma vie, mon rêve, mon seul espoir, mon seul amour, et tu me manques, et tu m'as abandonnée.

« Oh ! reviens, mon petit Poulet, reviens m'embrasser, reviens auprès de ta vieille mère qui te tend des bras désespérés.

« JEANNE. »

Il répondit quelques jours plus tard.

« Ma chère maman, je ne demanderais pas mieux que d'aller te voir, mais je n'ai pas le sou. Envoie-moi quelque argent et je viendrai. J'avais du reste l'intention d'aller te trouver pour te parler d'un projet qui me permettrait de faire ce que tu me demandes.

« Le désintéressement et l'affection de celle qui a été ma compagne dans les vilains jours que je traverse, demeurent sans limites à mon égard. Il n'est pas possible que je reste plus longtemps sans reconnaître publiquement son amour et son dévouement si fidèles. Elle a du reste de très bonnes manières que tu pourras apprécier. Et elle est très instruite, elle lit beaucoup. Enfin, tu ne te fais pas l'idée de ce qu'elle a toujours été pour moi. Je serais une brute, si je ne lui témoignais pas ma reconnaissance. Je viens donc te demander l'autorisation de l'épouser. Tu me pardonnerais mes escapades et nous habiterions tous ensemble dans ta nouvelle maison.

« Si tu la connaissais, tu m'accorderais tout de suite ton consentement. Je t'assure qu'elle est parfaite, et très distinguée. Tu l'aimerais, j'en suis certain. Quant à moi, je ne pourrais pas vivre sans elle.

« J'attends ta réponse avec impatience, ma chère maman, et nous t'embrassons de tout cœur.

« Ton fils.

« Vicomte Paul de Lamare. »

Jeanne fut atterrée. Elle demeurait immobile, la lettre sur les genoux, devinant la ruse de cette fille qui avait sans cesse retenu son fils, qui ne l'avait pas laissé venir une seule fois, attendant son heure, l'heure où la vieille mère désespérée, ne pouvant plus résister au désir d'étreindre son enfant, faiblirait, accorderait tout.

Et la grosse douleur de cette préférence obstinée de Paul pour cette créature déchirait son cœur. Elle répétait : « Il ne m'aime pas. Il ne m'aime pas. »

Rosalie entra. Jeanne balbutia : « Il veut l'épouser maintenant. »

La bonne eut un sursaut : « Oh ! madame, vous ne permettrez pas ça. M. Paul ne va pas ramasser cette traînée. »

Et Jeanne accablée, mais révoltée, répondit :

273

« Ça, jamais, ma fille. Et, puisqu'il ne veut pas venir, je vais aller le trouver, moi, et nous verrons laquelle de nous deux l'emportera. »

Et elle écrivit tout de suite à Paul pour annoncer son arrivée, et pour le voir autre part que dans le logis habité par cette gueuse.

Puis, en attendant une réponse, elle fit ses préparatifs. Rosalie commença à empiler dans une vieille malle le linge et les effets de sa maîtresse. Mais comme elle pliait une robe, une ancienne robe de campagne, elle s'écria : « Vous n'avez seulement rien à vous mettre sur le dos. Je ne vous permettrai pas d'aller comme ça. Vous feriez honte à tout le monde ; et les dames de Paris vous regarderaient comme une servante. »

Jeanne la laissa faire. Et les deux femmes se rendirent ensemble à Goderville pour choisir une étoffe à carreaux verts qui fut confiée à la couturière du bourg. Puis elles entrèrent chez le notaire maître Roussel, qui faisait chaque année un voyage d'une quinzaine dans la capitale, afin d'obtenir de lui des renseignements. Car Jeanne depuis vingt-huit ans n'avait pas revu Paris.

Il fit des recommandations nombreuses sur la manière d'éviter les voitures, sur les procédés pour n'être pas volé, conseillant de coudre l'argent dans la doublure des vêtements et de ne garder dans la poche que l'indispensable ; il parla longuement des restaurants à prix moyens dont il désigna deux ou trois fréquentés par des femmes ; et il indiqua l'hôtel de Normandie où il descendait lui-même, auprès de la gare du chemin de fer. On pouvait s'y présenter de sa part.

Depuis six ans, ces chemins de fer dont on parlait

partout fonctionnaient entre Paris et Le Havre. Mais Jeanne, obsédée de chagrin, n'avait pas encore vu ces voitures à vapeur qui révolutionnaient tout le pays.

Cependant Paul ne répondait pas.

Elle attendit huit jours, puis quinze jours, allant chaque matin sur la route au-devant du facteur qu'elle abordait en frémissant : « Vous n'avez rien pour moi, père Malandain ? » Et l'homme répondait toujours de sa voix enrouée par les intempéries des saisons : « Encore rien c'te fois, ma bonne dame. »

C'était cette femme assurément qui empêchait Paul de répondre !

Jeanne alors résolut de partir tout de suite. Elle voulait prendre Rosalie avec elle, mais la bonne refusa de la suivre pour ne pas augmenter les frais de voyage.

Elle ne permit pas d'ailleurs à sa maîtresse d'emporter plus de trois cents francs : « S'il vous en faut d'autres, vous m'écrirez donc, et j'irai chez le notaire pour qu'il vous fasse parvenir ça. Si je vous en donne plus, c'est M. Paul qui l'empochera. »

Et, un matin de décembre, elles montèrent dans la carriole de Denis Lecoq qui vint les chercher pour les conduire à la gare, Rosalie faisant jusque-là la conduite à sa maîtresse.

Elles prirent d'abord des renseignements sur le prix des billets, puis, quand tout fut réglé et la malle enregistrée, elles attendirent devant ces lignes de fer, cherchant à comprendre comment manœuvrait cette chose, si préoccupées de ce mystère qu'elles ne pensaient plus aux tristes raisons du voyage.

Enfin, un sifflement lointain leur fit tourner la tête, et elles aperçurent une machine noire qui grandissait. Cela arriva avec un bruit terrible, passa devant elles en traînant une longue chaîne de petites maisons roulantes ; et un employé ayant ouvert une porte, Jeanne embrassa Rosalie en pleurant et monta dans une de ces cases.

Rosalie, émue, criait :

« Au revoir, madame ; bon voyage, à bientôt !

— Au revoir, ma fille. »

Un coup de sifflet partit encore, et tout le chapelet de voitures se remit à rouler doucement d'abord, puis plus vite, puis avec une rapidité effrayante.

Dans le compartiment où se trouvait Jeanne, deux messieurs dormaient adossés à deux coins.

Elle regardait passer les campagnes, les arbres, les fermes, les villages, effarée de cette vitesse, se sentant prise dans une vie nouvelle, emportée dans un monde nouveau qui n'était plus le sien, celui de sa tranquille jeunesse et de sa vie monotone.

Le soir venait, lorsque le train entra dans Paris.

Un commissionnaire prit la malle de Jeanne ; et elle le suivit effarée, bousculée, inhabile à passer dans la foule remuante, courant presque derrière l'homme dans la crainte de le perdre de vue.

Quand elle fut dans le bureau de l'hôtel, elle s'empressa d'annoncer :

« Je vous suis recommandée par M. Roussel. »

La patronne, une énorme femme sérieuse, assise à son bureau, demanda :

« Qui ça, M. Roussel ? »

Jeanne interdite reprit : « Mais le notaire de Goderville, qui descend chez vous tous les ans. »

La grosse dame déclara :

« C'est possible. Je ne le connais pas. Vous voulez une chambre ?

— Oui, madame. »

Et un garçon, prenant son bagage, monta l'escalier devant elle.

Elle se sentait le cœur serré. Elle s'assit devant une petite table et demanda qu'on lui montât un bouillon avec une aile de poulet. Elle n'avait rien pris depuis l'aurore.

Elle mangea tristement à la lueur d'une bougie, songeant à mille choses, se rappelant son passage en cette même ville au retour de son voyage de noces, les premiers signes du caractère de Julien, apparus lors de ce séjour à Paris. Mais elle était jeune alors, et confiante et vaillante. Maintenant elle se sentait vieille, embarrassée, craintive même, faible et troublée pour un rien. Quand elle eut fini son repas, elle se mit à la fenêtre et regarda la rue pleine de monde. Elle avait envie de sortir, et n'osait point. Elle allait infailliblement se perdre, pensait-elle. Elle se coucha ; et souffla sa lumière.

Mais le bruit, cette sensation d'une ville inconnue, et le trouble du voyage la tenaient éveillée. Les heures s'écoulaient. Les rumeurs du dehors s'apaisaient peu à peu sans qu'elle pût dormir, énervée par ce demi-repos des grandes villes. Elle était habituée à ce calme et profond sommeil des champs, qui engourdit tout, les hommes, les bêtes et les plantes ; et elle sentait maintenant, autour d'elle, toute une agitation mystérieuse. Des voix presque insaisissables lui parvenaient comme si elles eussent glissé dans les murs de l'hôtel. Parfois

277

un plancher craquait, une porte se fermait, une sonnette tintait.

Tout à coup, vers deux heures du matin, alors qu'elle commençait à s'assoupir, une femme poussa des cris dans une chambre voisine ; Jeanne s'assit brusquement dans son lit ; puis elle crut entendre un rire d'homme.

Alors, à mesure qu'approchait le jour, la pensée de Paul l'envahit ; et elle s'habilla dès que le crépuscule parut.

Il habitait rue du Sauvage, dans la Cité. Elle voulut s'y rendre à pied pour obéir aux recommandations d'économie de Rosalie. Il faisait beau ; l'air froid piquait la chair ; des gens pressés couraient sur les trottoirs. Elle allait le plus vite possible, suivant une rue indiquée au bout de laquelle elle devait tourner à droite, puis à gauche ; puis arrivée sur une place, il lui faudrait s'informer à nouveau. Elle ne trouva pas la place et se renseigna auprès d'un boulanger qui lui donna des indications différentes. Elle repartit, s'égara, erra, suivit d'autres conseils, se perdit tout à fait.

Affolée, elle marchait maintenant presque au hasard. Elle allait se décider à appeler un cocher quand elle aperçut la Seine. Alors elle longea les quais.

Au bout d'une heure environ, elle entrait dans la rue du Sauvage, une sorte de ruelle toute noire. Elle s'arrêta devant la porte, tellement émue qu'elle ne pouvait plus faire un pas.

Il était là, dans cette maison, Poulet.

Elle sentait trembler ses genoux et ses mains ; enfin, elle entra, suivit un couloir, vit la case du portier, et demanda en tendant une pièce d'argent :

« Pourriez-vous monter dire à M. Paul de Lamare qu'une vieille dame, une amie de sa mère, l'attend en bas ? »

Le portier répondit :

« Il n'habite plus ici, madame. »

Un grand frisson la parcourut. Elle balbutia :

« Ah ! où... où demeure-t-il maintenant ?

— Je ne sais pas. »

Elle se sentit étourdie comme si elle allait tomber et elle demeura quelque temps sans pouvoir parler.

Enfin, par un effort violent, elle reprit sa raison, et murmura :

« Depuis quand est-il parti ? »

L'homme la renseigna abondamment. « Voilà quinze jours. Ils sont partis comme ça, un soir, et pas revenus. Ils devaient partout dans le quartier ; aussi vous comprenez bien qu'ils n'ont pas laissé leur adresse. »

Jeanne voyait des lueurs, des grands jets de flamme, comme si on lui eût tiré des coups de fusil devant les yeux. Mais une idée fixe la soutenait, la faisait demeurer debout, calme en apparence, et réfléchie. Elle voulait savoir et retrouver Poulet.

« Alors il n'a rien dit, en s'en allant ?

— Oh ! rien du tout, ils se sont sauvés pour ne pas payer, voilà.

— Mais, il doit envoyer chercher ses lettres par quelqu'un.

— Plus souvent que je les donnerais. Et puis ils n'en recevaient pas dix par an. Je leur en ai monté une pourtant deux jours avant qu'ils s'en aillent. »

C'était sa lettre sans doute. Elle dit précipitamment : « Ecoutez, je suis sa mère, à lui, et je suis venue pour le chercher. Voilà dix francs pour vous. Si vous avez quelque nouvelle ou quelque renseignement sur lui, apportez-les-moi à l'hôtel de Normandie, rue du Havre, et je vous paierai bien. »

Et elle se sauva.

Elle se remit à marcher sans s'inquiéter où elle allait. Elle se hâtait comme pressée par une course importante ; elle filait le long des murs, heurtée par des gens à paquets ; elle traversait les rues sans regarder les voitures venir, injuriée par les cochers ; elle trébuchait aux marches des trottoirs auxquelles elle ne prenait point garde ; elle courait devant elle, l'âme perdue.

Tout à coup elle se trouva dans un jardin et elle se sentit si fatiguée qu'elle s'assit sur un banc. Elle y demeura fort longtemps apparemment, pleurant sans s'en apercevoir, car des passants s'arrêtaient pour la regarder. Puis elle sentit qu'elle avait très froid ; et elle se leva pour repartir ; ses jambes la portaient à peine tant elle était accablée et faible.

Elle voulait entrer prendre un bouillon dans un restaurant, mais elle n'osait pas pénétrer dans ces établissements, prise d'une espèce de honte, d'une peur, d'une sorte de pudeur de son chagrin qu'elle sentait visible. Elle s'arrêtait une seconde devant la porte, regardait au-dedans, voyait tous ces gens attablés et mangeant, et s'enfuyait intimidée, se disant : « J'entrerai dans le prochain. » Et elle ne pénétrait pas davantage dans le suivant.

A la fin elle acheta chez un boulanger un petit pain en forme de lune, et elle se mit à le croquer tout en marchant. Elle avait grand-soif, mais elle ne savait où aller boire et elle s'en passa.

Elle franchit une voûte et se trouva dans un autre jardin entouré d'arcades. Elle reconnut alors le Palais-Royal.

Comme le soleil et la marche l'avaient un peu réchauffée, elle s'assit encore une heure ou deux.

Une foule entrait, une foule élégante qui causait, souriait, saluait, cette foule heureuse dont les femmes sont belles et les hommes riches, qui ne vit que pour la parure et les joies.

Jeanne, effarée d'être au milieu de cette cohue brillante, se leva pour s'enfuir ; mais soudain la pensée lui vint, qu'elle pourrait rencontrer Paul en ce lieu ; et elle se mit à errer en épiant les visages, allant et revenant sans cesse, d'un bout à l'autre du Jardin, de son pas humble et rapide.

Des gens se retournaient pour la regarder, d'autres riaient et se la montraient. Elle s'en aperçut et se sauva, pensant que, sans doute, on s'amusait de sa tournure et de sa robe à carreaux verts choisie par Rosalie et exécutée sur ses indications par la couturière de Goderville.

Elle n'osait même plus demander sa route aux passants. Elle s'y hasarda pourtant et finit par retrouver son hôtel.

Elle passa le reste du jour sur une chaise, aux pieds de son lit, sans remuer. Puis elle dîna, comme la veille, d'un potage et d'un peu de viande. Puis elle se coucha, accomplissant chaque acte machinalement par habitude.

Le lendemain elle se rendit à la préfecture de police pour qu'on lui retrouvât son enfant. On ne put rien lui promettre ; on s'en occuperait cependant.

Alors elle vagabonda par les rues, espérant toujours le rencontrer. Et elle se sentait plus seule dans cette foule agitée, plus perdue, plus misérable qu'au milieu des champs déserts.

Quand elle rentra, le soir, à l'hôtel, on lui dit qu'un homme l'avait demandée de la part de M. Paul et qu'il reviendrait le lendemain. Un flot de sang lui jaillit au cœur et elle ne ferma pas l'œil de la nuit. Si c'était lui ? Oui, c'était lui assurément, bien qu'elle ne l'eût pas reconnu aux détails qu'on lui avait donnés.

Vers neuf heures du matin on heurta sa porte, elle cria : « Entrez ! » prête à s'élancer, les bras ouverts. Un inconnu se présenta. Et, pendant qu'il s'excusait de l'avoir dérangée et qu'il expliquait son affaire, une dette de Paul qu'il venait réclamer, elle se sentait pleurer sans vouloir le laisser paraître, en levant les larmes du bout du doigt, à mesure qu'elles glissaient au coin des yeux.

Il avait appris sa venue par la concierge de la rue du Sauvage, et, comme il ne pouvait retrouver le jeune homme, il s'adressait à la mère. Et il tendait un papier qu'elle prit sans songer à rien. Elle lut un chiffre : 90 francs, tira son argent et paya.

Elle ne sortit pas ce jour-là.

Le lendemain d'autres créanciers se présentèrent. Elle donna tout ce qui lui restait, ne réservant qu'une vingtaine de francs ; et elle écrivit à Rosalie pour lui dire sa situation.

Elle passait ses jours à errer, attendant la réponse de sa bonne, ne sachant que faire, où tuer les heures lugubres, les heures interminables, n'ayant personne à qui dire un mot tendre, personne qui connût sa misère. Elle allait au hasard, harcelée à présent par un besoin de partir, de retourner là-bas, dans sa petite maison sur le bord de la route solitaire.

Elle n'y pouvait plus vivre quelques jours auparavant tant la tristesse l'accablait, et maintenant elle sentait bien qu'elle ne saurait plus, au contraire, vivre que là, où ses mornes habitudes s'étaient enracinées.

Enfin, un soir, elle trouva une lettre et deux cents francs. Rosalie disait : « Madame Jeanne, revenez bien vite, car je ne vous enverrai plus rien. Quant à M. Paul, c'est moi qu'irai le chercher quand nous aurons de ses nouvelles.

« Je vous salue. Votre servante.

« ROSALIE. »

Et Jeanne repartit pour Batteville, un matin qu'il neigeait, et qu'il faisait grand froid.

XIV

ALORS, elle ne sortit plus, elle ne remua plus. Elle se levait chaque matin à la même heure, regardait le temps par sa fenêtre, puis descendait s'asseoir devant le feu dans la salle.

Elle restait là des jours entiers, immobile, les yeux plantés sur la flamme, laissant aller à l'aventure ses lamentables pensées et suivant le triste défilé de ses misères. Les ténèbres peu à peu envahissaient la petite pièce sans qu'elle eût fait d'autre mouvement que pour remettre du bois au feu. Rosalie alors apportait la lampe et s'écriait : « Allons, madame Jeanne, il faut vous secouer ou bien vous n'aurez pas encore faim ce soir. »

Elle était souvent poursuivie d'idées fixes qui l'obsédaient et torturée par des préoccupations insignifiantes, les moindres choses, dans sa tête malade, prenant une importance extrême.

Elle revivait surtout dans le passé, dans le vieux passé, hantée par les premiers temps de sa vie et par son voyage de noces, là-bas en Corse. Des paysages de cette île, oubliés depuis longtemps, surgissaient soudain devant elle dans les tisons de sa cheminée ; et elle se rappelait tous les détails, tous les petits faits, toutes les figures rencontrées là-bas ; la tête du guide Jean Ravoli la poursuivait ; et elle croyait parfois entendre sa voix.

Puis elle songeait aux douces années de l'enfance de Paul, alors qu'il lui faisait repiquer des salades, et qu'elle s'agenouillait dans la terre grasse à côté de tante Lison, rivalisant de soin toutes les deux pour plaire à l'enfant, luttant à celle qui ferait reprendre les jeunes plantes avec le plus d'adresse et obtiendrait le plus d'élèves.

Et, tout bas, ses lèvres murmuraient : « Poulet, mon petit Poulet », comme si elle lui eût parlé ; et, sa rêverie s'arrêtant sur ce mot, elle essayait parfois pendant des heures d'écrire dans le vide, de son doigt tendu, les lettres qui le composaient. Elle les traçait lentement, devant le feu, s'imaginant les voir, puis, croyant s'être trompée, elle recommençait le P d'un bras tremblant de fatigue, s'efforçant de dessiner le nom jusqu'au bout ; puis, quand elle avait fini, elle recommençait.

A la fin elle ne pouvait plus, mêlait tout, modelait d'autres mots, s'énervant jusqu'à la folie.

Toutes les manies des solitaires la possédaient. La moindre chose changée de place l'irritait.

Rosalie souvent la forçait à marcher, l'emmenait sur la route ; mais Jeanne au bout de vingt minutes déclarait : « Je n'en puis plus, ma fille » ; et elle s'asseyait au bord du fossé.

Bientôt tout mouvement lui fut odieux, et elle restait au lit le plus tard possible.

Depuis son enfance, une seule habitude lui était

demeurée invariablement tenace, celle de se lever tout d'un coup aussitôt après avoir bu son café au lait. Elle tenait d'ailleurs à ce mélange d'une façon exagérée ; et la privation lui en aurait été plus sensible que celle de n'importe quoi. Elle attendait, chaque matin, l'arrivée de Rosalie avec une impatience un peu sensuelle ; et, dès que la tasse pleine était posée sur la table de nuit, elle se mettait sur son séant et la vidait vivement d'une manière un peu goulue. Puis, rejetant ses draps, elle commençait à se vêtir.

Mais peu à peu elle s'habitua à rêvasser quelques secondes après avoir reposé le bol dans son assiette, puis elle s'étendit de nouveau dans le lit ; puis elle prolongea de jour en jour cette paresse jusqu'au moment où Rosalie revenait furieuse et l'habillait presque de force.

Elle n'avait plus, d'ailleurs, une apparence de volonté et, chaque fois que sa servante lui demandait un conseil, lui posait une question, s'informait de son avis, elle répondait : « Fais comme tu voudras, ma fille. »

Elle se croyait si directement poursuivie par une malchance obstinée contre elle qu'elle devenait fataliste comme un Oriental ; et l'habitude de voir s'évanouir ses rêves et s'écrouler ses espoirs faisait qu'elle n'osait plus rien entreprendre, et qu'elle hésitait des journées entières avant d'accomplir la chose la plus simple, persuadée qu'elle s'engageait toujours dans la mauvaise voie et que cela tournerait mal.

Elle répétait à tout moment : « C'est moi qui n'ai pas eu de chance dans la vie. » Alors Rosalie s'écriait : « Qu'est-ce que vous diriez donc s'il vous fallait travailler pour avoir du pain, si vous étiez obligée de vous lever tous les jours à six heures du matin pour aller en journée ! Il y en a bien qui sont obligées de faire ça, pourtant, et, quand elles deviennent trop vieilles, elles meurent de misère. »

Jeanne répondait : « Songe donc que je suis toute seule, que mon fils m'a abandonnée. » Et Rosalie alors se fâchait furieusement : « En voilà une affaire ! Eh bien ! et les enfants qui sont au service militaire ! et ceux qui vont s'établir en Amérique. »

L'Amérique représentait pour elle un pays vague où l'on va faire fortune et dont on ne revient jamais.

Elle continuait : « Il y a toujours un moment où il faut se séparer, parce que les vieux et les jeunes ne sont pas faits pour rester ensemble. » Et elle concluait d'un ton féroce : « Eh bien, qu'est-ce que vous diriez s'il était mort ? »

Et Jeanne, alors, ne répondait plus rien.

Un peu de force lui revint quand l'air s'amollit aux premiers jours du printemps, mais elle n'employait ce retour d'activité qu'à se jeter de plus en plus dans ses pensées sombres.

Comme elle était montée au grenier, un matin, pour chercher quelque objet, elle ouvrit par hasard une caisse pleine de vieux calendriers ; on les avait conservés selon la coutume de certaines gens de campagne.

Il lui sembla qu'elle retrouvait les années elles-mêmes de son passé, et elle demeura saisie d'une étrange et confuse émotion devant ce tas de cartons carrés.

Elle les prit et les emporta dans la salle en bas. Il y en avait de toutes les tailles, des grands et des petits. Et elle se mit à les ranger par années sur la table. Soudain elle retrouva le premier, celui qu'elle avait apporté aux Peuples.

Elle le contempla longtemps, avec les jours biffés par elle le matin de son départ de Rouen, le lendemain de sa sortie du couvent. Et elle pleura. Elle pleura des larmes mornes et lentes, de pauvres larmes de vieille en face de sa vie misérable étalée devant elle sur cette table.

Et une idée la saisit qui fut bientôt une obsession terrible, incessante, acharnée. Elle voulait retrouver presque jour par jour ce qu'elle avait fait.

Elle piqua contre les murs, sur la tapisserie, l'un après l'autre, ces cartons jaunis, et elle passait des heures, en face de l'un ou de l'autre, se demandant : « Que m'est-il arrivé, ce mois-là ? »

Elle avait marqué de traits les dates mémorables de son histoire, et elle parvenait parfois à retrouver un mois entier, reconstituant un à un, groupant, rattachant l'un à l'autre tous les petits faits qui avaient précédé ou suivi un événement important.

Elle réussit, à force d'attention obstinée, d'efforts de mémoire, de volonté concentrée, à rétablir presque entièrement ses deux premières années aux Peuples, les souvenirs lointains de sa vie lui revenant avec une facilité singulière et une sorte de relief.

Mais les années suivantes lui semblaient se perdre dans un brouillard, se mêler, enjamber, l'une sur l'autre ; et elle demeurait parfois un temps infini, la tête penchée vers un calendrier, l'esprit tendu sur l'Autrefois, sans parvenir même à se rappeler si c'était dans ce carton-là que tel souvenir pouvait être retrouvé.

Elle allait de l'un à l'autre autour de la salle qu'entouraient, comme les gravures d'un chemin de la croix, ces tableaux des jours finis. Brusquement elle arrêtait sa chaise devant l'un d'eux, et restait jusqu'à la nuit immobile à le regarder, enfoncée en ses recherches.

Puis tout à coup, quand toutes les sèves se réveillèrent sous la chaleur du soleil, quand les récoltes se mirent à pousser par les champs, les arbres à verdir, quand les pommiers dans les cours s'épanouirent comme des boules roses et parfumèrent la plaine, une grande agitation la saisit.

Elle ne tenait plus en place ; elle allait et venait, sortait et rentrait vingt fois par jour, et vagabondait parfois au loin le long des fermes, s'exaltant dans une sorte de fièvre de regret.

La vue d'une marguerite blottie dans une touffe d'herbe, d'un rayon de soleil glissant entre les feuilles, d'une flaque d'eau dans une ornière où se mirait le bleu du ciel, la remuait, l'attendrissait, la bouleversait en lui redonnant des sensations lointaines, comme l'écho de ses émotions de jeune fille, quand elle rêvait par la campagne.

Elle avait frémi des mêmes secousses, savouré cette douceur et cette griserie troublante des jours tièdes, quand elle attendait l'avenir. Elle retrouvait tout cela maintenant que l'avenir était clos. Elle en jouissait encore dans son cœur ; mais elle en souffrait en même temps, comme si la joie éternelle du monde réveillé en pénétrant sa peau séchée, son sang refroidi, son âme accablée, n'y pouvait plus jeter qu'un charme affaibli et douloureux.

Il lui semblait aussi que quelque chose était un peu changé partout autour d'elle. Le soleil devait être un peu moins chaud que dans sa jeunesse, le ciel un peu moins bleu, l'herbe un peu moins verte ; et les fleurs, plus pâles et moins odorantes, n'enivraient plus tout à fait autant.

Dans certains jours, cependant, un tel bien-être de vie la pénétrait, qu'elle se reprenait à rêvasser, à espérer, à attendre ; car peut-on, malgré la rigueur acharnée du sort, ne pas espérer toujours, quand il fait beau ?

Elle allait, elle allait devant elle, pendant des heures et des heures, comme fouettée par l'excitation de son âme. Et parfois elle s'arrêtait tout à coup, et s'asseyait au bord de la route pour réfléchir à des choses tristes. Pourquoi n'avait-elle pas été aimée comme d'autres ? Pourquoi n'avait-elle pas même connu les simples bonheurs d'une existence calme ?

Et parfois encore elle oubliait un moment qu'elle était vieille, qu'il n'y avait plus rien devant elle, hors quelques ans lugubres et solitaires, que toute sa route était parcourue ; et elle bâtissait, comme jadis, à seize ans, des projets doux à son cœur ; elle combinait des bouts d'avenir charmants. Puis la dure sensation du réel tombait sur elle ; elle se relevait courbaturée comme sous la chute d'un poids qui lui aurait cassé les reins ; et elle reprenait plus lentement le chemin de sa demeure en murmurant : « Oh ! vieille folle ! vieille folle ! »

Rosalie maintenant lui répétait à tout moment : « Mais restez donc tranquille, madame, qu'est-ce que vous avez à vous émouver comme ça ?

Et Jeanne répondait tristement : « Que veux-tu, je suis comme « Massacre » aux derniers jours. »

La bonne, un matin, entra plus tôt dans sa chambre, et déposant sur sa table de nuit le bol de café au lait : « Allons, buvez vite, Denis est devant la porte qui nous attend. Nous allons aux Peuples parce que j'ai affaire là-bas. »

Jeanne crut qu'elle allait s'évanouir tant elle se sentit émue ; et elle s'habilla en tremblant d'émotion, effarée et défaillante à la pensée de revoir sa chère maison.

Un ciel radieux s'étalait sur le monde ; et le bidet, pris de gaietés, faisait parfois un temps de galop. Quand on entra dans la commune d'Étouvent, Jeanne sentit qu'elle respirait avec peine tant sa poitrine palpitait ; et quand elle aperçut les piliers de brique de la barrière, elle dit à voix basse deux ou trois fois, et malgré elle : « Oh ! oh ! oh ! » comme devant les choses qui révolutionnent le cœur.

On dételа la carriole chez les Couillard ; puis, pendant que Rosalie et son fils allaient à leurs affaires, les fermiers offrirent à Jeanne de faire un tour au château, les maîtres étant absents, et on lui donna les clefs.

Elle partit seule, et, lorsqu'elle fut devant le vieux manoir du côté de la mer, elle s'arrêta pour le regarder. Rien n'était changé au-dehors. Le vaste bâtiment grisâtre avait ce jour-là sur ses murs ternis des sourires de soleil. Tous les contrevents étaient clos.

Un petit morceau d'une branche morte tomba sur sa robe, elle leva les yeux ; il venait du platane. Elle s'approcha du gros arbre à la peau lisse et pâle, et le caressa de la main comme une bête. Son pied heurta, dans l'herbe, un morceau de bois pourri ; c'était le dernier fragment du banc où elle s'était assise si souvent avec tous les siens, du banc qu'on avait posé le jour même de la première visite de Julien.

Alors elle gagna la double porte du vestibule et eut grand-peine à l'ouvrir, la lourde clef rouillée refusant de tourner. La serrure enfin céda avec un dur grincement des ressorts ; et le battant, un peu résistant lui-même, s'enfonça sous une poussée.

Jeanne tout de suite, et presque courant, monta jusqu'à sa chambre. Elle ne la reconnut pas, tapissée d'un papier clair ; mais, ayant ouvert une fenêtre, elle demeura remuée jusqu'au fond de sa chair devant tout cet horizon tant aimé, le bosquet, les ormes, la lande, et la mer semée de voiles brunes qui semblaient immobiles au loin.

Alors elle se mit à rôder par la grande demeure vide. Elle regardait, sur les murailles, des taches familières à ses yeux. Elle s'arrêta devant un petit trou creusé dans le plâtre par le baron qui s'amusait souvent, en souvenir de son jeune temps, à faire des armes avec sa canne contre la cloison quand il passait devant cet endroit.

Dans la chambre de petite mère elle retrouva piquée derrière une porte, dans un coin sombre, auprès du lit, une fine épingle à tête d'or qu'elle avait enfoncée là autrefois (elle se le rappelait maintenant), et qu'elle avait, depuis, cherchée pendant des années. Personne ne l'avait trouvée. Elle la prit comme une inappréciable relique et la baisa.

Elle allait partout, cherchait, reconnaissait des traces presque invisibles dans les tentures des chambres qu'on n'avait point changées, revoyait ces figures bizarres que l'imagination prête souvent aux dessins des étoffes, des marbres, aux ombres des plafonds salis par le temps.

Elle marchait à pas muets, toute seule dans l'immense château silencieux, comme à travers un cimetière. Toute sa vie gisait là-dedans.

Elle descendit au salon. Il était sombre derrière ses volets fermés et elle fut quelque temps avant d'y rien distinguer ; puis, son regard s'habituant à l'obscurité, elle reconnut peu à peu les hautes tapisseries où se promenaient des oiseaux. Deux fauteuils étaient restés devant la cheminée comme si on venait de les quitter ; et l'odeur même de la pièce, une odeur qu'elle avait toujours gardée, comme les êtres ont la leur, une odeur vague, bien reconnaissable cependant, douce senteur indécise des vieux appartements, pénétrait Jeanne, l'enveloppait de souvenirs, grisait sa mémoire. Elle restait haletante, aspirant cette haleine du passé, et les yeux fixés sur les deux sièges. Et soudain, dans une brusque hallucination qu'enfanta son idée fixe, elle crut voir, elle vit, comme elle les avait vus si souvent, son père et sa mère chauffant leurs pieds au feu.

Elle recula épouvantée, heurta du dos le bord de la porte, s'y soutint pour ne pas tomber, les yeux toujours tendus sur les fauteuils.

La vision avait disparu.

Elle demeura éperdue pendant quelques minutes ; puis elle reprit lentement la possession d'elle-même et voulut s'enfuir, ayant peur d'être folle. Son regard tomba par hasard sur le lambris auquel elle s'appuyait ; et elle aperçut l'échelle de Poulet.

Toutes les légères marques grimpaient sur la peinture à des intervalles inégaux ; et des chiffres tracés au canif indiquaient les âges, les mois, et la croissance de son fils. Tantôt c'était l'écriture du baron, plus grande, tantôt la sienne, plus petite, tantôt celle de tante Lison, un peu tremblée. Et il lui sembla que l'enfant d'autrefois était là, devant elle, avec ses cheveux blonds, collant son petit front contre le mur pour qu'on mesurât sa taille.

Le baron criait : « Jeanne, il a grandi d'un centimètre depuis six semaines. »

Elle se mit à baiser le lambris, avec une frénésie d'amour.

Mais on l'appelait au-dehors. C'était la voix de Rosalie : « Madame Jeanne, madame Jeanne, on vous attend pour déjeuner. » Elle sortit, perdant la tête. Et elle ne comprenait plus rien de ce qu'on lui disait. Elle mangea des choses qu'on lui servit, écouta parler sans savoir de quoi, causa sans doute avec les fermiers qui s'informaient de sa santé, se laissa embrasser, embrassa elle-même des joues qu'on lui tendait, et elle remonta dans la voiture.

Quand elle perdit de vue, à travers les arbres, la haute toiture du château, elle eut dans la poitrine un déchirement horrible. Elle sentait en son cœur qu'elle venait de dire adieu pour toujours à sa maison.

On s'en revint à Batteville.

Au moment où elle allait rentrer dans sa nouvelle demeure, elle aperçut quelque chose de blanc sous la porte ; c'était une lettre que le facteur avait glissée là en son absence. Elle reconnut aussitôt qu'elle venait de Paul, et l'ouvrit, tremblant d'angoisse. Il disait :

« Ma chère maman, je ne t'ai pas écrit plus tôt parce que je ne voulais pas te faire faire à Paris un voyage inutile, devant moi-même aller te voir incessamment. Je suis à l'heure présente sous le coup d'un grand malheur et dans une grande difficulté. Ma femme est mourante après avoir accouché d'une petite fille, voici trois jours ; et je n'ai pas le sou. Je ne sais que faire de l'enfant que ma concierge élève au biberon comme elle peut, mais j'ai peur de la perdre. Ne pourrais-tu t'en charger ? Je ne sais absolument que faire et je n'ai pas d'argent pour la mettre en nourrice. Réponds poste pour poste.

« Ton fils qui t'aime,

« PAUL. »

Jeanne s'affaissa sur une chaise ayant à peine la force d'appeler Rosalie. Quand la bonne fut là, elles relurent la lettre ensemble, puis demeurèrent silencieuses, l'une en face de l'autre, longtemps.

Rosalie, enfin, parla : « J'vas aller chercher la petite moi, madame. On ne peut pas la laisser comme ça. »

Jeanne répondit : « Va, ma fille. »

Elles se turent encore, puis la bonne reprit : « Mettez votre chapeau, madame, et puis allons à Goderville chez le notaire. Si l'autre va mourir, faut que M. Paul l'épouse, pour la petite, plus tard. »

Et Jeanne, sans répondre un mot, mit son chapeau. Une joie profonde et inavouable inondait son cœur, une joie perfide qu'elle voulait cacher à tout prix, une de ces joies abominables dont on rougit, mais dont on jouit ardemment dans le secret mystérieux de l'âme : la maîtresse de son fils allait mourir.

Le notaire donna à la bonne des indications détaillées qu'elle se fit répéter plusieurs fois ; puis, sûre de ne pas commettre d'erreur, elle déclara : « Ne craignez rien, je m'en charge maintenant. »

Elle partit pour Paris la nuit même.

Jeanne passa deux jours dans un trouble de pensée qui la rendait incapable de réfléchir à rien. Le troisième matin elle reçut un seul mot de Rosalie annonçant son retour par le train du soir. Rien de plus.

Vers trois heures elle fit atteler la carriole d'un voisin qui la conduisit à la gare de Beuzeville pour attendre sa servante.

Elle restait debout sur le quai, l'œil tendu sur la ligne droite des rails qui fuyaient en se rapprochant là-bas, au bout de l'horizon. De temps en temps elle regardait l'horloge. — Encore dix minutes. — Encore cinq minutes. — Encore deux minutes. — Voici l'heure. — Rien n'apparaissait sur la voie lointaine. Puis tout à coup, elle aperçut une tache blanche, une fumée, puis au-dessous un point noir qui grandit, accourant à toute vitesse. La grosse machine enfin, ralentissant sa marche, passa, en ronflant, devant Jeanne qui guettait avidement les portières. Plusieurs s'ouvrirent ; des gens descendaient, des paysans en blouse, des fermières avec des paniers, des petits bourgeois en chapeau mou. Enfin elle aperçut Rosalie qui portait en ses bras une sorte de paquet de linge.

Elle voulut aller vers elle, mais elle craignait de tomber tant ses jambes étaient devenues molles. Sa bonne, l'ayant vue, la rejoignit avec son air calme ordinaire ; et elle dit : « Bonjour, madame ; me v'là revenue, c'est pas sans peine. »

Jeanne balbutia : « Eh bien ? »

Rosalie répondit : « Eh bien, elle est morte, c'te nuit. Ils sont mariés, v'là la petite. » Et elle tendit l'enfant qu'on ne voyait point dans ses linges.

Jeanne la reçut machinalement et elles sortirent de la gare, puis montèrent dans la voiture.

Rosalie reprit : « M. Paul viendra dès l'enterrement fini. Demain à la même heure, faut croire. »

Jeanne murmura « Paul... » et n'ajouta rien.

Le soleil baissait vers l'horizon, inondant de clarté les plaines verdoyantes, tachées de place en place par l'or des colzas en fleur, et par le sang des coquelicots. Une quiétude infinie planait sur la terre tranquille où germaient les sèves. La carriole allait grand train, le paysan claquant de la langue pour exciter son cheval.

Et Jeanne regardait droit devant elle en l'air, dans le ciel que coupait, comme des fusées, le vol cintré des hirondelles. Et soudain une tiédeur douce, une chaleur de vie traversant ses robes, gagna ses jambes, pénétra sa chair ; c'était la chaleur du petit être qui dormait sur ses genoux.

Alors une émotion infinie l'envahit. Elle découvrit brusquement la figure de l'enfant qu'elle n'avait pas encore vue : la fille de son fils. Et comme la frêle créature, frappée par la lumière vive, ouvrait ses yeux bleus en remuant la bouche, Jeanne se mit à l'embrasser furieusement, la soulevant dans ses bras, la criblant de baisers.

Mais Rosalie, contente et bourrue, l'arrêta. « Voyons, voyons, madame Jeanne, finissez ; vous allez la faire crier. »

Puis elle ajouta, répondant sans doute à sa propre pensée : « La vie, voyez-vous, ça n'est jamais si bon ni si mauvais qu'on croit. »

COMMENTAIRES
par
Alain Buisine

L'originalité de l'œuvre

Une vie : *a priori*, quel programme surchargé ! A la lecture de ce titre vous vous attendez fort légitimement au récit de tout ce qui aura eu lieu pendant une existence, à la narration romanesque de ce qui progressivement constitue biographiquement une personne, la fait exister et consister en ce monde. Détrompez-vous immédiatement ! pour l'essentiel, le premier roman de Maupassant n'est constitué, si dans ces conditions ce terme a encore un sens, que de tout ce qui n'a pas eu lieu et aurait pu, aurait dû normalement avoir lieu, de ce qui a été ardemment désiré et rêvé pendant l'enfance et l'adolescence, mais ne s'est malheureusement pas accompli à l'âge adulte. Car *Une vie*, c'est d'abord la prosaïque tragédie domestique d'une existence gâchée, le drame d'un impossible bonheur, la reconstitution biographique du néant. Ne retenant prioritairement du vécu que ce qu'il n'a pas été, s'attachant avant tout à suggérer en palimpseste ce qui aurait pu être, *Une vie* est le récit même de l'invivable, de l'« invécu » faudrait-il dire. Comme si de cette vie que prétend nous raconter le roman nous ne possédions que le négatif, comme si son tirage n'avait jamais été effectué : le vide d'une vie.

Ce n'est pas qu'il ne se passe strictement rien dans l'existence de Jeanne de Lamare, loin de là : sa vie sera en fait bouleversée par une terrible collection de malheurs, autant d'événements tellement négatifs — sinistres revers et envers des espoirs de l'adolescence — qu'ici tout se défait et se déconstruit, se résorbe et se dilue dans le non-être, s'abîme dans le néant. Comment encore exister lorsque tant de désastres viennent vous entamer ? Plus il vous arrive de choses, moins vous êtes. Jugez-en plutôt par vous-même : Jeanne, fille chérie du baron Le Perthuis des Vauds, a vraiment tout pour être heureuse, éducation, fortune et beauté, quand elle sort du couvent le 2 mai 1819. Tout aura donc commencé fort positivement par la promesse d'un avenir radieux. Moins de quatre mois plus tard, elle se marie avec M. le vicomte de Lamare qui devrait garantir le bonheur de toute une vie. Voyage de noces en Corse où Jeanne éprouve une première et ultime jouissance, retour à la propriété familiale des Peuples en Normandie. Dès lors ce ne sera plus qu'une lente et corrosive dégradation : elle a déjà sa vie derrière elle. A peine installée, elle est trompée par son époux qui engrosse Rosalie, la servante. Naissance du bâtard de Julien et de Rosalie, qui sera bientôt suivie (répétée, car cette vie ne sera faite que de répétitions) par la naissance de l'enfant légitime du couple. Vous avez compris que dans cette existence la fin d'un malheur inaugure le suivant, le roman ne mettant bout à bout que calamités et faillites. Dès le mois de décembre de la même année s'amorcent les relations de Julien avec Mme de Fourville, début d'un nouvel adultère que Jeanne découvrira le 7 mai 1821. Pendant l'été, mort de sa mère, perte encore plus irréparable que toutes les autres. Au printemps de 1822, Julien et son amante périssent brutalement, précipités du haut d'une falaise par le comte de Fourville rendu fou furieux par l'infidélité de son épouse. Et les années vont lentement s'écouler, et le vieillissement de Jeanne minée par tous ces malheurs va s'accélérer. Les événements marquants s'espacent. En 1841, son fils Paul se sauve à Londres avec une fille. La même année, mort de son père et, trois ans plus tard, celle de tante Lison. Pour rembourser les dettes de son fils dont toutes les spéculations commerciales échouent, Jeanne est obligée de vendre l'ancestrale propriété des Peuples et de se retirer dans une simple maison bourgeoise. Mort de la femme de Paul : il rejoindra sa mère avec sa petite fille. Retour au bercail de la famille décimée.

Trois adultères (en comptant la liaison de la baronne que Jeanne découvre après sa mort en lisant son ancienne correspondance), un bâtard et un mort-né, un fils et une petite-fille, les morts souvent tragiques de tant de proches, c'est loin d'être négligeable, et cependant, en dépit des rebondissements de l'intrigue comportant même un double assassinat, le lecteur (exactement comme l'héroïne d'ailleurs) a toujours l'impression qu'il ne se passe rien dans cette vie qui, bien qu'agitée et même mouvementée, va inexorablement s'enliser dans la monotonie du quotidien et la banalité des habitudes. Car tout ce qui a (beau avoir) lieu s'étire dans le temps et se distend, s'effiloche et s'émousse, les faits ne parvenant jamais à contrarier durablement l'engourdissement de la répétition. Quoi qu'il arrive, rien ne change vraiment. Dès le lendemain de son mariage dont elle supposait qu'il marquerait une nouveauté absolue, Jeanne est désabusée : « Et la journée s'écoula ainsi qu'à l'ordinaire comme si rien de nouveau n'était survenu. Il n'y avait qu'un homme de plus dans la maison. » De même, peu après son voyage de noces : « Et la journée s'écoula comme celle de la veille, froide, au lieu d'être humide. Et les autres jours de la semaine ressemblèrent à ces deux-là ; et toutes les semaines du mois ressemblèrent à la première. » Car tel est bien le défi littéraire lancé par ce récit de Maupassant qui déréalise tout à force de sembler réaliste, telle est bien son originalité extrêmement paradoxale dans sa dimension proprement négative : ne raconter les événements que pour les amortir et les résorber, ne se poursuivre qu'à condition de tout effacer, ne narrer chaque circonstance que comme symptôme d'une perte, réduire la succession des faits à une vertigineuse viduité. Quelle que soit l'intensité affective des événements qui ont « meublé » ou plutôt « déménagé » l'existence de Jeanne jusqu'à la rendre déserte, sa vie engourdie, affaissée, implacablement de plus en plus apathique et léthargique, n'en demeurera pas moins profondément désaffectée : une vie en lambeaux, une destinée incomplète et lacunaire, une somme de vides. *Une vie* : un roman en creux dont l'écriture n'en finit pas d'évider tout ce qui pourrait faire saillie. Ce romanesque est une impitoyable entreprise de nivellement, de laminage, de néantisation.

Nul hasard si l'image du trou différemment thématisé insiste autant. Motif descriptif particulièrement privilégié qui fait retour dans maints paysages : « soudain, par un *trou* qu'on ne voyait point, un long rayon de soleil oblique descendit » ; « profitant du *trou* fait dans la verdure, une averse de lumière tombait là ». Image qui reviendra quand Jeanne n'aura d'autre ressource que le souvenir : « une vision la traversa, une vision rapide de ce *trou* ensoleillé au milieu des sombres feuillages ». Un trou qui, financier cette fois, représente aussi les dommages causés au budget par la générosité de ses parents : leur « revenu aurait suffi s'il n'y avait eu dans la maison un *trou* sans fond toujours ouvert, la bonté ». Au sein de cet interminable évidement qu'effectue obstinément le roman, le mariage de Jeanne qui éprouve « seulement une grande sensation de *vide* en tout son corps » le jour de la cérémonie, devient lui-même un trou : « Pourquoi tomber si vite dans le mariage comme dans un *trou* ouvert sous vos pas » ; « elle était tombée dans ce mariage, dans ce *trou* sans bords ». Le trou, c'est aussi le temps dans lequel s'abîme sa vie : « Décembre s'écoulait lentement, ce mois noir, *trou* sombre au fond de l'année. » C'est encore la faillite de sa mémoire : « Elle raisonnait péniblement, cherchant des choses qui lui échappaient, comme si elle avait eu des *trous* dans sa mémoire, de grandes places blanches et vides où les événements ne s'étaient point marqués. » Déjà son accouchement avait été une façon de faire le vide dans son propre corps : « Il lui semblait soudain que tout son ventre se *vidait* brusquement. » Comment ne pas reconnaître dans cette obsessionnelle insistance du trou décliné sous toutes ses formes la figure exemplaire de ce que (n') aura (pas) été la vie de Jeanne ? Il n'est pas de scène plus significative que lorsque Jeanne, privée de son fils chéri, essaie désespérément d'écrire son nom dans le vide : « Et, tout bas, ses lèvres murmuraient : « Poulet, mon petit Poulet », comme si elle lui eût parlé ; et, sa rêverie s'arrêtant sur ce mot, elle essayait parfois pendant des heures d'*écrire dans le vide*, de son doigt tendu, les lettres qui le composaient. Elle les traçait lentement, devant le feu, s'imaginant les voir, puis, croyant s'être trompée, elle recommençait le P d'un bras tremblant de fatigue, s'efforçant de dessiner le nom jusqu'au bout ; puis, quand elle avait fini, elle recommençait. » Pauvre Jeanne qui dans son extrême dénuement existentiel, puisque démunie d'elle-même, ne peut plus qu'écrire dans le vide, (s') écrire à vide, écrire le vide (exactement comme le roman). Ne visant que l'absence, ne désirant que ce qui manque et se dérobe. On a si souvent répété que tout roman du XIXᵉ siècle est fatalement un « roman de formation » qu'il importe de souligner qu'*Une vie* est un roman de la déformation, de la dissolution, de la perte. Rares sont les entreprises romanesques de cette époque qui menacent et fragilisent à ce point la constitution de l'identité du sujet.

Étude des personnages

Au sein de cette vacuité généralisée que dispose ce roman de Maupassant hostile à toute plénitude, à toute consistance du sujet, tante Lison représente, en dépit ou plutôt justement à cause de son extrême discrétion, le personnage le plus typique d'*Une vie*, condensé de la grandeur négative de la fiction. Effacée jusqu'à n'être plus, si modeste et réservée qu'elle en devient fantomatique : « C'était une petite femme qui parlait peu, s'effaçait toujours, apparaissait seulement aux heures des repas, et remontait ensuite dans sa chambre où elle restait enfermée sans cesse. » « C'était quelque chose comme une ombre ou un objet familier, un meuble vivant qu'on est accoutumé à voir chaque jour, mais dont on ne s'inquiète jamais. » « Elle ne tenait point de place ; c'était un de ces êtres qui demeurent inconnus même à leurs proches, comme inexplorés, et dont la mort ne fait ni trou ni vide dans une maison. » Elle fait partie de la grande communauté amorphe et silencieuse des « beingless beings », pour reprendre une expression de Joyce dans *Ulysse*, ces êtres qui n'ont pas d'être, ces êtres inexistants ; degré zéro du personnage dont n'insiste que l'insignifiance, elle n'existe que négativement, en creux. Totale viduité dont la mort passera évidemment inaperçue, car comment remarquer la disparition du néant ? Naomi Schor a raison de relever son prénom de femme manquée : « Elle s'appelait Lise et semblait gênée par ce nom pimpant et jeune. Quand on avait vu qu'elle ne se mariait pas, qu'elle ne se marierait sans doute point, de Lise on avait fait Lison. » Lison, c'est Lise suffixé par le pronom indéfini *on*, par le pronom même de l'impersonnalité. Dans la mesure où *Une vie* est le récit de l'inexistence, tante Lison constitue la version la plus achevée de cette dissolution de l'identité qui dépossède d'eux-mêmes maints personnages maupassantiens, qui est d'ailleurs le problème essentiel de Maupassant lui-même comme l'ont déjà remarqué les plus avisés de ses lecteurs : Alberto Savinio montrant comment la présence de plus en plus envahissante de l'*Autre* en soi-même progressivement dédouble sa personnalité jusqu'à créer un nouveau Maupassant qui n'a plus rien à voir avec celui d'antan ; Philippe Bonnefis exposant comment cet écrivain se trouve toujours comme séparé de lui-même, écarté de sa propre intimité par une irréparable déchirure originelle.

Dans ce roman de la perte d'identité, dont presque tous les personnages ne valent que négativement, tante Lison figure en quelque sorte une Jeanne de Lamare poussée à l'extrême, menée jusqu'à ses dernières conséquences, puisqu'aussi bien l'héroïne elle-même se définit plus par ce qu'elle n'est pas que par ce qu'elle devient. On saisit mieux dans cette perspective l'importance de la banalité du titre, que renforce l'épigraphe : « L'humble vérité. » Ici, pas la moindre individualisation onomastique, aucune inscription personnalisante d'un état civil. Alors que tant de romans réalistes et naturalistes qui vont nous raconter une vie choisissent pour titre le nom (ou parfois le prénom) du personnage (ou du « couple ») principal (*Madame Bovary* de Flaubert, *Madame Gervaisais*, *Germinie Lacerteux*, *Renée Mauperin*, *Charles Demailly*, *Les Frères Zemganno* des Goncourt, *Thérèse Raquin*, *Madeleine Férat*, *Le Docteur Pascal* de Zola, *Benjamin Rozes* de Hennique, *Marthe*, *Les Sœurs Vatard* de Huysmans, *Sébastien Roch* de Mirbeau ; sans parler de toute la cohorte des surnoms,

La Pasquette, *Nana*, ni des feuilletons onomastiques d'un Léon Cladel, *Titi Foÿssac IV dit La République et la Chrétienté*), le roman de Maupassant condamne son héroïne à une sorte d'anonymat en l'excluant du titre au lieu de la titulariser. Il s'abstient même d'adjoindre à l'article indéfini et au substantif un adjectif, comme Flaubert pour *Un cœur simple* et Céard pour *Une belle journée*. Une perte du nom propre chassé du titre, qui « engendrera une série de pertes : perte des êtres aimés, perte de la maison natale [...]. *Une vie* raconte le passage de l'avoir au non-être, du vide au plein » (Naomi Schor). *Une vie* : le roman de la dépossession, de l'expropriation, de la désappropriation.

En ce sens, cette fiction est éminemment flaubertienne. Au même titre que *Madame Bovary* il s'agit d'un roman de la vie en province et de l'aliénation proprement romanesque de la femme qui a par avance beaucoup trop lu et trop rêvé pour être encore capable de s'adapter au réel qui l'attend à l'âge adulte. Un roman de la « condition féminine » pour autant qu'elle est déterminée, conditionnée par la littérature elle-même qui aigrit ses lectrices confrontées à la nullité romanesque de leur vie quotidienne. Il est indispensable d'insister sur cette complexion, cette constitution intrinsèquement littéraires de Jeanne de Lamare, car il serait évidemment fort tentant de lire *Une vie* comme un véritable document sociologique sur le statut de la femme en province au XIXᵉ siècle, plus généralement comme une chronique sociale sur la vie en Normandie dans la première moitié du siècle. On soulignerait alors la pertinence de l'analyse de l'aliénation historique de la femme qui n'est jamais maîtresse de son destin, la justesse de l'évocation de la noblesse de province en pleine décadence, la précision de la description de la vie à la campagne. Interpréter de la sorte *Une vie* comme un témoignage sur la condition féminine reviendrait d'abord à oublier qu'une semblable expropriation de soi-même n'est nullement le propre de la féminité en milieu maupassantien : les hommes (et Maupassant le premier) ne réussissent pas mieux à (re-)constituer, à fonder leur identité. En outre, ce serait méconnaître une dimension fondamentale du texte, à savoir que la femme est ici moins le « produit » de l'Histoire qu'un effet de la littérature en tant que telle, conformément au modèle flaubertien. Car les romans de Flaubert se fondent sur une méfiance du roman : Emma et Frédéric ont lu trop de livres, ils sont les victimes de leur pratique assidue de la littérature, qui les désadapte, les aliène, les consume. Voulant vivre comme des héros de fictions, désirant faire de leur vie une réécriture de leurs romans préférés, ils sombrent dans le stéréotype, ils échouent lamentablement. Dans ces conditions, Jeanne de Lamare, romanesque au carré, est doublement produite par le corpus littéraire, puisqu'elle est une reprise de cette Emma, elle-même déjà programmée — et intoxiquée — par une excessive fréquentation de la bibliothèque romantique.

De fait, comment ne pas constamment songer à *Madame Bovary,* qu'*Une vie* semble si souvent réécrire, et même systématiser, radicaliser ? Car au premier abord on a l'impression que Maupassant en rajoute, surenchérit complaisamment au point d'accentuer la noirceur et le pessimisme de la matrice flaubertienne. Jeanne, plus neurasthénique et moins exaltée qu'Emma, en fait plus léthargique que romantique, est finalement plus aliénée, plus inexistante, plus nulle que l'héroïne de Flaubert. Elle ne trompera même pas son époux, ignorera ces liaisons qui excitent un moment la vie d'Emma qui, plus passionnée, plus tragique, plus lyrique, va jusqu'au suicide : elle a vécu, fût-ce en choisissant de se donner la mort. Jeanne se contentera très prosaïquement de vieillir. Elle qui pour tout aggraver n'est même pas sensuelle, mais hystériquement maternelle, n'est pas tant la « sœur cadette » d'Emma que son ombre, son fantôme. Elle vit un malheur plus discret, plus modeste et plus rentré, d'une médiocrité résignée, et qui, dans sa platitude même, n'en apparaît que plus terrible, plus insupportable. Jamais la moindre ouverture vers un ailleurs, que ce soit par l'adultère ou par le suicide. Simplement une lente et inexorable décrépitude. Le néant absolu, la plus complète nullité du vécu, et s'il fallait prélever dans le roman ses phrases les plus significatives, on devrait paradoxalement en retenir ses plages les plus insignifiantes, des morceaux de néant, des zones de vide, des pans de rien : « Alors elle s'aperçut qu'elle n'avait plus rien à faire, plus jamais rien à faire. [...] voilà que la douce réalité des premiers jours allait devenir la réalité quotidienne qui fermait la porte aux espoirs indéfinis, aux charmantes inquiétudes de l'inconnu. Oui, c'était fini d'attendre. Alors plus rien à faire, aujourd'hui, ni demain, ni jamais » ; « L'habitude mettait sur sa vie une couche de résignation pareille au revêtement de calcaire que certaines eaux déposent sur les objets. Et une sorte d'intérêt pour les mille choses insignifiantes de l'existence quotidienne, un souci des simples et médiocres occupations régulières renaquit en son cœur. [...] Ainsi que les vieux fauteuils du salon ternis par les temps, tout se décolorait doucement à ses yeux, tout s'effaçait, prenait une nuance pâle et morne. » Au point que tout le roman finit par ressembler à une sorte d'énorme expansion du célèbre début de l'avant-dernier chapitre de *L'Education sentimentale*, lorsque Frédéric tente d'oublier son amour et de tuer le temps. Ne manque même pas chez Maupassant ce *et* flaubertien dont Marcel Proust a souligné l'extrême particularité, un *et* qui prolonge plus qu'il ne coordonne. A la phrase flaubertienne : « Des années passèrent ; *et* il supportait le désœuvrement de son intelligence et l'inertie de son cœur » font écho maintes phrases maupassantiennes : « *Et* leur vie restait lamentable » ; «*Et* rien de nouveau n'arriva plus jusqu'aux derniers jours de juillet ».

Alors pourquoi cette impression ressentie par Alberto Savinio qu'« *Une vie* est une *Bovary* sucrée et parfumée : une *Bovary* « à la framboise » ? D'abord sans aucun doute en raison du débordement de sentimentalité dont est gonflé le roman : « Ce qu'elle peut pleurer, la pauvre Jeanne ! Le nombre de syncopes, d'évanouissements prolongés, de crises de nerfs, de sanglots convulsifs qu'elle totalise tout au long du roman est tout simplement prodigieux » (André Fermigier). Plus fondamentalement, c'est qu'en même temps qu'il semble aggraver et conduire jusqu'à ses dernières conséquences le cas d'Emma, accentuer la déréliction de l'héroïne, Maupassant prend grand soin d'installer un

312

certain nombre de dispositifs protectionnistes, de « garde-fous » dont le généalogique fournit le meilleur exemple. Souvenez-vous de la baronne, pour laquelle la généalogie représente le seul sujet dont l'importance puisse lui faire momentanément oublier son hypertrophie, la mère de Jeanne réalisant alors « des tours de force de mémoire, rétablissant les ascendances et les descendances d'autres familles, circulant, sans jamais se perdre, dans le labyrinthe compliqué des généalogies ». Une passion de la lignée moins anecdotique qu'il n'y paraît si l'on se rappelle l'acharnement que manifestera Jeanne, jusqu'alors affaissée et apathique, pour que son fils épouse légalement la mère de sa petite-fille. Comme si dans ce roman où la famille nucléaire n'est qu'un échec, où d'ailleurs les figures maternelles l'emportent largement sur les présences masculines, les personnages devaient d'autant plus impérieusement restaurer et retendre les liens de la lignée, assurer la relève par la descendance.

De la même façon on pourrait analyser la fonction sécurisante, pour le personnage de Jeanne, du souvenir en tant que relique : « Une idée la saisit qui fut bientôt une obsession terrible, incessante, acharnée. Elle voulait retrouver presque jour par jour ce qu'elle avait fait. [...] elle parvenait parfois à retrouver un mois entier, reconstituant un à un, groupant, rattachant l'un à l'autre tous les petits faits qui avaient précédé ou suivi un événement important. » Jeanne parvient fort paradoxalement à revivre rétrospectivement ce qu'en fait elle n'a jamais vécu, faisant après coup le plein de (son) vide. Au même titre que toutes ces nouvelles où l'anecdote s'inaugure par un rappel (une vieille histoire du passé revient à la mémoire. Classique *incipit* : des amis de longue date se rencontrent et l'un d'eux raconte une aventure autrefois arrivée), *Une vie* devient progressivement une écriture du souvenir, ce reste familier qui est toujours conservé du passé, quand bien même strictement rien d'autre n'en subsisterait. Recueillement du souvenir où la perte est oubliée à force d'être rituellement rappelée. Jeanne finira par faire de sa propre vie un reliquaire qui, même s'il ne contient que ce qu'elle a manqué, masque son néant. Se souvenir de ce qu'elle n'a pas été est sa façon d'être. Conclusion logique du roman énoncée par la sagesse populaire qui ne supporte pas les extrêmes : « La vie, voyez-vous, ce n'est jamais si bon ni si mauvais qu'on croit. » Finalement, du néant même de l'existence de Jeanne, surgit contre toute attente la création d'une identité paradoxale, aussi dérisoire, nulle, médiocre, inconsistante qu'on le voudra, mais qui tout au moins se maintient, se survit, qui surtout n'est nullement divisée, déchirée, atteignant une sorte d'homogénéité dans sa caducité. Sans doute existe-t-elle très peu, quasiment pas, mais du moins elle est elle-même, et pas une autre. Si médiocre que protégée de la faille de l'altérité, si nulle que préservée de sa perte puisqu'il n'y a plus rien à perdre. Peut-être Maupassant a-t-il un jour rêvé de ne pas finir plus mal que Jeanne ? Et si cette vie lamentable devait être relue, interprétée comme un moindre mal ?

Le travail de l'écrivain

Comment va donc s'opérer dans l'écriture elle-même cette radicale néantisation d'une vie ? Fondamentalement par le travail de la répétition : si n'importe quel événement se contente de redoubler le passé ou d'anticiper l'avenir, il perd toute consistance, il n'a jamais réellement lieu. On sait que, pour Maupassant, raconter, c'est toujours jusqu'à un certain point re-conter, que le dire s'origine dans la redite, que la fiction suppose nécessairement la reprise. Il est facile de démontrer qu'*Une vie* s'écrit constamment dans et par une répétition généralisée, qui contamine aussi bien un simple mot que l'ensemble d'un épisode narratif. On n'en finirait pas de relever toutes ces phrases qui ressassent une même idée en reprenant inlassablement un même substantif ou un même adjectif, remâchent une même sensation en multipliant les reprises synonymiques. Cette écriture toute en chambre d'écho, répercutant à l'infini les mêmes termes, parfois quasiment les mêmes phrases complètes, fait de la redondance son principe constitutif : style intensément psalmodique, qui concerte un complet effacement des apparentes différences discursives de la narration. Répétition des mêmes mots et des mêmes périodes, mais aussi des mêmes motifs gestuels. Un seul exemple, le *leitmotiv* du regard à la fenêtre. Si j'aligne bout à bout toutes les scènes à la fenêtre, vous aurez peine à croire que le roman se répète à ce point : « Jeanne [...] s'approcha de la fenêtre » ; « Elle se leva [...], ouvrit la

315

fenêtre et regarda » ; « Alors Lison à son tour se leva, [...] vint s'accouder à la fenêtre et contempla la nuit » ; « Les jeunes gens accoudés à la fenêtre ouverte regardaient le jardin » ; « Elle se leva et vint coller son front aux vitres » ; « S'enveloppant d'un grand peignoir, elle courut à sa fenêtre et l'ouvrit » ; « Elle [...] s'asseyait près de la fenêtre [...] levait les yeux et contemplait au loin la mer » ; « Elle resta des journées entières assise contre la fenêtre » ; « Jeanne ferma la porte, puis alla ouvrir toutes grandes les deux fenêtres » ; « Elle se leva et courut à la fenêtre pour se rafraîchir » ; « Elle retourna s'asseoir auprès de la fenêtre ouverte » ; « Et le souvenir saisit Jeanne de cette nuit passée à la fenêtre lors de son arrivée » ; « Elle se mit à la fenêtre et regarda la rue » ; « Elle se levait chaque matin à la même heure, regardait le temps par sa fenêtre » ; « Ayant ouvert une fenêtre, elle demeura remuée jusqu'au fond de sa chair ». A relire les unes à la suite des autres ces citations aisément superposables, on doute qu'elles appartiennent à la même fiction tant leur ressemblance dément toute possibilité d'invention, de progression romanesques. Comment parvenir à raconter quand les mêmes gestes infiniment recommencés ne peuvent qu'enliser la narration dans un indépassable immobilisme, quand la répétition, force d'inertie et de stagnation, interdit par avance la moindre modification ? Le roman qui en ce sens fait le procès du romanesque n'est justement constitué que par l'empilement d'innombrables répétitions, dont la fenêtre n'est qu'un exemple parmi bien d'autres : insiste tout autant la thématique inchangée de la ligne droite qui signifie déjà par elle-même l'absence de différences, etc. Car il faudrait un volume complet pour minutieusement répertorier tout ce qui n'arrête pas de se répéter dans *Une vie*. Jusqu'à un entêtant retour des mêmes situations : le mariage de Jeanne sera préfiguré par le baptême de la barque, l'accouchement de Rosalie redoublé par celui de sa maîtresse. Rien ne sera jamais unique et singulier dans cette vie dont tout événement en décalque fatalement un autre.

La répétition non seulement représente une structure décisive, une forme prépondérante de cette fiction qui dénie obstinément toute manifestation de la différence, tout surgissement de l'altérité, mais en outre elle constitue un des principes génétiques majeurs de l'écriture maupassantienne. Quand il fait paraître en avril 1883 *Une vie*, Maupassant est déjà un écrivain reconnu et loué. Il a publié maintes nouvelles parmi lesquelles certaines de ses plus célèbres, *Boule de Suif* en 1880 et *La Maison Tellier* en 1881. Comment ce spécialiste des récits courts va-t-il réussir à confectionner son premier roman ? D'abord en répétant ce qu'il a déjà écrit ou est en train d'écrire, en agençant des nouvelles déjà construites, en enfilant de petites intrigues déjà instruites. Même si André Vial, dans son archéologie extrêmement détaillée de la genèse d'*Une vie*, s'efforce de préserver l'originalité et l'autonomie du roman, qui n'aurait pas été programmé par les précédents récits, même s'il tente de prouver que l'invention proprement romanesque précède le plus souvent l'écriture des nouvelles, qui ne seraient qu'« un tirage anticipé, conçu à des fins strictement alimentaires », il n'en est pas moins contraint de dénombrer les nouvelles déjà

317

publiées qui sont autant d'esquisses, d'ébauches d'*Une vie,* entre autres : *Par un soir de printemps (Le Gaulois,* 7 mai 1881) ; *Le Saut du Berger (Gil Blas, 9 mars 1882) ; Vieux Objets (Gil Blas,* 29 mars 1882) ; Rencontre (*Le Gaulois,* 26 mai 1882). Et qu'importe après tout l'ordre exact de rédaction ! L'essentiel n'est pas tant de déterminer lequel, du roman ou de la nouvelle, a précédé l'autre que de fortement souligner que Maupassant n'écrit qu'en (se) répétant. Un continuel recommencement de la répétition qui ne se réduit pas à un simple calcul financier, l'écrivain publiant à la fois en romans et en nouvelles les mêmes récits pour mieux les rentabiliser : condition *sine qua non* de cette écriture, la répétition permet de transformer l'œuvre en un dispositif réflexif, de faire du corpus une machine spéculaire. Si l'on se souvient que la question du miroir est déterminante dans l'imaginaire maupassantien en tant qu'il va manifester l'impossibilité pour le sujet de se retrouver, de se recueillir, de se réapproprier, si l'on rappelle en outre que son texte ne cesse de se poser le problème de la ressemblance (Philippe Bonnefis nous démontrant que « Maupassant, rival de sa mère [...] aurait décidé de faire une œuvre à sa ressemblance, de faire œuvre de Ressemblance, visant à travers elle l'indéfini pouvoir de ressemblance »), on comprend mieux la nécessité qu'il ressent de faire d'un miroitement généralisé le principe textuel et intertextuel de son écriture, un miroitement qui simultanément et contradictoirement symptomatise et tente de réparer, reflète et restaure les défaillances de la réflexion. La répétition n'est pas une facilité de cette écriture, mais sa façon de (se) survivre.

Venant renforcer les effets destructeurs de la répétition (qui, à force d'exclure la moindre différence, abolit la vie de Jeanne), les descriptions maupassantiennes, dans ce roman comme dans toutes ses nouvelles, transforment systématiquement ce qu'elles représentent en une monotone grisaille qui ne retient du réel que ses façons de s'absenter, de se nier : d'une nuance pâle et morne, méticuleusement ternes, elles multiplient les effets d'estompe (de lavis), les procédures d'effacement et de dilution où tout est rendu moins net et plus vague. Ainsi seront privilégiés les espaces de neige, les temps de brouillard, les moments de brume, les rideaux des averses qui égalisent, assourdissent, rendent tout flou ou même silencieux. Une écriture en dépoli, en sourdine. Semblable surabondance des effets d'estompe, de voilement, d'uniformisation, met en place un processus de neutralisation au terme duquel le réel est presque complètement effacé. Tout est atténué, feutré, assourdi, vague, continu : la réalité se fait discrète et ses couleurs passent. Un voile opaque se dépose sur le réel débilité et émoussé, qui n'apparaît plus qu'en son reflet tamisé et terni, un réel qui n'est plus que l'ombre de lui-même, dépouillé de toute force, de toute présence, embaumé dans l'effet-gris, effet-Maupassant par excellence, d'une écriture faisant du classicisme de sa transparence un moyen d'affaiblir le principe de réalité. Élaborant une technique concertée de l'imprécision, son style vide le réel de sa présence, rendant toujours plus absent cela même qu'il décrit.

Le livre et son public

Quel fut donc l'accueil de la critique dont Maupassant estima, à en croire les souvenirs de son valet de chambre, qu'elle voulait le démolir ? Visiblement les contemporains, à relire le dossier de presse réuni par Pierre Cogny, restèrent désarmés. Quelques lignes méprisantes (mais c'est l'habitude) d'Edmond de Goncourt. Des remarques relativement positives de Paul Alexis, mais qui semble ne se souvenir que des nouvelles quand il écrit, à contresens du roman, dans *Le Réveil* du 15 avril 1883 : « Exubérance de santé, style chaud comme du sang, phrase musclée et d'aplomb, attaches solides d'athlète, j'ai retrouvé tout Guy de Maupassant. » Des commentaires fort banals (ou moralisants) de Maxime Gaucher dans la *Revue bleue* du 21 avril 1883 et de Philippe Gille dans *Le Figaro* du 25 avril 1883. Une analyse à peine plus pertinente, soulignant toutefois l'importance de l'apport flaubertien, de Brunetière dans *La Revue des Deux Mondes* du 1er juillet 1884. C'est que cet étrange roman du néant biographique n'est peut-être véritablement lisible que depuis que nous disposons de l'ensemble du corpus, rétrospectivement analysable à la lumière des fictions qui lui succéderont, maintenant qu'il est possible de le situer dans l'imaginaire maupassantien. Alors que tout son univers fictionnel est celui de la déchirure, de la coupure, de l'impossible plénitude identitaire toujours traversée et entamée par l'« Autre », *Une vie* semble représenter une ultime tentative désespérée pour qu'un sujet se réapproprie sa vie, aussi nulle soit-elle. Et si l'existence désastreuse de Jeanne de Lamare était quand même une forme de réussite ? Satisfaisant à loisir sa dévorante pulsion maternelle, désormais elle élèvera sa petite-fille, médiocre mais heureuse, exactement comme Bouvard et Pécuchet, après leur catastrophique traversée des chapitres de l'encyclopédie, retrouveront le bonheur en redevenant ces copistes qu'ils n'ont jamais cessé d'être.

S'il fallait, pour conclure cette analyse, prouver combien le public contemporain demeure sensible et attentif à l'œuvre de Guy de Maupassant, on pourrait rappeler que ses nouvelles et ses romans, inépuisable mine de scénarios, ont tout particulièrement inspiré le cinéma et la télévision. Ainsi *Boule de Suif* que mettent en images des cinéastes aussi différents que le Soviétique Mikhail Romm, le Japonais Kenji Mizoguchi, le Français Christian-Jaque. Et des metteurs en scène aussi prestigieux que D.W. Griffith, Luis Bunuel, Louis Daquin, Alexandre Astruc, Jean Renoir, Max Ophuls, André Cayatte, Lucchino Visconti, Walerian Borowczky ont trouvé certains de leurs sujets chez Maupassant. Comment ne pas mentionner la remarquable adaptation d'*Une vie* (en 1957) par Alexandre Astruc, ce film si justement maupassantien dans son implicite même comme le remarque Raymond Bellour : « La beauté d'*Une vie* réside autant dans ce qui n'est pas directement montré que dans ce qui l'est, dans la suggestion que Mallarmé réclamait comme loi du poème. »

Biographie

1850, *5 août*. — Naissance de Guy de Maupassant, fils de
Gustave et de Laure de Maupassant (de son nom
de jeune fille Le Poittevin dont la famille était
depuis fort longtemps liée avec les Flaubert). Il
semble bien que sa mère « falsifia l'état civil,
faisant inscrire sur le registre de la commune de
Tourville-sur-Arques, de laquelle dépendait admi-
nistrativement le domaine de Miromesnil, le fruit
qu'elle avait conçu, porté, et dont elle s'était
délivrée, dans la bonne ville de Fécamp ». Comme
le montre Philippe Bonnefis, ce subterfuge, visant
à effacer les traces de la naissance bourgeoise
pour faire bénéficier son fils des prestiges nobi-
liaires, a d'abord eu pour conséquence de séparer
Maupassant de lui-même et surtout de son nom,
de le disjoindre et de le diviser, de fracturer son
identité. Un temps mort continuera toujours à
séparer le lieu roturier où il a vu le jour de cet
ailleurs aristocratique où il a reçu son état civil, et
désormais les répercussions de cette imperceptible déchirure se feront sentir partout dans la vie,
l'œuvre et l'imaginaire de Guy de Maupassant.

1856, *avril*. — Naissance d'Hervé de Maupassant que bien
plus tard, en 1889 (l'année même où se multiplie-
ront les angoisses et les hallucinations de Guy),
son frère aîné fera enfermer « chez les fous » à la
suite d'une terrible crise de démence. Traumati-
sante coupure des liens fraternels. Aussi bien dans
sa propre vie que dans ses fictions, la famille
maupassantienne sera toujours divisée, déchirée,
irrémédiablement morcelée. Pour lui l'union et
l'harmonie de la cellule familiale sont l'impossible

322

même : brisures de la conjugalité, échecs de la fraternité, désastres de la filialité, catastrophes de la paternité figurent parmi ses thèmes favoris. Il n'y a de « vie de famille » que manquée et ratée comme en témoignera plus tard *Une vie*.

1858-1863. — Une enfance au plus près de la mère. C'est Laure qui aura la garde de ses enfants après s'être séparée de fait, puis juridiquement à l'amiable de son mari, en 1860. Affaiblissement et dévalorisation de la figure du père (très peu de personnalité d'ailleurs, amateur de femmes et dépensier à l'extrême), éloigné et absent ; et parallèlement une présence de plus en plus prégnante et contraignante de la mère, aussi sensible qu'autoritaire.

1863-1869. — Ses études. D'abord pensionnaire à l'Institution ecclésiastique d'Yvetot dont il sera chassé à la suite d'une pièce de vers jugée audacieuse par les pères, ensuite chez sa propre mère où il termine sa classe de seconde, enfin au lycée de Rouen. Il a alors pour correspondant Louis Bouilhet qui le mène chez Flaubert, son ami intime. Gustave de Maupassant, Gustave Flaubert : mêmes prénoms. La paternité littéraire n'aura guère de peine à l'emporter sur l'inconsistance de l'ascendance biologique. Au point de suggérer cette hypothèse parfaitement romanesque, mais fort significative : Guy fils de Flaubert.
Reçu bachelier à la faculté de Caen le 27 juillet 1869, Maupassant se rend à Paris en novembre pour commencer ses études de droit.

1870. — La guerre franco-allemande : il est mobilisé en juillet 1870 comme soldat de deuxième classe. Il quittera l'armée en septembre 1871, après avoir servi dans l'intendance, à Rouen et à Paris.

1873. — Maupassant commence officiellement, c'est-à-dire en étant payé, sa carrière de fonctionnaire au ministère de la Marine et des Colonies. Parallèlement il canote de plus en plus souvent sur la Seine (« taureau » sensible aux prestiges de la musculature, il aimera toujours les efforts physiques) et poursuit ses « exercices » littéraires sous la direction de Flaubert.

1875. — Premiers travaux littéraires véritablement élaborés. D'abord particulièrement tenté par le théâtre. Publication dans *L'Almanach lorrain de Pont-à-Mousson* de son tout premier conte, *La Main d'écorché*. Depuis l'année précédente, il rencontre de nombreux écrivains grâce à Flaubert : Tourguéniev, Daudet, Zola, Edmond de Goncourt, Heredia, Huysmans. Chez Zola, il entre en relation avec Cézanne, Duranty, Taine, Renan, Maxime Du Camp et Maurice Sand.

1877. — Il se met à travailler *Une vie*. « J'ai fait [...] le plan d'un roman », confie-t-il à Flaubert dans une lettre du 10 décembre. Six ans auront donc séparé le commencement du roman de sa publication : il n'est pas excessif d'en conclure que la confection d'un texte long se révèle extrêmement laborieuse pour ce spécialiste des récits courts. Jusqu'à un certain point le roman est impossible pour Maupassant, du moins aussi longtemps qu'on ne prend pas pour sujet du roman l'impossibilité pour l'être de se rejoindre.
En somme, il n'est de roman concevable et réalisable pour et par Maupassant que s'il parvient à y inscrire, au plan psychologique, cette expropriation de soi-même, cette perte d'identité qui sont le propre de ses nouvelles. Il ne lui faudra pas moins de six longues années pour présenter à son public une première version romanesque de cette impossibilité d'être soi-même. Entre-temps il confirme

son installation dans les milieux littéraires. Le 16 avril 1877, il participe au fameux dîner chez Trapp dont Goncourt écrit dans son *Journal* : « Ce soir, Huysmans, Céard, Hennique, Paul Alexis, Octave Mirbeau, Guy de Maupassant, la jeunesse des lettres réaliste, naturaliste, nous a sacrés, Flaubert, Zola et moi, sacrés officiellement les trois Maîtres de l'heure présente, dans un dîner des plus cordiaux et des plus gais. »

1878, *janvier*. — Dans une lettre à sa mère du 21 janvier : « Flaubert [...] s'est montré fort enthousiaste du projet de roman que je lui ai lu. Il m'a dit : « Ah ! oui cela est excellent, voilà un vrai roman, « une vraie idée. » Avant de m'y mettre définitivement, je vais encore travailler mon plan pendant un mois ou six semaines. » On comprend aisément l'enthousiasme de Flaubert devant un tel roman qui conduit jusqu'à ses dernières conséquences son propre désir de faire « un livre sur rien », de faire du néant le moteur et le sujet de la fiction romanesque.
Mars : Il abandonne provisoirement son roman pour travailler à un long poème, la *Vénus rustique*, preuve qu'à la date il n'est pas encore certain de bien réussir en prose. Il est vrai que pour l'instant il n'a publié que quatre ou cinq nouvelles.

1879. — Cette déclaration à Flaubert dans une lettre du 13 janvier alors qu'il est distrait de ses travaux littéraires par ses besognes alimentaires au ministère de l'Instruction publique : « Je me sépare de plus en plus de mon pauvre roman ; j'ai peur que le cordon ombilical soit coupé. » Une métaphore qui en dit long sur le caractère fondamentalement maternel de son écriture, en particulier dans *Une Vie* où les multiples figures de la Mère (depuis la baronne jusqu'à la mer en passant par Rosalie) dévorent les personnages et envahissent tout l'espace romanesque.

1880, *16 avril*. — Parution de *Boule de Suif* dans le recueil intitulé *Les Soirées de Médan* auquel àvaient collaboré Zola, Huysmans, Céard, Hennique et Alexis. *Le 8 mai*, date décisive : mort brutale de Flaubert victime d'une crise d'apoplexie. Le jour même Maupassant se rend à Croisset. *Le Gaulois* du 10 considère alors que Guy est « l'exécuteur testamentaire présomptif, en tout cas, l'héritier littéraire immédiat ». Quelle charge écrasante que de se retrouver le légataire spirituel de Flaubert quand on n'a fait paraître qu'une dizaine de nouvelles, pas encore publié un seul roman ! Une lourde responsabilité dont témoignera l'écriture d'*Une vie* qui à bien des égards constitue une sorte de radicalisation du modèle flaubertien.

1881. — Enfin Maupassant est véritablement lancé dans la carrière des lettres. L'année précédente il a quitté l'administration ; et son activité littéraire va devenir intense. En une dizaine d'années il publiera « six romans, seize volumes de nouvelles, trois livres d'impressions de voyages, et de nombreux articles de journaux non réimprimés dans ses œuvres complètes » (Edouard Maynial).
Janvier : Il souffre de névralgies du cerveau et des yeux qui poursuivent et aggravent ses violentes migraines de l'automne précédent. Une des dernières recommandations que lui avait adressées Flaubert avait été de se faire examiner par son médecin Fortin. Désormais, Maupassant écrira de plus en plus, mais parallèlement sera de plus en plus malade.
Mai : Publication de *La Maison Tellier*. C'est l'année où Renoir peint *Le Déjeuner des canotiers*, Manet *Le Bar des Folies-Bergère*.
Novembre : Il remet *Une Vie* en chantier.

1883, *janvier* . — Il souffre de la vue et se fait soigner par le docteur Landolt. Diagnostic : dilatation de la pupille avec parésie de l'accommodation et paralysie quelques mois plus tard. Comme si le corps et la vue de Maupassant faisaient partie du corpus littéraire lui-même où sa pratique très spécifique de la représentation va de plus en plus effacer le réel.

27 février : Naissance à Paris, dans le XVIIᵉ arrondissement, de « père inconnu », de Lucien, premier enfant de Joséphine Litzelmann et, très probablement, de Maupassant. Un bâtard comme il y en a un dans *Une vie*, et tant d'autres dans maintes nouvelles. La question de la bâtardise reposant et ravivant le problème de l'impossible famille : nul hasard si les discussions généalogiques intéressent tant la mère de Jeanne. Le roman ne se termine-t-il pas (et moins mal qu'on aurait pu le croire) quand la poursuite *légale* de la lignée est enfin assurée ?

Du 27 février au 6 avril : Publication d'*Une vie* en feuilleton dans le *Gil Blas*.

Avril : Publication en volume, chez Havard, d'*Une vie*. Pour mieux situer dans son époque ce roman, on est tenté de rappeler les grands événements historiques et littéraires — et ils ne manquent pas — dont il est contemporain : c'est l'année, politiquement et militairement, du nouveau ministère Ferry, du protectorat sur l'Annam, de l'expédition au Tonkin ; philosophiquement et littérairement, de la publication de « La Prière sur l'Acropole » de Renan, d'*Ainsi parlait Zarathoustra* de Nietzsche, d'*Au bonheur des dames* de Zola, de *Mon frère Yves* de Loti, des *Névroses* de Rollinat, des *Poètes maudits* de Verlaine, des *Contes cruels* de Villiers de l'Isle-Adam. On pourrait ainsi pour « cadrer » le roman continuer à décliner les principaux événements de son temps. Mais ce serait oublier que cette fiction qui d'une certaine façon néantise tout ce qu'elle touche et évoque, témoigne justement d'une rare capacité à complètement effacer le monde politique et historique qui entoure Jeanne : « Entre le 2 mai 1819 et ce qu'il est permis de situer au moins au-delà de 1850, il y a eu trois rois et un Prince-Président qui deviendra empereur, trois régimes, deux révolutions et un coup d'Etat : aucun écho n'est parvenu jusqu'aux Peuples... » (Pierre Cogny).

La construction de sa villa *La Guillette* à Étretat est achevée. En juin, a paru *Les Contes de la bécasse.*

1884-1891. — Travail « hénaurme » aurait dit son maître Flaubert. Contes, nouvelles, romans, récits de voyages se succèdent à un rythme accéléré, presque affolant. Cadence infernale des publications. Mais Maupassant, au fur et à mesure que son œuvre se constitue, quant à lui va de plus en plus mal, se défait.

1891. — Une année atrocement pathologique. Comme si Maupassant se mettait à somatiser, à inscrire dans son propre corps cette perte d'identité, cet envahissement par l'Autre que ses nouvelles et romans n'ont cessé de mettre en scène de façon de plus en plus étrangement inquiétante.

Janvier : Une nouvelle atteinte d'alopécie.

Février : Il souffre d'influenza et de bronchite. Abcès dentaire.

Mai : Dépression physique et morale.

Juin : Il part prendre les eaux à Divonne où il réclame impérativement la « douche de Charcot ».

Juillet : Consulte des médecins à Nice. En consulte d'autres à Paris.

Août : Se luxe deux côtes en tombant de tricycle. Va à Genève se faire arracher la dent qui lui causait d'insupportables douleurs à l'œil et à la mâchoire. La paralysie commence à toucher ses facultés intellectuelles.

Le 2 décembre. Il écrit : « Je serai mort dans quelques jours, c'est la pensée de tous les médecins d'ici. »

1892, *nuit du 1er au 2 janvier.* — Après s'être montré particulièrement excité au cours du repas que donne sa mère à l'occasion du Nouvel An, pendant la nuit Maupassant tente par trois fois de se donner la mort en se tranchant la gorge.

7 janvier. Admis à la maison de santé du docteur Blanche à Passy d'où il ne sortira plus. Une longue agonie de dix-huit mois commence, qui ira jusqu'à des crises ininterrompues de convulsions épileptiformes.

1893, 6 juillet. — Mort de Guy de Maupassant. Il n'a que quarante-trois ans.

Bibliographie

Nous ne mentionnons ici que les livres et articles qui peuvent directement informer la lecture d'*Une vie.*

BONNEFIS, Philippe, « Le Cri de l'étain », *Revue des sciences humaines,* nº 160, 1975.

BONNEFIS, Philippe, *Comme Maupassant,* Presses Universitaires de Lille, Coll. Objet, 1981.

BUISINE, Alain, « Prose tombale », *Revue des sciences humaines,* nº 160, 1975.

BUISINE, Alain, « Tel fils, quel père ? », *in Le Naturalisme*, Colloque de Cerisy, Union générale d'éditions, Coll. 10/18, 1978.

BUISINE, Alain, « Profits et Pertes », *Revue des sciences humaines*, n° 173, 1979.

CASTELLA, Charles, *Structures romanesques et vision sociale chez Maupassant*, Lausanne, L'Age d'homme, 1972.

COGNY, Pierre, *Maupassant l'homme sans Dieu*, Bruxelles, La Renaissance du Livre, 1968.

DELAISEMENT, Gérard, *Maupassant journaliste et chroniqueur*, suivi d'une bibliographie générale de l'œuvre de Guy de Maupassant, Paris, Albin Michel, 1956.

DUMESNIL, René, *Guy de Maupassant*, Paris, Tallandier, 1947.

GRIVEL, Charles, « L'entre-jeu de la représentation : Maupassant, la science et le désir », *Revue des sciences humaines*, n° 160, 1975.

LANOUX, Armand, *Maupassant le Bel Ami*, Paris, Hachette, 1967, Le Livre de Poche, 1983.

PRIGENT, Christian, « La Mouche cochée », *Littérature*, n° 37, 1980.

ROPARS-WUILLEUMIER, Marie-Claire, « Lire l'écriture », *Esprit*, décembre 1974.

ROPARS-WUILLEUMIER, Marie-Claire, « La Lettre brûlée (écriture et folie dans *Le Horla*) », *in Le naturalisme*, Colloque de Cerisy, Union générale d'éditions, Coll. 10/18, 1978.

SAVINIO, Alberto, *Maupassant et l'« Autre »*, Paris, Gallimard, 1977.

SCHOR, Naomi, « *Une vie* / Des vides, ou le Nom de la Mère », *Littérature*, n° 26, 1977.

VIAL, André, *Guy de Maupassant et l'art du roman*, Paris, Nizet, 1954.

VIAL, André, *La genèse d'« Une vie »*, Paris, Les Belles-Lettres, 1954.

NOTES

P. 4

1. Voilà la première occurrence d'un terme privilégié qui ne cessera de revenir tout au long du roman (pp. 11, 40, 43, 44, 96, 127, 129, etc.). Un engourdissement qui paralyse progressivement aussi bien les paysages que les âmes. L'engourdissement : il n'existe sans doute pas de notion plus représentative pour désigner l'entreprise maupassantienne qui, dans sa volonté de faire tomber en léthargie les êtres et les choses, est profondément hivernale : période glaciaire du texte, livide et morne, enseveli sous les blanches froideurs du sépulcre. Maupassant ou comment faire hiberner le réel ?

P. 6

1. Pourquoi ne pas signaler, afin de faire semblant de mieux localiser et « authentifier » le roman, qu'Yport est un bourg de pêcheurs situé (pour de vrai) entre Fécamp et Étretat ? Puisqu'aussi bien cette fiction ne cessera de multiplier les repères géographiques qui confirment son enracinement normand : Életot (au nord-est de Fécamp), Cany (à 20 km à l'est de Fécamp), etc. En fait, plus que d'essayer de repérer référentiellement les lieux en se demandant à quels vrais villages ils correspondent, il importe de souligner que ce roman (comme l'ensemble du corpus maupassantien travaillé par la division nord/sud) s'ordonne fondamentalement à partir d'une véritable faille existentielle entre la Normandie et la Corse. La topographie ne faisant que répercuter les effets de l'originelle déchirure qui chez Maupassant « ordonne ses migrations des côtes de Normandie à

333

la Côte d'Azur : aller et retour périodique entre des lieux qui ne font, au total, qu'un seul lieu, mais divisé en deux » (Philippe Bonnefis). Ne cessant de faire résonner la jouissance corse dans la stagnation normande, la géographie romanesque inscrit l'irrémédiable coupure de l'identité.

P. 7

1. « Que l'organe hypertrophié de la baronne soit le cœur n'est pas un fait médical insignifiant, car la maladie dont souffre la baronne est d'ordre à la fois physique et affectif : la baronne est une sentimentale, un personnage-type de la femme chez Maupassant » (Naomi Schor). La baronne a trop de cœur ; son corps manifeste ses lectures de livres sentimentaux (entre autres, *Corinne* de Mme de Staël).

P. 25

1. Une phrase étonnante qui prouve la fonction prépondérante du souvenir chez Maupassant : loin d'être simplement un retour vers le passé, il se constitue comme une projection du présent (préparé comme passé remémorable) dans l'avenir. La remémoration : activité proprement maupassantienne puisqu'aussi bien le souvenir constitue par définition l'« archi-relique » qui à la fois effectue et suspend le travail du deuil (qui devrait faire accepter la perte). Cette écriture, cérémonie funéraire, immobilise et stabilise dans le monument textuel le moment commémoratif du travail du deuil, lui donne une forme « éternelle », assure une pérennité du temps de la remémoration. Jusqu'à faire des fictions des textes-reliquaires (sur l'importance de la relique, *cf.* « le tiroir aux *souvenirs* » de la baronne qui les jours de pluie visite ses « reliques », p. 29).

P. 31

1. On ne saurait trop insister sur l'importance du généalogique dans ce roman. Comme s'il fallait en dernière instance compenser, réparer l'échec de la famille nucléaire par le ressassement des alliances et des parentés sur la longue durée historique de la noblesse. L'arborescence des ascendances et des descendances venant masquer la faille familiale.

P. 39

1. Voilà un fort bel exemple de représentation maupassantienne, car ici le miroir (le support de l'image, ce qui la renvoie) en

vient à se manifester en tant que tel. Le miroir, condition de la présence de l'objet, accède lui-même à la présence. Ou en s'embrumant, s'opacifiant (le brouillard) ; ou en scintillant (le miroitement de la lumière). Opacité ou éclat, le résultat est le même : le réflecteur mange le reflet, consomme et consume la représentation du réel.

P. 44

1. Une rêverie particulièrement flaubertienne en tant qu'accumulation de lieux communs. Comment ne pas songer à tous ces chromos, ces clichés, ces stéréotypes qui alimentent les illusions de maints personnages de *Madame Bovary* et de *L'Éducation sentimentale* ?

P. 47

1. On dirait d'autant plus une noce qu'il s'agit très évidemment d'une réécriture de la noce d'Emma Bovary. En fait, la première version de ce repas (telle que nous pouvons la lire dans le « vieux manuscrit »), plus colorée et plus pittoresque, était infiniment plus flaubertienne de ton et d'écriture. Visiblement Maupassant à l'œuvre s'est efforcé d'amortir et d'atténuer le flaubertisme de cet épisode. Plus généralement la réécriture maupassantienne de l'envahissant modèle flaubertien va toujours dans le sens d'un feutrage, d'un estompage. Comme si cette écriture n'avait de cesse d'affaiblir et d'émousser tout ce qu'elle « imite », que son modèle soit référentiel ou textuel.

P. 60

1. C'est exactement la même scène qui constitue le sujet de la nouvelle intitulée *Par un soir de printemps*, publiée dans *Le Gaulois* du 7 mai 1881.

P. 64

1. Si ce dîner est assez court contrairement aux usages normands, c'est que Maupassant se sent probablement obligé d'écourter ce qui n'aurait pu être lu que comme une pure et simple duplication du modèle flaubertien. Comment encore faire du Flaubert sans pour autant en refaire, c'est sans doute un des problèmes essentiels de Guy de Maupassant quand il écrit *Une vie.*

P. 87

1. L'épisode qui suit constitue le sujet d'*Histoire corse*, nouvelle publiée dans le *Gil Blas* du 1ᵉʳ décembre 1881 sous la signature Maufrigneuse.

P. 103

1. Ce motif du blason (en tant que figuration de la lignée), pour être apprécié à sa juste valeur, devrait être mis en regard avec l'étonnante lettre de Maupassant du 30 octobre 1874 « qui entrelace les motifs de la méprise, de la quête identitaire, de la bâtardise, de l'antiquité, et où la puissance paternelle est clairement désavouée, où l'on voit le fils *proprement* faire son lit sous le regard complice de la mère, et même se mettre, avec son assentiment, au lit des générations passées et présentes » (Philippe Bonnefis). Très symptomatiquement, ce sont ici les deux femmes, la mère et sa fille, qui s'intéressent le plus au dessin des « écussons écartelés ». « La baronne, toute secouée dès qu'il s'agissait de ces choses, donnait son avis ; et Jeanne elle-même prenait part à la discussion comme si quelque mystérieux intérêt se fût soudain éveillé en elle ». Une phrase qui mérite d'être répétée en note, car elle avoue explicitement le désir maupassantien d'instaurer un régime purement maternel du généalogique, c'est-à-dire faisant complètement l'économie du père.

P. 113

1. Selon H. Moisy (*Dictionnaire du patois normand*, 1887), le perret est la partie du bord de mer qui est recouverte de sable ou de galets. Enfin un véritable normandisme, oserais-je dire, car ce qui est justement caractéristique de ce roman, c'est l'extrême rareté des expressions proprement idiomatiques. Ce texte n'a en fait pratiquement pas besoin d'apparat critique pour être lu, presque déconcertant à force de limpidité. Alors que la critique maupassantienne est si souvent tentée de souligner le « régionalisme » de son écriture, au contraire comment ne pas être d'abord sensible à la parfaite transparence de son style qui ne fait qu'un usage homéopathique (à très petites doses) des normandismes ? Aussi enraciné soit-il dans son terroir, l'écrivain demeure le grand maître de la *syntaxe*, ne retenant de la langue régionale qu'un vocabulaire expressif, que les beautés d'un lexique pittoresque et souvent technique.

336

P. 121

1. Question décisive que celle du bâtard dans la fantasmatique maupassantienne. De toute liaison, il subsiste quelque chose. Et s'il faut parler d'un danger des liaisons, c'est justement parce qu'elles déposent. Aussi éphémères et dérisoires soient-elles, elles déposent quand même. Inéluctable chimie des passions maupassantiennes : toute relation laisse des traces comme ces liquides, plus ou moins impurs, qui, au repos, au bout de quelque temps, abandonnent au fond les particules solides qu'ils tenaient en suspension. Le *bâtard*, c'est celui qui revient après coup et qui reste, ce dépôt d'une illégitimité qui fait sans arrêt retour, ce reliquat qui ne cesse d'obséder les fictions de Maupassant. Pourquoi cette obsession du rejeton ? Parce que le bâtard figure très exactement le *supplément* inassimilable de la famille, parce qu'il fracturera lui aussi l'improbable identité du sujet ne pouvant même pas se recueillir, se retrouver dans sa descendance.

P. 126

1. Un bel exemple du pouvoir d'engourdissement, de pétrification, de gel du réel par la représentation maupassantienne. Fondamentalement c'est une *prose tombale* qui n'a de cesse d'ensevelir le réel.

P. 272

1. Une lettre extrêmement pressante et insistante qui prouve la prégnance du *maternel* dans tout ce roman.

TABLE

Composition réalisée par C.M.L., Montrouge.

IMPRIMÉ EN FRANCE PAR BRODARD ET TAUPIN
Usine de La Flèche (Sarthe).
LIBRAIRIE GÉNÉRALE FRANÇAISE - 6, rue Pierre-Sarrazin - 75006 Paris.

ISBN : 2 - 253 - 00424 - 3   ✜ 30/0478/5